Hermann Kurz
Der Weihnachtsfund

Hermann Kurz
Der Weihnachtsfund

1.Aufl.
Taschenbuch – Literatur - Klassiker
Herausgeber Frank Weber, Marburg
Bibliografische Information der Deutschen Nationalbibliothek:
Die Deutsche Nationalbibliothek verzeichnet diese Publikation in der Deutschen
Nationalbibliografie; detaillierte bibliografische Daten sind im Internet abrufbar über
http://dnb.dnb.de
© 2021 Hermann Kurz
ISBN: 9783754324653
Herstellung und Verlag: BoD – Books on Demand, Norderstedt

Inhalt

Einleitung.

In demselben November 1854, in dem der »Sonnenwirt« das Licht der Öffentlichkeit erblickt hatte, dachte Kurz an weitere Erzählungen aus der schwäbischen Heimat und wurde von dem unermüdlich treibenden Verleger jenes Romans, Meidinger in Frankfurt, immer wieder darin bestärkt. Gerne wäre er auf der Bahn der Darstellung sozialer Konflikte weiter geschritten. Wenn er früher von einer Darstellung aus dem Bauernkriege geträumt hatte, so dachte er jetzt daran, den Vorläufer desselben, den »Armen Konrad« von 1514 zu schildern. Wenn auch nicht auf diesen, so doch auf andere Gegenstände schwäbischer Vorzeit kam er späterhin zurück, doch nicht mehr in der Form der Novelle. Vorerst aber trat Meidinger mit einem anderen Plan hervor, der rasch Gestalt gewinnen sollte. Er wünschte als Buch für Weihnachten 1855 eine Novelle zu haben; da Kurz diesen Plan auf-griff, aber die vorgeschlagene Wahl eines Stoffes aus der Geschichte der deutschen Dichtung nicht billigte, so wollte er sich auch eine Dorfnovelle gerne gefallen lassen. Kurz ging darauf ein und scheint zuerst an eine novellistische Schilderung aus seiner Vaterstadt Reutlingen gedacht zu haben, wie er solche schon früher mit Glück entworfen hatte. Im Sommer 1855 brachte er längere Zeit bei einem Freunde, dem Pfarrer Buttersack zu Liebenzell im Schwarzwald, zu. Dort wurde die Novelle in kurzer Zeit glücklich vollendet. Sie erschien auf Weihnachten 1855 unter dem dem Inhalt und der Art des Erscheinens angepaßten Titel »Der Weihnachtfund. Ein Seelenbild aus dem schwäbischen Volksleben« (in der 2. Auflage von 1862: »Der Weihnachtsfund. Erzählung aus dem schwäbischen Volksleben«), mit dem Übertitel »Unter dem Tannenbaum«.

Die Novelle ist des Dichters letzte Leistung auf dem Gebiete der objektiv erzählenden Gattung. Er dachte gleich nachher daran, alte Ulmer Geschichten zu bearbeiten, stand aber davon ab. Die 1859 erschienenen »Denk- und Glaubwürdigkeiten« zeigen ihn schon auf der Bahn einer humoristisch-ironisierenden Darstellung in der Art Jean Pauls, auf der ihm noch ein Meisterstück wie die »beiden Tubus« glücken sollte.

Wenn der Sonnenwirt ein großes Zeitgemälde gegeben hatte, so betritt die neue Erzählung das Gebiet der eigentlichen Dorfnovelle im engeren Sinne und Rahmen, wie sie auf schwäbischem Boden von Berthold Auerbach seit einem Dutzend Jahre gepflegt worden war und fast gleichzeitig mit dem Weihnachtsfund durch Melchior Meyr in seinen Erzählungen aus dem Ries bearbeitet wurde. Kurz tritt als ebenbürtiger Meister zwischen beide. Wenn ihn der höhere poetische Flug von dem nüchterneren Meyr entfernt, so steht er in der sprachlichen Behandlungsweise und im Gegenstand ihm doch näher als seinem engeren Landsmann Auerbach. In den Reden der Personen hatte Auerbach, in minderem Maße der Sonnenwirt, gerne nicht den Laut, aber den Rhythmus schwäbischer Zunge nachgebildet, was ihrer Sprache ein starkes Lokalkolorit, aber auch, wenigstens bei Auerbach, öfters etwas Geziertes und inmitten der hochdeutschen Erzählung etwas Buntscheckiges gegeben hatte. Der Weihnachtsfund redet ein planes, kaum durch leichte Lokalanklänge gefärbtes Hochdeutsch, das eher mitunter zu wenig populär klingt. Der Gegenstand scheint frei erfunden, und auch das Lokal ist nicht bestimmt gezeichnet. Wir werden in die intimste Sphäre des Volkslebens, den Verkehr zwischen Mann und Weib geführt, wie bei Meyr fast immer, aber mit mehr Kunst und freier Bewegung als bei dem auf die Länge etwas eintönigen Rieser Erzähler. Jenes lehrhafte Philosophieren, das bei Auerbach oft unangenehm wirkt, ist aufs glücklichste vermieden und ein reiner, behaglicher Gang der Erzählung durchaus eingehalten. Man wird so nicht anstehen, den Weihnachtsfund, das Erzeugnis glücklicher ländlicher Muße, den allererfreulichsten deutschen Dorfgeschichten beizugesellen.

Kapitel 1

Im roten Löwen, einem ansehnlichen, an einer vielbefahrenen Straße einsam gelegenen Gasthause, ging es am Abend vor Weihnachten lebhaft zu, wiewohl nicht von Gästen; denn die schweren und leichten Fuhrwerke der Reisenden, welchen das Wirtshaus zur Einkehr bequem lag, waren heute ausgeblieben, weil religiöse Scheu, Sitte und Aberglaube das Reisen in der heiligen Zeit verboten, und auch von den Spaziergängern der benachbarten Stadt, die sich sonst reichlich einfanden und den Löwenwein jedem anderen vorzogen, war niemand gekommen, da die einen dem Herkommen der Weihnachtsfeier im häuslichen Kreise huldigten, und die andern sich scheuten, durch Wirtshausbesuch an einem solchen Tage ihren Mitbürgern Ärgernis zu geben. Familie und Gesinde des Hauses waren es also selbst, welche, diese seltenen Stunden der Freiheit von allen Verrichtungen für sich zur Weihnachtsruhe und Weihnachtsfreude anwendend, das Haus mit fröhlichem Geräusch erfüllten. Auf einem Tische der geräumigen Wirtsstube waren die Bescherungen für die Kinder, auf einem anderen für die Knechte und Mägde aufgestellt. Die Kinder jauchzten über ihre Süßigkeiten, bliesen in ihre Trompeten und polterten mit allem, was von ihren Geschenken einen Lärm zu machen geeignet war. Auch am anderen Tische machte sich die Freude laut, denn während die Knechte ihre Gaben erst auf wiederholtes Zureden und mit verlegenem Lachen in Empfang nahmen, machten die Mägde dafür, mit Ausnahme einer einzigen, um so mehr Geschrei und Aufheben von den ihrigen. Doch fehlte es dem Geschrei wenigstens nicht an Wolle, da die Herrschaft ihre Dienstleute wie Familienangehörige behandelte und mit einer Freigebigkeit, die mit dem einträglichen Gange der Wirtschaft gleichen Schritt hielt, den Weihnachtsbaum für sie so reichlich ausgestattet hatte, daß er kaum minder als der der eigenen Kinder glänzte. Es kam heute noch ein besonderer Anlaß zu dem häuslichen Feste, der dasselbe zugleich zu einer Abschiedsfeier machte. Zwei von den Knechten wollten den Dienst verlassen, und ihre Wanderzeit war, dem Herkommen der Gegend gemäß, das in diesem Punkte seltsam von der sonstigen Heilighaltung der Festzeit abwich, mit Weihnachten eingetreten. Der eine, ein Sohn einer vermöglichen Witwe im nahen Städtchen, hatte seinen Dienst als Freiwilliger versehen, um in Feld und Haus das Nötige zu erlernen. Wenn man aber dem Zeugnis der anderen glauben durfte, hatte er, als ein verweichlichtes Muttersöhnchen, dem nichts an der Arbeit gelegen war, bei dem Unterrichte wenig gewonnen. Auch auf seinen Charakter waren sie nicht gut zu sprechen: obgleich, seinen freundlichen Redensarten nach zu urteilen, sein Herz von Nächstenliebe überzufließen schien und seine gefälligen Manieren im Anfang alle gewonnen hatten, so stimmten sie doch allmählich mit dem alten Philipp, dem Oberknecht, überein, der von ihm zu sagen pflegte: »Hilft alles nichts, der Alex ist eben ein Schleicher, ein Fuchsschwänzer, und wenn er mich übergolden wollt'; zwar das wird er bleiben lassen, denn er ist ein wüster Geizkrag'.«

Dagegen ließen sie den andern sehr ungern ziehen: wiewohl von Betragen nichts weniger als einschmeichelnd, war er doch allgemein geachtet und geliebt, denn, pflegte der alte Philipp zu sagen, »die Katz' zu streicheln, ist er nicht der Mann, der Erhard, aber reell ist er, wo ihn die Haut anrührt«. Seine Dienstaufkündigung hatte eine wahre Trauer im Hause verbreitet, alles hatte ihm zugesprochen, sie zurückzunehmen, und der Löwenwirt selbst, der große Stücke auf ihn hielt, hatte ihn zum Bleiben zu bewegen gesucht, allein vergebens; denn der Knecht hatte auf alle Zureden hartnäckig erwidert, es treibe ihn fort, daß ihn nicht tausend Pferde halten könnten, und er fühle den unüberwindlichen Drang, sein Glück in der Fremde zu versuchen. Man munkelte jedoch, was ihn forttreibe, sei nicht sowohl Wanderlust, als vielmehr Liebe zu der Magd Justine, neben welcher er es nicht aushalten könne hoffnungslos fortzuleben, obgleich niemand zweifelte, daß sie ihm gerne die Hand reichen würde, wenn sie nur ein wenig Vermögen miteinander besäßen; denn daß die Justine den Erhard aus irgend einem anderen Grund der Welt ausschlagen könnte, das hätte keins von allen geglaubt. Anders stand es zwischen ihr und dem Alex. Als dieser mit dem Frühjahr in den Dienst trat, konnte man eine Weile glauben, sein glattes Gesicht sei ihr nicht gerade zuwider, und man hatte sie seinen unterhaltenden Reden mitunter nicht unbeifällig lächeln sehen. Doch dauerte es nicht allzu lange, so bemerkte man noch viel deutlicher, daß sie sich mit unverhehlter Geringschätzung von ihm zurückzog; er versuchte zuweilen noch mit einem Scherzwort bei ihr anzukommen, wurde aber jedesmal mit bitterer Verachtung abgestoßen, was um so erklärlicher war, da ein Gerücht verlautete, welches sich auch bald als begründet erwies, daß er eine reiche Frauensperson im Städtchen heiraten wolle, die jedoch mit all ihrem Gelde den verächtlichen Ursprung dieses Reichtums nicht zudecken konnte. Diese Handlungsweise, als deren einzigen Beweggrund man bei den bekannten, sonst nicht eben verführerischen Eigenschaften der Braut den Geiz ansehen konnte, raubte ihm vollends den letzten Rest der Achtung, die er im Hause genossen hatte. Allein nicht bloß die vornehme Welt, auch die ländliche hat ihre Rücksichten und zurückhaltenden Gesellschaftsformen: Alex gehörte einer Familie an, die man nicht ohne weiteres vor den Kopf stoßen durfte, und in seine Heiratsangelegenheiten war niemand berechtigt sich zu mischen; man begnügte sich daher, ihm über seinen Abgang keinerlei Betrübnis zu bezeigen;

er erhielt sein Weihnachtsgeschenk so gut wie die andern, nur hatte man dabei keine besonders liebevolle Auswahl und keine überflüssige Verschwendung beobachtet, auch obendrein einen sehr fühlbaren Unterschied gemacht, indem Erhards Bescherung, außer einem Reisebeutelchen mit etlichen neugeprägten Reichstalern, dreimal so reich ausgefallen war, als die seinige. Alex tat jedoch, als merke er nichts davon.

Auch Justine war in einer Weise bedacht worden, woran der Vorzug, den man ihr vor den anderen Mädchen gab, sich erkennen ließ. Sie war der Liebling der Frau vom Hause, die sich nicht glücklich genug preisen konnte, in der unruhigen Wirtschaft ihre Kinder einem so zuverlässigen Wesen anvertrauen zu können. Die Löwenwirtin konnte ganz warm werden, wenn sie bei Gelegenheit die Tugenden des Mädchens herausstrich, ihre gute Art, mit den Kindern umzugehen, die sie stets bei freundlicher Laune zu erhalten wisse, die unverdrossene, liebevolle Sorgfalt, die sie ihnen widme, daneben ihre Anstelligkeit in Küche und Haushalt und endlich über alles ihr bescheidenes, verständiges, gesetztes Wesen, womit sie ihrer Herkunft als eine Waise armer, aber rechtschaffener Eltern Ehre mache, da sie nicht, wie andere ihres Alters, den jungen Burschen nachgucke und zudringliche Gäste, ohne Ungeschick und Grobheit, in geziemender Entfernung zu halten wisse. Diesem Lob entsprach das Aussehen der jungen Magd vollkommen. Ein stillfreundlicher, verständiger Ausdruck lag in ihrem feinen Gesicht, das eine angeborene gesunde Blässe deckte, und ihre gedrungene Gestalt, welche freilich, ein verzärtelter Geschmack schlanker wünschen mochte, hatte dessenungeachtet nichts Unedles, vielmehr war die derbe Tüchtigkeit, die in solchen, wie man sie auf dem Lande zu nennen pflegt, etwas auseinandergegangenen Gestalten sich ausspricht, durch Sanftheit der Haltung und anspruchslosen Anstand gemildert. Dieses gedämpfte Wesen, wodurch das junge Mädchen zu einer unter ihresgleichen nicht gewöhnlichen Erscheinung wurde, hatte jedoch eine Färbung angenommen, die allen auffallen mußte. Sie war stiller als je, und eine Niedergeschlagenheit, die man sie schon einige Zeit her mühsam verbergen sah, wollte sich heute nicht mehr bezwingen lassen. Ihre Gaben hatte sie nicht mit der lärmenden Freude in Empfang genommen, wie die andern Mädchen, und man hätte sie für unzufrieden halten können, wenn man sich nicht so gut wie die Löwenwirtin auf den dankbaren Blick ihres Auges verstand und den Ton ihrer Stimme auszulegen wußte. Sie stand demütig niedergebeugt am Tisch und sah trüb auf die Bescherung, als wäre dieselbe viel zu gut für sie und nicht von ihr verdient. Wenn jemand sie anredete oder die propern Kleiderzeuge, Tüchlein und Bänder, die vor ihr lagen, musterte, so schlug sie mit einem gewissen Entschlüsse die matt überflogenen blauen Augen auf und gab mit gewohnter Freundlichkeit Red' und Antwort, aber ihr gutmütiges Lächeln war von einem unsäglich schmerzlichen Zuge begleitet, und so vielen Zwang sie sich auch antat, so fiel sie doch immer wieder in tiefe und offenbar peinliche Gedanken zurück. Unverkennbar war es, daß ein schweres Seelenleiden auf ihr lastete. Alles blickte sie mit stiller Teilnahme an, ohne sie zu fragen; denn man war einig darin, daß nichts anderes als Erhards Abschied die Ursache ihrer Traurigkeit sei. Mochte auch ein schwermütiges Brüten, das ihr vielleicht von Natur eigen war, schon früher zuweilen an dem stillen Mädchen wahrzunehmen gewesen sein, so war ja doch die völlige Niedergeschlagenheit, so wie sie sich jetzt im täglichen Wachsen bemerklich machte, erst seit seiner Aufkündigung hervorgetreten.

Auch Erhard konnte in seinem ernsten Gesicht den Schmerz nicht ganz verbergen, so fehl er ihn durch männliche Zurückhaltung zu mäßigen wußte. Doch gab er sich alle mögliche Mühe, an der allgemeinen Freude teilzunehmen, die sich durch den Gedanken des Abschiedes zwar auf Augenblicke trüben, aber nicht aus ihrem Rechte verdrängen ließ. Die Krone des Abends war der »Schantiklas«, das nie fehlende, junge und alte Kinder scheuchende heilige Gespenst St. Niklas, in all seiner plump phantastischen Herrlichkeit von dem alten Philipp gespielt. Derselbe hatte sich insgeheim in einen weiten braunen Schafpelz gesteckt und diesen mit Stroh ausgestopft, das an den Händen und am Halse in ganzen Büscheln hervorstarrte, und unter die Füße hatte er Melkstühlchen gebunden, so daß er zu einer riesigen Größe und Dicke angewachsen war. Das Gesicht hatte er mit Ruß geschwärzt. Auf dem Kopfe trug er einen Kübel, über welchem ein Tannenwipfel schwankte, in der Linken einen hohen krummgebogenen Stecken, in der Rechten eine tüchtige Rute und auf dem Rücken einen Sack, aus dem er zur Abwechslung Nüsse unter die Leute warf, wenn er wieder eine Weile in der Stube herumgerutscht war, um die sündige Menschheit groß und klein mit der Rute zu streichen und die Kinder und Mädchen in den Sack zu stecken.

In dem kleinen Kreise war es zwar ein öffentliches Geheimnis, daß hinter der fürchterlichen Erscheinung nichts als der alte Philipp stecke, aber dennoch verursachte sie entsetzlichen Lärm. Die Kinder verkrochen sich hinter den Erwachsenen, die Mägde stießen die ihnen eigenen grellen scharfen Schreckenstöne aus, denn, obgleich mit dem inwendigen Menschen des heiligen Butzenmannes wohl vertraut, ertrug ihre ungeübte Einbildungskraft doch das übernatürliche Äußere desselben nicht, und das schrillende Gelächter, wenn sich eine in Sicherheit sah, wechselte mit wildem Kreischen ab, wenn das Ungetüm wieder nahe kam; denn ungeachtet seiner unbeholfenen Bewegungen entging ihm niemand, da, durch eine geheime Verschwörung aller gegen alle, jedes wenigstens einmal im Gedränge eingekeilt und seiner Rute entgegengeschoben wurde. Löwenwirt und Löwenwirtin bekamen so gut wie die andern ihr Teil ab, denn der Weihnachtsscherz kannte keine Grenze, und für den Schantiklas gab es weder Herrschaft noch Gesinde, Doch ließen sich wohl auch in dieser gröberen Art von Weihnachtsbescherungen merkliche Unterschiede empfinden, wobei es freilich den Betroffenen überlassen war, ob sie den Grad der austeilenden Liebe an dem Mehr oder Weniger erkennen wollten. So erhielt zum Beispiel Justine, welche sich dem Gedränge nicht entziehen konnte, zwei Streiche, die sanft aufgetragen waren, so daß sie nur ein wenig lächelte, während Alex eine einzige Berührung des Strafwerkzeuges durch einen Gesichtsausdruck bescheinigte, der einen empfindlichen Hauteindruck zu bekennen schien, bald jedoch jener Miene Platz machte, mit welcher unter ähnlichen Umstanden gescheite, wie dumme Leute die Anerkennung auszusprechen Pflegen, daß man bei Lustbarkeiten fünfe müsse grad sein lassen. Wer aber bei dem Mummenschanz am schlimmsten wegkam, das war Erhard, der sonst immer der Augapfel des alten Philipp gewesen war, »Dich soll!« brummte der Butzenmann, als ihm derselbe in den Wurf kam, und begann alsbald dieses in Worten nicht weiter ausgedrückte Soll mit der Rute in ein unveräußerliches Haben zu verwandeln. Der Löwenwirt, der eben in der Nähe stand, rief ihm zu: »Wisch ihm nur tüchtig aus, er verdient's nicht anders, der Landläufer, der uns im Stich lassen will!« Der Schantiklas ließ sich das nicht zweimal sagen und handhabte seine Rute mit Kraft. Erhard ließ sich diesen rauhen, aber aufrichtigen Ausdruck des Trennungsschmerzes eine Weile gefallen, bis er des

Guten genug zu haben glaubte und sich den Streichen des unbeholfenen Riesen entzog.

Der Löwenwirt hatte unterdessen angelegentlich mit seiner Frau gesprochen, und nachdem diese seinen Worten mehrmals Beifall genickt, kam er zurück, nahm den liebgewonnenen Knecht am Arm und führte ihn aus dem Getümmel in eine Ecke der Stube, Ei führte ihn absichtlich dorthin, wo Justine saß, blieb nicht weit von ihr mit ihm stehen und redete ihn in einer Weise an, daß nur sie ihn hören konnte, zugleich aber so, daß sie notwendig jedes Wort verstehen mußte.

»Was meinst, Erhard?« sagte er, den Blick dazwischen auf das Mädchen heftend, »was meinst? ich will dir einen Vorschlag machen, den du aber keinem Menschen verraten darfst, denn sonst würd' ich zerrissen, und ich kann doch nicht jedem aushelfen. Ich seh' wohl, Erhard, du hast das Dienen satt – sei still,« fuhr er fort, da der Knecht eine abwehrende Gebärde machte, »ich hab's längst gemerkt, du möchtest dein eigener Herr sein und dein Wesen auf selbständigem Fuß treiben. Was ist für manchen ein gefährlich Ding, und manchen: tät's besser, er war' ein Taglöhner sein Leben lang, aber du hast das Zeug dazu, und zu dir hab' ich alles Vertrauen. Ich weiß dir ein Gütle, das seinen Mann nährt, wenn er umtriebig und sparsam ist und – eine brave Haushälterin zur Frau hat, und das Gut ist grad jetzt sehr billig zu haben. Ich will dir das Geld dazu leihen. Mit dem Abzahlen kannst's nach Umständen halten, ganz wie dir's geschickt ist. Ich seh' ja in deine Wirtschaft hinein, weiß, wann du zahlen kannst und wann nicht, und kann mich auf dich verlassen; papierene Termine hast bei mir nicht einzuhalten, du machst's, wie du kannst, und weißt ja, ich drück' dich nicht. Bist so lang bei mir gewesen, und wir haben dich immer so gern gehabt, mein Weib und ich. Auf die Art könnten wir doch bei einander bleiben, als gute Nachbarn wenigstens. Was meinst?«

Der arme Erhard war bei diesem unerwarteten Anerbieten wie vernichtet von Glück und Unglück zugleich. Wenn ein König ihm die Hälfte seines Thrones angeboten hatte, der Besitz würde ihm nicht halb so lachend gewinkt haben, als jetzt, wo ihm, dem Aussichtslosen, die unmittelbare Möglichkeit geboten war, mit dem Mädchen, auf das er seine Gedanken gesetzt, ein eigen Haus zu errichten. Aber der Schimmer, der ihm wie ein Blitz in das Bild einer holdseligen Zukunft hineinleuchtete, verschwand auch so schnell wieder wie ein Blitz, und er sah nichts mehr als die graue Hoffnungslosigkeit.

Auch er hatte, wie der gütige Freund, der ihm zu freiem Eigentum verhelfen wollte, während der Rede desselben unwillkürlich und unverwandt sein Auge auf Justinen ruhen lassen, denn an sie war ja die eine Hälfte des Anerbietens gerichtet, ohne deren Annahme die andere Hälfte für ihn nicht zu verwirklichen war; doch Justine gab kein Zeichen der Zustimmung; auf ihrem Gesicht drückte sich eine Empfindung aus, als ob jedes der menschenfreundlichen Worte ein Stich für sie wäre, sie senkte den Kopf immer tiefer, um ihr Gesicht zu verbergen, und auf die letzte Aufforderung: »Was meinst?«, die, wie sie wohl fühlte, nur ihr selbst gelten konnte, erhob sie sich zur Antwort langsam von der Bank, wie niedergedrückt durch eine schwere Bürde, und flüchtete sich, ohne aufzusehen, in das Gedränge des lärmenden Kreises, wo sie vor jeder weiteren Anmutung geborgen war.

Nie beiden Männer wechselten einen Blick des Einverständnisses, dann sagte Erhard traurig: »Meister, Ihr seid seelengut, Ihr seid der beste Mann von der Welt. Gott woll's Euch lohnen, wie Ihr an mir tut und wie Ihr's mit mir vorhabt. Aber es scheint, mir will's nicht blühen. Damit's nicht undankbar und leichtfertig aussieht, so bitt' ich mir Bedenkzeit bis morgen aus und will Eure große Gutheit jetzt nicht gleich von der Hand weisen. Ihr seid ja nicht schuld, wenn nichts draus wird. Aber, nicht wahr, Meister? wenn ich morgen beim Abschied nichts mehr davon red', dann lasset Ihr's auch ruhen, denn ich möcht' fortgehen wie ein Mann und nicht wie ein Kind. Da, in meinem Herzen, will ich Euch festgehalten und wollt' nur, daß ich's Euch einmal vergelten könnt'.«

Er schüttelte ihm kräftig die Hand und trat ans Fenster.

Der Löwenwirt ging zu seiner Frau zurück und sagte: »Sie will nicht. Ich kann sie eigentlich doch nicht recht begreifen. So eine Gelegenheit kommt nicht so leicht wieder. Will sie denn eine alte Jungfer werden?«

Die Löwenwirtin blickte in ihrer ruhigen Art eine Weile vor sich hin und versetzte hierauf: »Sie läßt eben den Verstand walten und will nicht mit Schulden anfangen. Wiewohl, es wundert mich selber, ich hält' sie für weicher gehalten; denn ich bin gewiß, es bricht ihr schier das Herz.«

»Sprich du ihr zu,« sagte er.

»Nein, Mann, das tu' ich nicht,« erwiderte sie, »ich will die Verantwortung nicht auf mich laden; sie muß am besten wissen, was sie zu tun hat. Im Anfang ist's freilich lustig Hausen, aber wenn

Unglück und Fehljahr' und Krankheiten kommen und jedes Jahr ein Kind, und man hat nichts vor sich gebracht und soll noch Schulden zahlen, dann hat man die Höll' auf Erden und hätt' sich lieber zehnmal bedacht, als daß man mit ebenen Füßen ins Eh'bett gesprungen wär'. Der ledige Stand ist auch nicht zu verachten. Ich laß der Justine nichts geschehen, wenn sie auch den Kopf fragt und nicht bloß das Herz. Aber ich muß es noch einmal sagen: es nimmt mich doch ein wenig wunder, und ich will nur sehen, ob's ihr bis morgen nicht anders kommt.«

Das eheliche Zwiegespräch wurde durch ein wildes Getöse unterbrochen. Nach dem Vorbild des Weltlaufes, der eine Tyrannei gerne durch eine Empörung ablöst, nahm auch die Zuchtherrschaft des Schanliklas ein Ende. Die Opfer seiner Rute, des langen Duldens müde, kehrten sich endlich einmütig gegen ihn, trieben ihn, was bei seinem hölzernen Gehwerke keine Kunst war, kläglich in die Enge, versetzten ihm Stöße und Püffe, und wie er einmal recht mit der Rute ausholen wollte, um seine rebellischen Untertanen zu Paaren zu treiben, stürzte er auf einmal, von irgend einem unbekannten Stoß an seinen unzuverlässigen Unterstock getroffen, mit einem hauserschütternden Gepolter der Länge nach zu Boden. Er hätte freilich bei diesem Scherze bösen Schaden nehmen können, aber ein kräftiger ländlicher Weihnachtsschwank hat sich niemals viel um solche Kleinigkeiten bekümmert. Der Heilige warf übrigens, hilflos am Boden liegend, schlimme Blicke aus den rußigen Augenrändern auf Alex, der allerdings im Augenblick seines Sturzes nahe genug bei ihm gewesen war. Die anderen richteten ihn vorsichtig auf, aber nur, um die wilde Jagd von neuem zu beginnen, Sie pufften ihn mit dem Geschrei: »Hinaus mit dem Schantiklas!« gegen die Türe, durch die er endlich unter allgemeinem Hellem Jubel brummend und um sich schlagend verschwand.

Nach diesem Spaß trat einige Ruhe ein. Die Hausfrau forderte Justinen auf, ihr die Kinder in der Kammer zu Bett bringen zu helfen, was bei der Aufgeregtheit derselben keine geringe Mühe kostete. Als sie in Schlaf gebracht waren, sagte die Frau: »Ich lass dir die Wahl, Justine, wer von uns heut nacht in die Kirche gehen soll, ich oder du; beide können wir nicht, denn ich mag die Kinder nicht ganz allein lassen.«

»Ich bin ja vorm Jahr drin gewesen,« erwiderte Justine.

»Ja, aber ich gönn's dir Heuer wieder,« versetzte die Löwen-Wirtin gutmütig. »Es ist so gar was Schönes drum. Das ganze Jahr sieht man in der Kirche nichts als leere weiße Wände und den Pfarrer auf der Kanzel, und die Sonne scheint durch die unbemalten Fenster herein, daß mir's oft, verzeih mir's Gott, ganz werktäglich vorkommt. Wenn man eben, wie ich, in einer katholischen Stadt aufgewachsen ist, so möcht' man in der Kirche manchmal auch etwas mehr haben. Drum Hab' ich nichts lieber, als so einen Gottesdienst um Mitternacht, wo die Kirche von Lichtern flimmert und der Altar mit Tannenzweigen verziert ist, daß er wie ein grüner Wald aussieht, und mitten drin das Christkindlein in der Krippe und seine Mutter und sein Pflegevater dabei und die Hirten auf den Knieen umher, und alles das mit kleinen Lampen von unten her beleuchtet, so daß die Farben, rot und blau und gold, wie im Feuer glänzen? und der Geistliche steht daneben und verliest die heilige Geschichte, und die Orgel tönt ganz anders als sonst; und die vielen Menschen sehen in dem Zwielicht' so feierlich aus. Da wacht einem die Seel' auf. Es ist nur schad', daß man so was bloß einmal im Jahre haben kann.«

»Man hört's wohl, Frau, daß Ihr ungern wegbliebet,« sagte Justine. »Ich gönn's Euch auch.«

»Du brauchst mir nicht viel gute Worte zu geben,« sagte die Frau.

»Ich bleib' recht gern daheim,« versicherte Justine. »Ich will gewiß die Kinder nicht versäumen.«

»Kannst dich ja in den alten Großvaterstuhl da setzen und ein wenig nicken, damit du gleich bei der Hand bist, wenn die jüngsten unruhig werden. Nur schlaf' mir nicht zu fest.« – Sie gab ihr noch einige Anweisungen, und Justine verließ die Kammer.

»Jetzt glaub' ich doch, daß sie Meister drüber wird,« sagte die Löwenwirtin zu ihrem Manne, der in die Kammer trat. »Sie will nicht einmal in die Nachtkirche, vermutlich fürchtet sie, der Erhard könnt' sich auf dem Weg an sie machen und ihr mit Bitten zusetzen. Ich seh's wohl, 's ist ihr angst, bis er fort ist. Mir ist's übrigens auch recht, dann gehen wir miteinander.«

»Ja,« sagte der Löwenwirt gähnend und streckte sich in dem Lehnstuhl aus, um bis Mitternacht noch ein wenig zu schlafen.

Das Gesinde hatte sich inzwischen in der Stube um einen Tisch gesetzt, wo es, von der Herrschaft mit einem mürben Kuchen und einem Kruge Wein versehen, die Zeit des mitternächtlichen Gottesdienstes, vor welchem noch besondere Dinge zu verrichten waren, heranwachen wollte.

Der alte Philipp, der sich das Gesicht gewaschen und die verstauchten Glieder wieder etwas in Ordnung gebracht hatte, führte den Vorsitz in der Gesellschaft. Auch Erhard durfte bei dem Schmause nicht fehlen, und Justine wurde, als sie aus der Schlafkammer kam, gleichfalls herbeigerufen, obgleich es ihr sehr sauer zu werden schien, mit den Fröhlichen fröhlich zu sein.

Als der Kuchen verzehrt war, seufzte eine kleine wuselige Magd, die noch Appetit hatte: »Wenn nur der Schantiklas noch einmal kam' und brächt' seinen Sack, statt der Nüss', voll Kuchen mit. Soll ich nicht die Hand zur Tür' hinausstrecken?«

»Laß du den Fürwitz,« sagte der alte Philipp verweisend, »jetzt ist's nicht geheuer. Gib acht, es kommt einer, der dir eine Fledermaus in die Hand gibt, dann wird's dich nach keinem Kuchen mehr gelüsten.«

Die Magd stieß einen Schrei aus, wie wenn ihr das kleine Ungeheuer bereits zwischen den Fingern krabbelte, und wurde von den andern ausgelacht.

»Ja,« sagte eine von den Mägden, »um die Zeit darf man keinen Spaß machen. So hat einmal eine Mutter in der Christnacht ihr Kind zur Tür' hinausgeboten, daß ihm das Schreien vergehen soll, und hat dazu gesagt: ›Da, Schantiklas, hast den unartigen Buben!‹ Auf einmal ist etwas daher gesaust wie ein Sturmwind, hat ihr das Kind aus der Hand gerissen und fort mit ihm. Sie hat's nie mehr gesehen und ist vor Schreck und Jammer ihr Lebtag krank gewesen.«

»Das ist schrecklich!« riefen die andern, und die Mädchen rückten näher zusammen.

»Wie kommt's denn,« fragte einer der Knechte, »daß just in der heiligen Zeit das böse Wesen soviel Gewalt hat?«

»O das ist eine alte Sach',« rief eine der Mägde. »In der Zeit gehen alle Hexen und Geister um, mehr als sonst im ganzen Jahr.«

»Woher es kommt, weiß ich nicht,« versetzte der Senior der Knechte, das Wort nehmend, »aber richtig ist's, in den Zwölften geht alles böse und unholde Wesen um, und am ärgsten treiben sie's in der heutigen Nacht. Da reitet der wilde Jäger auf seinem Schimmel durch dick und dünn, und wenn er an einem vorbei kommt, so kann er ganz höflich den Kopf abnehmen, wie man den Hut abzieht und untern Arm steckt; aber er tut auch dem Wanderer, der sich zu einer so schlimmen Zeit hinausgewagt hat, allen möglichen Schabernack an, jagt plötzlich auf ihn los, wie wenn er ihn überreiten wollt', und ist im nämlichen

Augenblick wieder weit weg; oder er reitet ihm beständig zur Seiten und treibt ihn aus dem Weg hinaus in Busch und Dorn, daß er sich nicht mehr zurecht finden kann, bis er ihn zuletzt gar in einen Sumpf verführt hat. Und hinter dem Jäger kommt oft das Muotisheer daher gefahren, mit Jagdgeschrei und Hundegebell in den Lüften, manchmal auch mit Musik, aus der man Kinderstimmen heraushört, aber es kommt immer ein Sturmwind hintendrein. Sie fahren ihre eigene Straße, von einem Kreuzweg zum andern, und wer der Jagd begegnet und sich nicht gleich mit dem Gesicht auf den Boden wirft, dem geht's schlimm; aber auch das hilft nicht immer, denn sie haben einmal einen, der sich hingelegt hat, im Darüberhinziehen mit der Axt in Arm gehauen.«

»Hu!« riefen die Mägde. »Ja,« sagte eine, »sie fahren sogar mitten durch Städte und Dörfer hindurch, immer den nämlichen Weg, und wer um die Zeit zum Fenster 'naus sieht, der darf sich in acht nehmen. Ich weiß eine, die sie für ihren Fürwitz angehaucht und blind gemacht haben.«

»Das treiben sie aber nur so lang, bis es zur Nachtkirch' läutet,« fuhr der Erzähler fort. »Mit dem ersten Anschlagen der Glocke verlieren sie ihre Gewalt, wie euch ja selber bewußt ist, daß der Mensch dann allerhand nutzbringende Verrichtungen in Haus und Feld vornehmen kann. Und nicht bloß das, sondern dann hat er Gewalt über sie und kann sie zu seinem Willen zwingen, wenn er Courage hat und das Ding versteht. Wisset ihr, woher der alte Kastenpfleger in der Stadt seinen Reichtum hat?«

»An einem Herrschaftskasten ist gut reich werden,« bemerkte Erhard lachend.

»Nein, nein,« rief ein anderer Knecht, »das weiß ich besser. Man sagt, er Hab' sich vom Teufel Farrensamen geben lassen in der Johannisnacht, und damit kann man alles ausrichten, was man will.«

»Oho,« sagte der alte Philipp mit dem ganzen Übergewicht verborgener Weisheit, »in der Johannisnacht braucht man den Teufel nicht dazu, da kann man den Farrensamen selber gewinnen, wenn man mit dem Ding umzugehen weiß. Aber es wissen's wenige. In der Christnacht aber kann man seiner auch habhaft werden, wenn man auf einem Kreuzweg wartet; dann kommt ein schwarzer Mann und bringt ihn; oder man kann sich auch gleich Geld dafür geben lassen; aber Farrensamen ist besser, denn der macht unsichtbar und verleiht Glück in allen Dingen.«

»Das war'!« rief Alex, etwas ungläubig, aber mit gierig lauernden Blicken, die jedoch dazwischen unruhig nach dem Fenster flogen, wo das Licht seltsame Schatten bildete.

»Kann's ja einer probieren,« versetzte der alte Philipp. »Heut ist die rechte Nacht dazu. Wie man's aber angreifen muß, kann ich nicht sagen, möcht's auch nicht. Nur so viel ist gewiß, daß man kein Wort dabei reden darf. Einmal hat sich einer bedankt und ist gleich dafür in tausend Stück' zerrissen wurden; denn der Teufel will keinen Dank, braucht auch keinen, weil er sich allemal seinen Lohn holt, wenn's Zeit ist.«

»Ja,« sagte eine Magd, »eine solche Bescherung hat noch niemals Segen gebracht. Ich weiß auch einen, dem man nachgesagt hat, daß er auf die Art zu seinem Reichtum kommen sei, aber in seiner Familie ist kein Glück und kein Stern gewesen, seine Kinder sind gestorben und verdorben, und er selber hat sich noch in seinen hohen Alter in der Scheuer gehenkt. Andere haben gesagt, der Teufel Hab' ihm den Hals umgedreht und Hab' ihn nachher hingehenkt.«

Ein Gemurmel des Entsetzens lief durch das Häuflein der Mägde, welche immer näher zusammenrückten und doch wieder dazwischen kicherten.

»Wenn aber die Geister in der Nachmitternacht keine Gewalt mehr über die Menschen haben,« Hub Alex an, welcher sichtbar mit einem Gedanken kämpfte, »so sollt' man ja doch – wie drück' ich mich aus? – um einen billigeren Preis etwas von ihnen gewinnen können.«

Der alte Philipp sah ihn mit langen, stechenden Blicken an. »Das ist auch der Fall,« erwiderte er endlich, »Der Boden beherbergt viel Geld und Gut, das man ohne Teufelswerk heben mag.«

»Und wie?« rief Alex mit weit aufgerissenen Augen.

»Da muß einer 'n Schatzgräber fragen, ich Hab' das Ding nicht studiert. Übrigens weiß ich ein Nest ganz in der Nähe, das man wahrscheinlich ohne Müh' ausnehmen könnt'.«

»Wie? was?« schrien alle zusammen, wo möglich noch schärfer aufmerkend als bisher.

»Wohl, wohl!« fuhr der alte Knecht mit geheimnisvollem Tone fort, indem er den Alex beobachtend im Auge behielt. »Zwei Jahr' sind's jetzt, da Hab' ich in der heutigen Nacht müssen in die Bachmühle gehen, weil schier kein Mehl mehr dagewesen ist; der Müller hat so lang warten lassen, – warum? weil's ihm an Wasser gefehlt hat.

Versteht sich, bin ich erst nach dem Läuten fort. Nun, im Hinweg ist mir nichts begegnet, Hab' auch nicht rechts und nicht links gesehen. Wie ich aber zurückkomm' und komm' auf den Kreuzweg draußen im Forchenholz, was seh' ich? In der Höhlung am Steinkreuz, wo vor vielen hundert Jahren einmal ein Mord geschehen sein soll, ist ein blauer Schein gewesen, ganz schwach und tief unten, wie von einem Licht.«

»Und da habt Ihr den Schatz gesehen?« fragte Alex. Er wagte nicht, wie die anderen Knechte, Du zu ihm zu sagen.

»Ich Hab' gedacht: was mich nicht brennt, blas' ich nicht, und bin meiner Weg 'gangen,« erwiderte der Oberknecht. »Aber vorm Jahr, wieder um die gleiche Zeit, was geschieht? Ihr werdet's noch wissen, wie die scheckige Kuh gekalbt hat und wie sie's so hart ankommen ist, daß man gemeint hat, sie werde draufgehen. Man hat in der Nacht zum krummen Schäfer auf dem Kilianshof schicken müssen, und weil Verstand dazu gehört hat, vielleicht auch ein Gang in die Stadt nötig hat werden können, um gleich etwas aus der Apothek' mitzubringen, so Hab' ich mich selber auf den Weg gemacht, nach dem Läuten natürlich, denn anders hätt' mir's der Meister nicht zugemutet. Wie ich wieder auf den Kreuzweg komm', denn der Weg führt ja durchs Forchenholz, was meinet ihr? richtig, da ist mein Schatz wieder und blüht, blüht stärker als das Jahr zuvor. In der Vertiefung am steinernen Kreuz hat eine blaue Flamme gebrannt, ihre Spitze hat ganz leicht gezittert und fast bis zur Höhe des Randes herauf gereicht; und wie ich vom Kilianshof zurück bin, denn ich hab' nicht in die Stadt zu gehen gebraucht, ist die Flamme immer noch dagewesen. Daran, daß sie sich nicht über die Höhlung erhoben hat, hab' ich erkannt, daß der Schatz noch nicht ganz zeitig gewesen ist. Aber ich steh' dafür, heuer ist er vollends ganz heraufgerückt, und wer darnach sucht, der wird eine handhohe blaue Flamme über der Öffnung schauen. Bei der muß er stehen bleiben von Nach-Mitternacht, so früh es sein mag, bis zum ersten Hahnenkraht, ohne umzusehen, was um ihn vorgeht, und sowie er den ersten Hahn in der Nachbarschaft krähen hört, keinen Augenblick früher und keinen Augenblick später, muß er Erde von seinem Fußtritt oder ein Kleidungsstück von seinem Leib auf das Licht werfen, dann hat er den Schatz. Versäumt er's aber oder macht's nicht recht, so versinkt der Schatz wieder in die Tiefe, und dann kann's hundert Jahr' dauern, bis er wieder zum Vorschein kommt? denn nach seinem letzten Aussehen zu schließen, muß er Heuer verblühen.«

»Wenn man aber keine Flamme sieht,« bemerkte Erhard mit Lachen.

»Tut nichts,« erwiderte der alte Philipp und stieß ihn, da er neben ihm saß, kräftig mit dem Fuß: »der Schatz ist deswegen doch da, das Licht sieht nicht ein jedes Menschenkind.«

»Da werdet Ihr's Euch heut nacht gesagt sein lassen, hinaus zu gehen und den Schatz zu heben,« sagte Alex mit mutloser Stimme zu ihm.

»Ich nicht,« erwiderte der Alte. »Was meines Amtes nicht ist, da lass' ich meinen Fürwitz, und zu was sollt' ich in meinen alten Tagen noch reich werden? Ich hab's ja gut beim Löwenwirt, bei dem bleib' ich und leb' ich und sterb' ich. Aber für unseren Erhard war' so ein Kesselein mit funkelnden Talern kein übler Fund auf die Wanderschaft.«

»Ich will nichts von solchem Zeug,« erwiderte dieser: »ich will mein Geld aufrecht bei Leuten von Fleisch und Blut verdienen, und nicht bei hohlen Leibern in der Nimmerwelt.«

»Ich geh' auch nicht hinaus,« sagte ein anderer. »Ich auch nicht! ich auch nicht!« riefen alle hinterdrein.

»Ich möcht' auch nicht dazu raten,« sagte Alex zuletzt und zögernd, »An dem blauen Licht kann man sich die Finger verbrennen.«

»Oder am blauen Dunst,« sagte Erhard dem Oberknecht ins Ohr.

Philipp zwinkerte mit den Augen gegen ihn. »Jedenfalls,« sagte er, »muß sich einer vorsehen, daß er nicht das Maul verbrennt, denn reden darf er kein Wort und keinen Laut von sich geben, sonst geht der Schatz zum Teufel, und er kann noch Gott danken, wenn das alles ist. So hat einmal einer gemeint, er hab' den Schatz schon gefangen, und wie er die Pelzmütz' auf ihn wirft, schreit er dazu: Mein mußt sein!' Aber im Augenblick ist ein Wind aus dem Boden gefahren, hat den Schatzgräber in die Höhe genommen und weit fortgeführt. Zwischen Laub und Ästen hat's ihn niedergesetzt, so daß er gar nicht gewußt hat, wo er ist, nur das hat er gespürt, daß er nicht in seinem Bette liegt, und hat sich die Nacht durch in Todesangst angeklammert, bis der Morgen kommen ist; dann ist er irr' worden, daß er im hohen Bergwald auf der höchsten Eiche sitzt, hat mit Müh' und Not ab dem Baum klettern müssen und ist schier nimmer 'runter kommen. Zwei Stunden weit hat er gehen müssen, bis er sich wieder in seine Heimat gefunden hat, und wie er dann am Tag seine Pelzmütz' geholt hat, so ist kein Schatz drunter gewesen, sondern ein großer wüster Pilz. Darnach ist ihm das Schatzgraben vergangen.«

Einige lachten, andere drückten durch Worte und Gebärden ihr Grausen aus.

»Ich mein' übrigens, es sollt' nicht so, schwer sein, dem Schatz da draußen beizukommen,« hob nach einer Weile der beharrliche alte Erzähler wieder an. »Sonst ist gewöhnlich ein schwarzer Pudel oder so etwas dabei, aber ich hab' die beidemal nichts der Art wahrgenommen, und da wär's ja fast ein Kinderspiel. Freilich, wenn so ein schwarzer Hund dabei liegt, so muß man sich's gefallen lassen, daß er einen mit feurigen Rollaugen, so groß wie Pflugräder, immerfort anglotzt. Aber wem das Glück vergönnt ist, der muß eben das Herz in die Faust nehmen und muß denken: »Glotz' du, so lang du willst;« nur darf er's nicht sagen, dann kann ihm der Pudel nichts tun. Möglich wär's auch, daß eine schwarze Krot' dabei hockt, denn das kommt auch manchmal vor, ich hab's natürlich nicht so scharf in acht genommen. Aber man muß sich eben nichts aus ihr machen, wenn sie auch pfaucht oder einem zwischen den Füßen durchspringt.«

»Ich glaub', der Justine wird's übel!« rief eine der Mägde. Das Mädchen, das mit starren Augen und unter sichtbaren Beklemmungen an dem Munde des Erzählers gehangen hatte, ohne die Zwischenreden der anderen zu beachten, war bei den letzten Worten wie von einer Ohnmacht befallen worden, Ihre Augen schlossen sich, und der Kopf sank ihr auf die Brust. Ehe man ihr aber zu Hilfe kommen konnte, erhob sie den Kopf wieder, öffnete die Augen und sagte, sich gewaltsam zusammennehmend: »Bei solchen Reden ist's kein Wunder, wenn man eine Anwandlung bekommt.«

»Ei, du mußt ja heut nacht nicht auf den Kreuzweg hinaus,« bemerkte der alte Philipp.

»Ja, und wer vor Gott wandelt und betet fleißig,« sagte die Magd, »dem können die Unheimlichen nichts anhaben. Bleib' nur, Justine,« setzte sie hinzu, da diese aufstehen wollte, »es soll jetzt von anderen Dingen gesprochen werden. Übrigens schickt sich's nicht für eine Person deines Schlags, so hasenfüßig zu sein; das taugt bloß für die vornehmen Frälen.«

Justine blieb sitzen und sah stumm vor sich hin, Erhard beobachtete sie gedankenvoll, sprach aber kein Wort mit ihr.

»Wir wollen ein Spiel anstellen,« sagte die kleine wuselige Magd, die noch mehr Kuchen verlangt hatte, »wollen die Zukunft erforschen.«

»Blei oder Eier gießen?« fragte eine andere, »Dann dürfen aber die Mannsnamen nicht dabei sein.«

»Das kannst du allein versehen. Oder du brauchst nur heut nacht den Bettstollen zu treten und dein Sprüchle zu sagen, dann erfährst am leichtesten, wer dein künftiger Liebhaber ist.«

»O, du guckst ganz gewiß heut nacht im Dunkeln in Spiegel.«

»Nein, das tu' ich nicht, da guckt so gern der Teufel 'raus. Lieber schlag' ich im Dunkeln das Gesangbuch auf, und seh' morgen früh nach, was mir's prophezeit.«

»Wir wollen das Spiel mit der schwarzen Henne machen, damit wir sehen, wer von uns zuerst heiratet.«

»Nun, das weiß man ja, der Alex.«

»Ei, da kann noch viel dazwischen kommen, ist ja noch nicht aller Tag' Abend und lauft noch manch's Wässerle den Bach 'nunter, trüb' oder hell.«

Der Vorschlag fand allgemeinen Beifall, und die kleine Wuselige wurde beauftragt, die zu dem Schwanke taugliche Henne zu holen. Sie weigerte sich aber, nach so grauslichen Geschichten, die selbst die ruhige Justine in Angst gesetzt, vor dem Läuten allein hinauszugehen, worauf beschlossen wurde, ihr zween Knechte zur Begleitung mitzugeben. Bald kamen die Abgesandten mit dem schwarzen Vogel zurück, den die Kleine sorgfältig mit beiden Händen hielt und zärtlich an die Brust drückte. Aber ein schallendes Gelächter entstand, als man gewahr wurde, daß ihre Begleiter, schwerlich ohne Absicht, statt der Henne ihr den Gockelhahn unterschoben hatten, der zufällig auch von schwarzer Farbe war. Sie wurde nicht aufs feinste geneckt, und man wollte sie noch einmal fortschicken, um ihr Versehen gut zu machen. »Ach was!« sagte sie, »der Gockeler ist so gut wie eine Henne, machet nur voran. Wer kann ihn einschläfern?« – Der alte Philipp zeigte sich bereit, er ließ sich ein Stück Kreide bringen, und es wurde sogleich zur Ausführung geschritten. Man legte den Hahn auf den Boden, wobei er so gehalten wurde, daß Kopf und Schnabel fest am Boden anlagen, und nun zog der alte Zaubermeister dicht vom Schnabel aus, gleichsam denselben verlängernd, einen starken langen Kreidestrich über den Boden hin, worauf sie langsam und leise die Hände von dem Hahn zurückzogen, so daß er jetzt frei am Boden lag.

Wundersam war es da zu sehen, wie sich das grillenhafte Tier in dieser Lage benahm. Zuerst hatte es sich heftig gesträubt, dann das Verfahren mit einer ängstlich Ungewissen Verlegenheit, die von Fluchtgedanken zeugte, über sich ergehen lassen; jetzt aber, obgleich von Zwang und Haft befreit, lag es völlig ruhig da, wie wenn es mit dem Kopf am Boden befestigt wäre und sich nicht von der Stelle rühren könnte. Es' schien, falls man einem Hahn so viel Nachdenken zutrauen darf, als ob er den Kreidestrich für einen wunderbar aus ihm herausgetretenen Teil seines Selbst oder wenigstens für einen Faden hielt, woran sein Schnabel angebunden sei; genug, er befand sich wie in einem verzauberten Zustande, den man übrigens keinen Schlaf nennen konnte, denn er hatte die Augen offen, sie sahen jedoch unverwandt und unbeweglich den Strich entlang. Nachdem man diese Art der Verzauberung eine geraume Weile hatte fortdauern lassen, bildeten alle geräuschlos einen Kreis um den daliegenden Hahn. Justine, die sich entziehen wollte, wurde mit Gewalt, aber ohne einen Laut in den Kreis gezogen. Ganz leise und behutsam, denn der Zauber schien bei alledem nicht so stark, um jede Probe zu bestehen, wurde nun der Kreidestrich allmählich ausgelöscht. Kaum war dies geschehen, so erhob der Hahn den Kopf und sah sich gleichsam verwundert um; dann stand er auf und ging zuerst etwas taumelnd, nach und nach aber schneller, und mit unruhigem Gurren in dem Kreis umher, immer entschiedener auf das Entkommen aus der verdrießlichen Gefangenschaft bedacht. Damit wuchs auch die Spannung der Spielenden immer mehr, denn die Person, bei welcher er den Kreis verließ, war die bezeichnete, und brach er gar zwischen einem Paare durch, so war nicht der geringste Zweifel, daß diese beiden einander im nächsten Jahre heiraten würden. Hierauf hatte man auch bei der Bildung des Kreises nach Möglichkeit Bedacht genommen, und dem armen Erhard war ein Letztes Glück zu teil geworden, indem er sich, ohne eigenes Zutun, aber vielleicht auf Veranlassung des Mädchens, das die Widerwillige in den Kreis gezogen hatte, neben Justinen befand, Alex dagegen war ungepaart, denn die Mädchen hatten, unter beständigem Hin- und Herschieben, in nicht sehr schmeichelhafter Weise, seine Genossenschaft von sich abzuwenden gewußt, so daß ihm endlich zur Rechten der alte Philipp und zur Linken ein anderer Knecht zu stehen gekommen war. Aber gerade deshalb war man um so begieriger darauf, ob der Hahn etwa ihn als den ersten Hochzeiter in dem Kreise bezeichnen würde, weil insgeheim noch über die Dauerhaftigkeit seines Verlöbnisses gestritten wurde und manche glaubten, er werde sich durch die unaufhörlichen schwach verblümten Anspielungen und Spottreden noch bewegen lassen, die schmähliche Heirat wieder aufzugeben. Der Zaubergockel schien es jedoch auf jemand ganz anderes abgesehen zu haben, denn er ging plötzlich mit einem entschlossenen Anlaufe gerade auf Justinen los. »Aha!« rief es von allen Seiten. Justine aber streckte abwehrend die Hände aus und rief mit gepreßter Stimme: »Nicht zu mir, nicht zu mir! Ich will nicht heiraten!« Das verschüchterte Tier, wenn es auch die Worte nicht verstand, ließ sich durch die Gebärde abschrecken, kehrte sich wie ein Kreisel um und rannte, mit dem nächsten besten zufrieden, zu dem alten Philipp hinüber. Diese übel angebrachte Ehre tat solche Wirkung, daß die Mädchen sich vor Lachen schüttelten, und kaum mehr im Kreise auszuhalten vermochten. Philipp aber, der, gleichfalls zur Abwehr', den Fuß vorgeschoben hatte, hob unvermerkt die Spitze seines schweren Stiefels und trat dem aufs äußerste gebrachten Tiere, das, eine Öffnung suchend vor ihm trippelte, ein wenig auf den Fuß. Der Hahn stieß einen Laut des Schmerzes aus, das Spiel war ihm jetzt offenbar ganz und völlig verleidet, und er schwang die Flügel zu einem verzweifelten, aber gelungenen Fluchtversuch; da er unten bis jetzt vergebens einen Ausweg gesucht hatte, so wirbelte er sich, wie er ging und stand, auf einmal mit einem Ruck und mit zwei, drei schmetternden Trompetentönen vom Boden in die Höhe und fuhr in kühnem Schwünge dem Alex gerade über den Kopf hinaus, von lautem Geschrei begleitet, das er im herunterschweben durch lang nachhaltendes Krähen noch übertäubte. In dem Gemische von Angst und Kühnheit aber, womit er seine Flucht aus dem lachenden Kreise bewerkstelligt hatte, war ihm, wenn man so sagen darf, etwas Menschliches begegnet und zum guten Teil über Alex ergangen, ein Fall, der bei diesem Spiele nicht zu den seltensten gehört und eben darum auch in der Auslegung des Orakels vorgesehen ist, die ihn für eine Vorbedeutung der höchsten Unehre nimmt. Es läßt sich denken, welchen Eindruck dieses alle Berechnung übertreffende Ereignis unter den obschwebenden Verhältnissen und Gesinnungen bei den handgreiflichen Gemütern, die hier versammelt waren, machte; allein schwer wäre es, das unbändige Gelächter, das bei dem Anblick ausbrach, zu beschreiben. Der Kreis löste sich alsbald, indem sich das eine dahin, das andere dorthin warf, um ganz den krampfhaften Erschütterungen des Zwerchfells zu gehorchen. Selbst Erhard, dem es doch nicht besonders heiter zu Mute war, ließ sich von dem allgemeinen Sturme mit fortreißen, und nicht einmal Justine war imstande, ihren Ernst ganz beizubehalten. Vergebens schrie Alex mit einem wütenden Blick auf Justinen, von welcher der Hahn auf seine Seite herübergekommen war: »Es gilt nichts, man hat ihn auf mich gehetzt!« Er konnte nicht zu Worte kommen vor dem Gelächter, welches die Fenster zittern machte und aus welchem man nur die stärksten Posaunenstöße des Gockels hie und da vernahm, der, noch immer vergebens seine Freiheit suchend und durch den Lärm vollends ganz unsinnig gemacht, toll und blind gegen die Wände und Fenster flog.

Als sie sich endlich müde gelacht hatten, ließ sich ein Klopfen an der Wand vernehmen. Es kam aus der Kammer, wo sich der Löwenwirt und seine Frau befanden, und man hätte es mit gutem Fug für eine Mahnung halten können, die Kinder nicht durch das heillose Getöse aufzuwecken; aber es bedeutete etwas anderes, »Horch!« rief der alte Philipp, als es stille geworden war, »horch, man läutet schon den Schrecken!« Und wie sie einen Augenblick lauschend stehen blieben, hörten sie von fernher den dumpfen Ton der Glocke, der das erste Zeichen zum mitternächtlichen Gottesdienst im Städtchen gab und plötzlich, wie man glaubte, den Möchten der Finsternis Schrecken einjagte, so daß sie den Menschen zu schaden unmächtig wurden.

»Es läutet! es läutet!« schrieen alle zusammen, und nun ging es an ein eifriges Rennen, so daß sich im Nu der ganze Schwarm dahin und dorthin zerstreut hatte. Die kleine Wuselige faßte Justinen am Arm und rief: »Komm geschwind, hilf mir im Stall, oder streu' den Hühnern das Futter.«

Justine besann sich einen Augenblick, dann sagte sie: »Laß mich, ich hab' meinen Flachs noch nicht ganz abgesponnen.«

»Was?« schrie die andere mit einer Gebärde, als ob das Heil der Seele auf dem Spiele stände: »was? und es ist schier Mitternacht!«

»Weißt, ich hab' vorhin müssen den Baum für die Kinder rüsten und anzünden helfen,« antwortete Justine, »da hab' ich's nicht ganz zu End' bringen können. Aber ich bin gleich fertig, es gibt nur noch ein paar Fäden.«

»Mach', mach',« schrie die andere, »sonst fault dir der Finger ab, oder wenn's noch gut geht, so bringst wenigstens ein ganz Jahr die Kunkel nicht leer.«

Sie rannte den übrigen nach, Justine aber befand sich, als die Löwenwirtin in die Stube trat, nicht an ihrer Kunkel, sie war ein wenig in ihr Kämmerlein gegangen, das sie abgesondert von den Mägden bewohnen durfte, teils weil man ein unbedingtes Vertrauen in sie setzte, teils weil sie manchmal eines oder das andere von den Kindern, das seine Geschwister in der Ruhe zu stören drohte, zum Schlafgenossen erhielt. Doch kam sie bald wieder zum Vorschein, um die Obhut über die Kinder während der Abwesenheit der Mutter zu übernehmen.

Unterdessen herrschte in Haus und Hof die größte Geschäftigkeit. Mägde und Knechte wetteiferten, dem verschiedenen Vieh an seinen Klippen und Trögen Futter zu geben. Andere eilten, im angrenzenden schneehellen Felde die Obstbäume mit Stroh zu umbinden und aus Leibeskräften zu schütteln, so daß der auf sie herabfallende Schnee viel leises Gelächter erregte, denn anders durfte nicht gelacht werden, da diese sämtlichen Handlungen ohne ein Wort oder sonst einen Laut vorgenommen wurden. Erhard, in Verrichtung seines letzten Dienstes, tummelte die Pferde in einer Koppel durch den Hof im Kreis umher, wobei ihm der kleine Roßjunge half. Auch der Herrschaft war ihr Anteil an diesen Obliegenheiten zugefallen: der Löwenwirt hatte sich in den Keller begeben, um in rascher Folge an die Fässer zu klopfen, während seine Frau in der Stube am Ofen auf einem Stuhle stand und das große, steinerne Essigfäßchen rüttelte, das dort auf dem hohen Aufsatze lag. Niemand dachte bei diesen Dingen viel: es waren altherkömmliche Bräuche, von den Ureltern überliefert; man wiederholte sie jedes Jahr, ohne ihre alte Bedeutung, daß sie nämlich Segen und Gedeihen für das nächste Jahr bringen sollten, genau abzuwägen; aber fehlen durften sie nicht, wenn nicht ein Blatt vom Baume des jährlichen Lebens abgebrochen sein sollte. Auch hatte man zum Nachdenken blutwenig Zeit, denn da alles geschehen sein mußte, ehe der Schall der Glocke verstummt war, so waren alle Hände so voll beschäftigt, daß sie den Gedanken keinen Spielraum lassen konnten. Ein Fremder, der einst um diese Zeit im Hause über Nacht herbergte und das wunderliche Treiben mit ansah, fragte den Löwenwirt, wie er nur solche abergläubige Torheiten dulden könne, worauf dieser antwortete, es seien eben alte Gewohnheiten, die er seinen Leuten nicht verbieten möge. Er tat, als wäre es ihm ein gleichgültiger Brauch, dessen Ausübung er seinem Gesinde zulasse; in Wahrheit aber half er selber mit. Damals zwar hatte er sich vor dem Gaste geschämt und seinen Kellerbesuch unterlassen, während seine Frau gleichwohl einen gelegenen Augenblick zu erwischen wußte, um hinter dem Rücken des Fremden ihren Essig zu rütteln. Da ihm aber im folgenden Jahre der Unfall widerfuhr, daß bei einer Küferarbeit der Spund aus einem Fasse flog und wohl über ein Imi vom Besten in den Keller lief, so sagte er in der nächsten Christnacht zu der Löwenwirtin, indem er nach dem Kellerschlüssel langte: »Nutzt's nichts, so schadet's nichts«; und seitdem hatte er nie mehr verfehlt, unter dem Schreckenläuten in den Keller zu gehen und eilends von einem Faß ans andere zu klopfen.

Die Tiere hatten ihr Futter, das gewiß bei ihnen anschlagen mußte, da sie es ja gleich mit dem Läuten zu fressen begonnen hatten, die Bäume waren umbunden und geschüttelt und hatten keine Entschuldigung, wenn sie nicht aufs Jahr reichlich trugen, die Pferde waren umhergeritten und allem Schaden entnommen, dem Wein und dem Essig konnte kein Leid geschehen, auch war Justinens Kunkel hoffentlich vollends leer gesponnen, wo nicht, so mußte sie's eben tragen – da versammelte sich alles in der großen Stube, um sich zum Abgehen fertig zu halten. Ein halber Sonntagsstaat, für eine hälftige Beleuchtung von obenher berechnet, war in der Eile angetan worden, und dem alten Philipp wurden die Kleider, die zum Teil bei der Mummerei ein wenig mitgenommen sein mochten, geschwind noch etwas sorgfältiger abgestäubt. Nun hörte man die Glocke zum zweitenmal anschlagen, und der Zug brach auf, um mit dem dritten Läuten das Städtchen zu erreichen.

Justine leuchtete ihnen unter das große Hoftor hinab. Im Fortgehen konnte Erhard sich nicht enthalten, noch einmal nach ihr zurückzusehen, und ihr Anblick machte ihn betroffen, doch wußte er nicht, ob sein Auge richtig sah, oder ob der mit dem flimmernden Schneelicht kämpfende Kerzenschein ihn täuschte. Sie lehnte am Torflügel und sendete, so kam es ihm wenigstens vor, einen sterbenden Blick ins Weite und Leere hinaus; kaum hielt ihre herabgesunkene Hand den Leuchter noch fest. Es zog ihn mächtig zu ihr hin, sie zu fragen, was ihr fehle, ihr zu helfen, und schon wandte er sich zurück, aber im gleichen Augenblick hatte sie sich aufgerafft, und das Hoftor schlug hinter ihr zu. Er blieb noch stehen; nach einer Weile waren die Fenster in der großen Stube hell, der Lichtschein verschwand wieder, dann zeigte er sich an den Fenstern, hinter welchen die Kinder schliefen, verschwand langsam auch da, und erhellte endlich das wohlbekannte Eckfenster mit den runden Scheiben, nach welchem er so manchen Morgen verstohlen aufgeblickt hatte. Sie hatte zuerst nach den Kindern gesehen und war hierauf in ihr Kämmerlein gegangen, um vielleicht ein Andachtsbuch oder sonst irgend etwas zu holen, womit sie sich auf ihrem Wachposten beschäftigen wollte. Es war alles in seiner natürlichen Ordnung, und er fand keinen Grund zu Sorge oder Zweifel; eilig hob er den Fuß und folgte den andern nach.

Er war eine gute Strecke still neben dem alten Philipp hergegangen, da faßte er diesen am Arm und fragte leise: »Hast du den Schrei auch gehört?«

»Ja,« sagte Philipp ruhig.

»Es wird doch der – es wird doch daheim nichts geschehen sein?« sagte Erhard und versuchte ihn unwillkürlich rückwärts zu ziehen.

»Bewahr', 's ist ein Käuzlein gewesen im Wald drüben, ich hab's deutlich gehört,« erwiderte der alte Philipp, »Wenn's ein Unglück bedeutet, so muß es nicht grad' uns angehen, denn es geschieht wahrscheinlich jeden Augenblick Unglück genug in der Welt. Ich weiß auch nicht, warum die Käuzlein nicht schreien sollten, nachdem sie einmal unser Herrgott dazu erschaffen hat. Aber wenn man eine Wanderschaft vor hat, so geht einem gemeiniglich allerlei dummes Zeug im Kopf herum.«

»Ich mach' mir keine Sorgen um mich,« entgegnete Erhard etwas verdrießlich über diese Bemerkung. »Ich bin nie ein Grillenfänger gewesen, und zudem ist ja die Gegend seit Jahren so sicher, daß man auf der Straße schlafen kann.«

Im stillen konnte er jedoch der guten Seele nicht so ganz unrecht geben, denn er fühlte, daß es ihm wunderlich, wie noch nie, zu Mute war. Er wußte sich Justinens Benehmen nicht recht klar zu machen: sie zeigte sich einer Heirat mit ihm entschieden abgeneigt, und doch meinte er aus manchem Blick, aus manchem Wort von ihr erraten zu dürfen, daß diese Abneigung nicht ihm selbst gelte, ja daß er ihr nichts weniger als zuwider sei. In der scheuen Erstlingskraft seiner jungen Liebe wagte er sich dies nicht deutlich zu sagen, und doch drängte es sich ihm immer wieder wie ein wesenloses Bild mit unbestimmter Verheißung auf.

Daß Justine aus Furcht vor den Sorgen und Kümmernissen eines mittellosen Lebens seine Hand verschmähte, glaubte er nicht, denn er traute ihr anspruchslosen Verstand, nicht aber mutlose Klugheit zu. Aber eben darum war ihm ihr Benehmen um so rätselhafter, und er quälte sich in vergeblichem schmerzlichem Grübeln ab. Umsonst sagte er sich, daß dieses Grübeln zu nichts mehr führen könne, denn sein Entschluß war ja fest ausgesprochen und unwiderruflich, da nur Justinens Jawort ihn rückgängig machen konnte, eine Bedingung, auf welche jetzt nicht mehr zu rechnen war. Nun sollte er das Haus verlassen, worin er zu einem brauchbaren Menschen herangereift und sich wie ein Glied der Familie vorgekommen war: er konnte es nicht begreifen, nicht für möglich halten, und doch sollte es schon morgen geschehen, und doch war es sein eigener Wille. Dazu wußte er noch nicht einmal, wo er sich hinwenden sollte, denn so besonnen er sonst war, so hatte er doch in der schmerzhaften Gewaltsamkeit seines Entschlusses noch nicht weiter gedacht, als eben auf gut Glück in die Welt hinaus und hinein zu gehen. Kein Wunder, daß er in diesem Zustande wenig Halt in sich hatte und von allen Außendingen abhing, daß ihm jeder Laut ein verhängnisvolles Ereignis zu erzählen und jeder Luftzug ein entscheidendes Zeichen zu bringen schien. Er fand also die Betrachtung seines alten Freundes begründet, beruhigte sich, so gut er konnte, über seine Unruhe und setzte seinen Weg stillschweigend fort, bis sie mit dem dritten Läuten durch das alte Tor des Städtchens schritten, Der Nachtfeier gebrach es an nichts, um die Erwartungen der Löwenwirtin zu befriedigen. Die alte Kirche flimmerte von Lichtern, der Altar war wie ein Wald mit grünen Tannenzweigen geschmückt, und mitten darin schimmerten die Bilder der heiligen Familie mit den Hirten in bunten Farben, welchen die Beleuchtung Leben und Bewegung zu geben schien, und alles war so feierlich, daß der wackern Frau, wie sie vorausgesagt hatte, die Seele dabei aufging. Aber Erhard sah und hörte wenig davon, denn seine Gedanken waren anderswo. Sie schweiften zurück in die Tage, da seine Liebe zu dem Mädchen, von dem er nun scheiden sollte, erwacht und groß gewachsen war. Beide waren als Waisen in das Haus gekommen, er als ein Zögling des Waisenhauses, den der Löwenwirt einst in menschenfreundlichem Vertrauen auf seine guten Zeugnisse aus der Hauptstadt mitgenommen hatte, und später Justine als das hinterlassene Kind einer in der Nachbarschaft verstorbenen Familie, mit welchem die Löwenwirtin gleichfalls einen Versuch machen wollte, nachdem der Versuch mit dem Waisenknaben ganz nach Wunsch gelungen war. Der ältere Erhard, der dies wohl fühlte, betrachtete deshalb die jüngere Justine als eine Art von Pfand und glaubte sich berufen, darüber mit zu wachen, daß sie das in sie gesetzte Vertrauen rechtfertige. Dieses Verhältnis, das zwischen verschiedenen Altersstufen so natürlich ist, ließ sich von Anfang ganz gut an, da Justine, obgleich seiner Erziehungstätigkeit gar nicht bedürftig, äußerst fügsam und immer freundlich war. Als aber die Jahre das Verhältnis innerlich umgestalteten und es ihm bei ihrem Anblick immer wärmer und enger um das Herz wurde, da stand ihm das Übergewicht, das er sich angemaßt hatte, sehr im Wege und war ihm wahrhaft zur Strafe geworden; denn schüchtern, wie er war, und streng gegen sich selbst, wie wenn er sich auf einem unheiligen Anschlag ertappt hätte, wagte er lange um keinen Preis, seine wahre Gesinnung zu verraten, ja statt seinen Ton gegen das junge Mädchen zu ändern, nahm er bei der ihm nun einmal angeborenen spröden Trockenheit wo möglich noch einen kürzeren, schrofferen, herberen an. Der Scharfsinn eines liebenden Herzens wird zwar auch durch die Hülle eines solchen Benehmens hindurch zuletzt dem andern Herzen auf den Grund sehen, aber es bedarf einiger Zeit hierzu, und auch dann wird ein Mädchen mit vollem Recht sich nicht so bald anmerken lassen, was sie erraten hat, vielmehr erwarten, daß der männliche Trutz und Hochmut sich ihr ein wenig gefangen gebe. Ob nun Justine damals in sein Gemüt geschaut und, nur um die harte Schale desselben zu zerbrechen, die Waffen des Weibes angewendet habe, wußte er freilich nicht; nur das war ihm zu seinem bitteren Leide klar, daß es anders zwischen ihnen geworden war, denn ohne ihm ein abstoßendes Wesen zu zeigen, entfernte sie sich doch täglich mehr von ihm, und zwischen die unschuldige Vertraulichkeit, in welcher sie still und ruhig nebeneinander gelebt hatten, legte sich jene unmerkliche Kluft, die, wenn man sie nicht sogleich ausfüllt, mit jeder Stunde größer wird und in kurzer Zeit zwei Menschen so weit voneinander reißen kann, daß sie sich nicht wieder finden. Zum Unglück kam gerade um diese Zeit Alex in das Haus, der gleich von Anfang an einen ganz anderen Ton gegen das hübsche Mädchen anschlug; und durch dessen Auftreten war oder glaubte sich Erhard verhindert, seinen Fehler wieder gut zu machen. Er bemerkte unter allen zuerst, wie Justine sich dem Neuling zuwandte, der so schön und zugleich so bescheiden zu tun verstand, und jetzt, da er sie für sich verloren sah, empfand er erst ihren ganzen Wert. Auch er war im Beginn durch das gewandtere äußerliche Gebaren des glücklichen Nebenbuhlers über den wirklichen Gehalt desselben getäuscht, doch sagte ihm das scharfe Auge der Eifersucht bald genug, wie wenig die Puppe tauge, und mit verbissenem Schmerze hielt er sich fern, zu stolz, das Verhältnis der beiden zu beobachten, das sich jedoch nur in Blicken verriet und bei der übrigen Umgebung wenig Aufsehen machte. So war der Frühling zum Sommer geworden, wahrend unter der Oberfläche gelassener Arbeitsamkeit diese Herzensbewegungen vor sich gingen, da gewahrte Erhard zu seiner Überraschung, daß Justine an Alex vorüberging, ohne ihn eines Blickes zu würdigen. Er hielt diese Erscheinung zuerst für die Folge einer jener kleinen Mißhelligkeiten, die bei jungen Paaren nicht selten sind, aber das Benehmen des Mädchens blieb sich von jenem Tage an gleich, und er sah, es war zwischen den beiden mit einem Male völlig aus. Er hätte gern wissen mögen, ob die Verachtung, die sie dem abgedankten Liebhaber bezeigte, nur der Widerschein des allgemeinen Urteils sei, das sich allmählich im Hause über ihn bildete, oder ob sie eine besondere Ursache gehabt habe, ihm den Laufpaß zu geben: aber er schlug sich die überflüssigen Gedanken aus dem Kopf und dachte, wenn's gut gehe, so werde er's schon noch erfahren. Denn mit Überwindung des leisen Verdrusses über seine nicht unverdiente Hintansetzung wollte er jetzt, da das Feld wieder frei war, das alte geschwisterliche Verhältnis neu anknüpfen und dasselbe durch eine für ein erwachsenes und geliebtes Mädchen passendere Tonart, als die durch die Unterbrechung glücklicherweise für immer abgeschnittene, zu jenem Einklang erheben, der seines Herzens Dichten und Trachten war. Aber Justine ließ es nicht zu diesem Ziele kommen: sie zeigte sich zwar dankbar für die freundliche Ansprache, die er ihr wieder widmete, schien jedoch nicht näher auf die Gesinnung zu achten, die dieser Teilnahme zugrunde lag. Ihr Wesen war wie verwandelt, die Zutraulichkeit, die sie ihm früher, als ob sie nicht anders könnte, bewiesen hatte, war und blieb verschwunden, und sie schien, wie sie in sich gekehrt ihren Weg ging, ein eigenes, ihm und allen anderen fremdes Leben zu leben. Er aber glaubte, sie trage ihm sein früheres Benehmen nach, und da sie dessenungeachtet ihm stets ihre volle Wertschätzung zu erkennen gab, so ließ er die Hoffnung nicht sinken und wagte allmählich näher zu rücken, bis ihm endlich in der Ernte ein günstiger Augenblick den Mut einflößte, geradeaus zu Werke zu gehen. Sie waren beide im Felde allein oder wenigstens so weit von den anderen Arbeitern entfernt, daß niemand hören konnte, was sie sprachen. Er hatte sie angerufen, ihm beim Garbenbinden behilflich zu sein, und während er die Wiede um die Ähren wand, gedachte er auch das Band zu schürzen, das ihn mit Justinen vereinigen sollte. Doch begann er sehr leise und von weitem her: er lobte sie, wie fleißig sie sei und wie ihr alles flink von der Hand gehe, dann fuhr er mit klopfendem Herzen, aber mit ruhig scherzender Lippe fort, sie gebe einmal eine ausbündige Hausfrau, der in Haus und Feld der Segen unter dem Tritt ihres Fußes wachsen müsse, und nach einigem Zögern setzte er mit einer Stimme, worin sich jetzt das innere Beben verriet, hinzu, bei ihr brauche ein Mann, der sich, wenn auch nur als Taglöhner, fortzubringen wisse, nicht auf Vermögen zu sehen, denn ihre Eigenschaften wägen jede Mitgift auf. Das hieß ziemlich deutlich gesprochen, und es hing nun ganz von ihrer Antwort ab, ob er weiter gehen sollte. Justine hatte unter seinen Worten den Kopf immer tiefer gegen die Ähren gesenkt, die sie eifrig zusammen zu drücken suchte; zuletzt aber ließ sie ihn kaum noch ausreden und rief mit leiser, gepreßter und zugleich heftiger Stimme, sie wolle nie heiraten, nie! Es ging ihm wie ein kalter Stich durch das Herz, doch bezwang er sich und fragte, den muntern Ton der Unterhaltung fortführend, ob denn die Männer so schlecht seien, daß sie sich zu gar keinem entschließen könnte. Sie schwieg. Nach einer Weile hob er wieder an, sie werde schon noch anders gesinnt werden, wenn einmal der Rechte komme. Sie gab abermals keine Antwort, sondern ergriff die erste Gelegenheit, um sich unter einem schicklichen Vorwand auf einer anderen Seite des Feldes Beschäftigung zu suchen. So sah er sich denn in einer Weise, über die er sich kaum noch eine Täuschung machen konnte, von ihr abgewiesen, und manchen Tag, manche Nacht kostete es ihn, diesen Bescheid nur so weit zu verwinden, daß er sich an den Gedanken gewöhnen lernte, den einzigen Wunsch, der ihm das Leben lieb machte, unerfüllt dahinschwinden lassen zu müssen. Justine war seit jenem unglücklichen Versuche sichtlich bemüht, ihm auszuweichen und besonders jedes Alleinsein mit ihm zu vermeiden; und doch wurde ihm dabei nicht selten an ihr eine auffallende, ihrem sonstigen Benehmen ganz entgegengesetzte Wahrnehmung zuteil, nämlich daß sie, wenn sie sich von ihm und anderen unbeachtet glaubte, ihre Augen mit einer eigentümlichen, herzzerschneidenden Traurigkeit, die gar nichts mit Abneigung und Widerwillen gemein hatte, auf ihm ruhen ließ. Er konnte dann kaum dem Antrieb widerstehen, zu ihr hinzutreten und zu fragen, was ihr sei; sie aber wußte sich jedesmal, wenn sie seine Absicht merkte, ihm unnahbar zu machen. Dieses stumme Schauspiel wurde nach und nach für die ganze Hausgenossenschaft ein öffentliches Geheimnis, aber mit der Zartheit, die in ländlichen Gemütern so nahe neben der Derbheit wohnt, hütete sich jedermann, es den beiden gegenüber mit einer Silbe zu berühren, und als Alex einmal einen Witz darüber zu reißen wagte, wurde er von dem alten Philipp so grob zurechtgewiesen, daß er zusammenduckte und seitdem wie auf Eierschalen an dem verbotenen Gegenstande vorüberging. Man sah ihm an, daß es ihm wohl war, das Ende seiner Lehrzeit nahe zu wissen. Aber auch Erhard konnte die Pein, die ihm Justinens rätselhaftes Benehmen verursachte, nicht länger ertragen und kündigte mit schwerem Herzen den Dienst. Nun wurde sie noch trauriger, doch änderte dieser Schritt sonst nichts in ihrem Benehmen. Hatte sie doch erst heute abend wieder mit demselben Ton des ängstlichen Abscheus, wie im Sommer beim Garbenbinden, ihre Erklärung, daß sie niemals heiraten wolle, wiederholt, und das in einem Augenblicke, wo durch das wohlwollende Anerbieten des Löwenwirtes die Möglichkeit, ein Hauswesen zu begründen, bestimmter und reichlicher, als Erhard zu hoffen gewagt hatte, gegeben war. Er mochte sich alle diese Vorkommnisse überdenken, so oft er wollte, es blieb ihm eben nichts anderes übrig, als seinem gescheiterten Glück den Rücken zu kehren und in die weite Welt zu gehen. Widerstrebend, wie eine scheidende Seele vom Leben, riß er sich von der gewohnten Heimat los, die ihm das Elternhaus ersetzt hatte; er hatte es nie gekannt und nie vermißt; erst jetzt, in seinen reiferen Jahren, fühlte er sich verwaist und segnete den Schatten der Säule, an der er saß, daß niemand die Tränen sah, die ihm aus den Augen tropften. Aber gerade auf der tiefsten Stufe der Mutlosigkeit beschlich ihn noch einmal die Hoffnung, wie sie zu tun pflegt, mit ihren schmeichlerischen Einflüsterungen. Junge Mädchen haben ihre Grillen, die oft erstaunlich wichtig aussehen und sich doch hinterher in ein Nichts auflösen: konnte denn nicht das ganze wunderliche Wesen, womit Justine ihm und sich selbst zu schaffen machte, vielleicht am Ende eine bloße Grille sein? Er hatte ja doch eigentlich noch nie unverblümt und vom Herzen weg mit ihr geredet:

sollte es nicht der Mühe wert sein, zu guter Letzt, ehe er ins Blaue hineinwanderte, noch einen offenen Versuch zu machen? Der Meister war doch auch nicht zu stolz gewesen, ihm unerachtet seiner abschlägigen Antworten immer wieder zum Bleiben zuzusprechen: sollte er stolzer gegen das Mädchen seines Herzens sein? Und der Vorschlag zumal, der ihm Aussicht auf Erwerbung eines Besitzes gewährte, verdiente der, so kurz von der Hand gewiesen zu werden? Vielleicht hatte Justine dieses Anerbieten nur halb gehört, vielleicht hatte sie den Sinn desselben nicht richtig aufgefaßt; ohnehin, was verstehen Mädchen von solchen Dingen? Kurz, je mehr er sich die Sache von allen ihren Seiten überlegte, desto notwendiger schien es ihm, nichts zu versäumen und noch einen letzten Versuch einer klaren Verständigung zu machen, nach dessen Fehlschlagen ihm ja immer noch die Flucht in die Fremde gewiß blieb; und der Entschluß, nachdem er gefaßt war, hatte wenigstens für den Augenblick den guten Erfolg, daß sich sein umhergetriebenes Gemüt wieder etwas zu beruhigen begann.

Die Glocke, die das Ende des Gottesdienstes verkündigte, unterbrach diese auf und ab wogenden Gedanken; der Gesang des Schlußverses sodann und das Geräusch des Aufbruchs führte den Träumer in die Gegenwart zurück, und er ging an der Seite des alten Philipp aus der Kirche, um sich draußen im Gewühle wieder mit den Seinigen zusammen zu finden. Dort wurde, während die Lichter in der Kirche erloschen, noch mit Gefreunden und Bekannten geplaudert, man erzählte sich gegenseitig, was das Christkind diesmal eingelegt, bis es auf dem Kirchplatz allmählich leerer und stiller wurde und von den Stadtleuten sich eines nach dem andern verlief. Auch Alex verabschiedete sich: er wolle diese Nacht vollends in der Stadt zu Hause schlafen, sagte er, und seine Kleider und Habseligkeiten in der Frühe holen. Die Vorstädter verließen das Städtchen, und das Tor wurde hinter ihnen geschlossen.

»Wohl bekomm's!« sagte Philipp im Gehen leise und in sich hinein lachend zu Erhard. »Der wird eine schöne Nacht haben.«

»Glaubst du, er geht?« erwiderte dieser, »Ich glaub's nicht, er ist zu feig dazu.«

»Im Sinn hat er's doch,« sagte der alte Philipp, »sonst hätt' er nicht den Vorwand ergriffen, sich auf die Seite zu machen. Jedenfalls wird er eine böse Nacht durchwachen: entweder geht er, dann bringt ihn die

Angst um, wenn er so allein auf dem Kreuzweg stehen muß, oder er gibt der Angst Gehör und geht nicht, dann frißt ihn der Geiz.« »Du bist doch ein durchtriebener Schelm!« sagte Erhard lachend.

Unter solchen Gesprächen kamen sie nach Hause, wo sich Erhards vorübergehende Besorgnis von vorhin als ganz unbegründet erwies, denn Justine erschien sogleich mit Licht in dem geöffneten Hoftor und berichtete auf die Frage der Mutter, daß die Kinder ruhig schlafen, Erhard schämte sich im stillen, von seiner Unruhe zu maßlosen Einbildungen fortgerissen worden zu sein. Im Wiederbesitze seiner natürlichen Spannkraft und in der Frische seines gefaßten Entschlusses sann er schon darauf, seine Worte mit guter Art noch heute bei Justinen anzubringen, als er bemerkte, daß eine solche Unterredung jetzt nicht wohl am Platze sein würde, denn das Mädchen schien ungewöhnlich müde zu sein; sie schleppte sich mit sichtbarer Anstrengung die Treppe hinauf und mußte sich oben sogar einen Augenblick an die Wand anlehnen. Wenig hätte gefehlt, so wäre er hinzugesprungen, um ihr zu Hilfe zu kommen, aber die Löwenwirtin rief ihr lachend zu: »Du bist ja so schlaftrunken, daß du schier umfällst; gib nur das Licht und mach', daß du ins Bett kommst.« Justine ließ sich das nicht zweimal sagen, wünschte gute Nacht und schlich ihrer Kammer zu.

Nie Nacht war schon weit vorgerückt, daher fand Justinens Beispiel schleunige Nachfolge, und bald lag alles in tiefem Schlafe begraben. Nach einer Weile kam den Roßjungen, der in der Kammer der Knechte schlief, ein jähes Erwachen an; er richtete sich, auf den Ellbogen gestützt, halb in die Höhe und wunderte sich, was ihn so plötzlich aufgeweckt haben möge; da hörte er deutlich im Hause, hinten nach dem Feld hinaus eine Türe gehen. Er konnte nicht begreifen, wer von den Hausgenossen um diese Zeit etwas im Schnee draußen zu suchen haben sollte, und rief dem Alex, dessen Bett dem seinigen zunächst stand, ohne daran zu denken, daß dieser nicht zugegen sei. Da derselbe keine Antwort gab, so besann er sich, ob er die andern Schläfer wecken solle, von welchen einer mächtig schnarchte. Während er so halb schlafbetäubt in die Kammer starrte, trat die breite Sichel des abnehmenden Mondes, der soeben aufgegangen war, in den Rahmen des Fensters; von dem Lichte, das hereinfloß, wurden die vier Wände hell, und er sah, daß alle,«die mit ihm in der Kammer waren, so fest schliefen, daß es ein zweifelhaftes Unternehmen wäre, sie wach zu rufen.

Der Schnarcher war der alte Philipp, aus welchem die großen Baßpfeifen der Orgel, wie sie nach beendigtem Spiele noch eine Weile nachklingen, immer noch fortzubrummen schienen. Auch Erhard war entschlafen, milde vom langen Wachen und Brüten, und von der Hoffnung auf das Erscheinen einer freundlicheren Sonne eingewiegt. Der Roßjunge guckte mit seinen jungen großen Augen staunend in den glänzenden Lichtkörper, worin er ein Stück vom Besenmann mit dem brennenden Reisigbüschel zu erblicken glaubte, bis er geblendet auf die Seite fiel und schwerer atmend das Geräusch der knarrenden Türe samt Bedenken und Vorsatz vergessen hatte.

Der Morgen des Festtages, an welchem jede Arbeit ruhte, weckte die Schläfer viel später als gewöhnlich auf. Erhard war der erste, der erwachte. Er ging vor das Haus, um sich in der Einsamkeit noch einmal zu überlegen, was er zu Justinen sagen wollte. Nachdem er sich vorsichtig umgesehen, ob ihn niemand belausche, spähte er nach ihrem Fenster, aber sie schien noch nicht auf zu sein, wenigstens war nichts von ihr zu sehen. Er rieb sich die Augen und Schläfe mit Schnee, der in der Nacht frisch gefallen war. Es war ihm nicht mehr so leicht zumute wie beim Niederlegen. Justine hatte ihre Gesinnung in Worten und Gebärden so stark ausgesprochen, daß es denn doch gewagt schien, auf ein bloßes Mißverständnis, auf eine leere Grille zu raten. Er gab zwar darum sein Vorhaben nicht auf, verkannte aber auch die Zweifelhaftigkeit des Erfolges nicht. Wenn die Unterredung wie seine früheren Versuche ablief, so hatte er diese Nacht zum letzten Male im Hause geschlafen und befand sich heute abend schon meilenweit in noch unbekannter Ferne. Er ließ die Augen vom Erdgeschoß bis zum Giebel kreisen, als ob er sich jeden einzelnen Bestandteil der Wohnung, die ihm so heimisch geworden war, unvergeßlich in die Seele prägen wollte. Da sich noch niemand im Hause rührte, so ging er, ohne des Schnees und Frostes zu achten, eine Strecke weit auf der Straße fort, gleichsam um die Losreißung, die ihm nur allzu wahrscheinlich bevorstand, im voraus einzuüben.

Nach einer Weile kam der alte Philipp aus dem Hause und sah sich unbehaglich nach allen Seiten um; er schien den Erhard zu vermissen und sollte sich doch künftig daran gewöhnen lernen, ihn noch viel mehr zu entbehren als für die Dauer einer so kurzen Abwesenheit. Wie er um sich blickte, sah er den Alex vom Städtchen her kommen. Dieser blieb von Zeit zu Zeit stehen, machte dann rasch ein paar Schritte und blieb abermals stehen, so daß es den Anschein gewann, als ob ihn etwas zöge und zugleich etwas zurückhielte, das Haus zu betreten. Als er näher kam, zeigte er ein sehr blasses und verstörtes Aussehen. Aha, dachte der alte Philipp und lachte in sich hinein, der hat sich so oder so heut nacht einen Alp aufgeladen; bin doch begierig. Er ging auf die Seite, um ihn vorerst ungestört ins Haus zu lassen. Den Knechten und, Mägden, die im untern Hausraum zur Seite der Stiege beschäftigt waren, zum Vormittagsgottesdienste die Kleider herzurichten und das Schuhwerk instand zu setzen, fiel seine Erscheinung ebenfalls nicht wenig auf; da er aber mit seinem Eintritt in das Haus einen entschlossenen, schnellen Gang angenommen hatte, so kam er unangerufen an ihnen vorbei und eilte, ohne sich aufzuhalten, die Treppe empor.

»Der sieht ja aus, als ob er einen Geist gesehen hätt',« sagte ein Knecht, – »Ist wohl möglich,« versetzte eine Magd. »Wer weiß, wo der heut nacht gewesen ist.«

»Einen Geist?« rief der Roßjunge, der bei ihnen stand, mit wichtiger Miene. »Ich hab' heut nacht auch einen gehört.«

Ein lautes Gelächter war die Antwort auf diese Nachricht, die aus einem andern Munde wohl einen stärkeren Eindruck hervorgebracht haben würde. Einstimmig wurde ihm erklärt, er habe geträumt, in diesem Hause sei nie ein Gespenst umgegangen, worauf er beschämt und eingeschüchtert verstummte.

Alex war unterdessen die Stiege hinaufgegangen. Oben begegnete ihm eine Magd, die über sein Aussehen nicht weniger als die andern betroffen war, aber noch mehr erstaunte, als er auf einmal zurückfahrend sich am Geländer hielt und in den Gang hinein starrte, wie wenn er eine Erscheinung hätte. Sie sah sich erschreckt um, erblickte aber niemand als Justinen, die soeben aus ihrer Kammer den Gang her kam. Alex starrte sie mit zweifelnden Augen an; sie ging an ihm vorüber, ohne ihn anzusehen. Die Magd fragte ihn, was ihm widerfahren sei; er gab keine Antwort, sondern folgte langsam und zögernd Justinen, die in die Stube gegangen war. Dort wurde er auch vom Löwenwirt und seiner Frau alsbald nach der Ursache seines auffallenden Aussehens befragt, aber sie konnten nichts weiter aus ihm herausbringen, als daß er schlecht geschlafen habe und sich unwohl fühle. In kurzen Worten stattete er seinen Dank für die im Hause genossene Behandlung ab, wobei er von Zeit zu Zeit gleichsam verwundert um sich blickte; dann verabschiedete er sich, um in die Kammer zu gehen und seine Sachen zusammenzupacken.

»Was ist denn dem Alex?« fragte die Magd unten und erzählte den andern, was sie gesehen.

»Der sieht am hellen Tag Gespenster!« rief eine.

»Denk wohl, der Schatz ist ihm in den Kopf gestiegen,« sagte ein Knecht.

»Welcher Schatz?« fragte die kleine Wuselige boshaft. »Der mit dem blauen Licht oder der mit dem grünen Gesicht und dem großen Rostflecken?«

»Vielleicht alle beide.«

»Ich möcht' nur wissen, ob er etwas gefunden hat,« bemerkte ein Knecht.

»Siehst's ja!« erwiderte der alte Philipp. »Laß den einen Schutz heben, so lacht er auf den Stockzähnen, und wenn ihm der Teufel ein Ohr dabei weggerissen hätt'. Er sieht nicht aus wie ein glücklicher Finder. Möcht' übrigens auch wissen, was ihm passiert ist. Mach' dich an ihn, Baste, und such's aus ihm 'rauszubringen.«

Der Roßjunge, dem diese Aufforderung galt, fühlte sich sehr geschmeichelt und versprach, sein möglichstes zu tun. Er war der einzige Vertraute des Alex, der, von den andern über die Achsel angesehen, sich zu ihm herabließ, um doch eine befreundete Seele zu haben.

Sie plauderten noch in der gleichen Weise fort, als Erhard zurückkam. Er hörte ihnen eine Weile zu, dann ging er hinauf, um Justinen zu suchen.

Es fiel ihm einigermaßen auf, als er sie am Ende des Ganges, nicht weit von ihrer Kammer, im Gespräche mit Alex, den sie so lange gemieden hatte, erblickte. Unmutig wollte er wieder umkehren; da er jedoch bemerkte, daß sie keineswegs die Unterhaltung zu verlängern beflissen war, denn ihre Mienen und Gebärden drückten unverkennbare Abweisung aus, so entschloß er sich, näher zu treten, um durch seine Anwesenheit dem Besuche, der ihr offenbar lästig fiel, ein Ende zu machen. Sein Kommen tat auch die gewünschte Wirkung, denn Alex ging sogleich. Sein Gesicht war sehr lang geworden und zeugte von Verlegenheit und Verdruß.

»Ich hab' hoffentlich nicht gestört,« begann Erhard, als er fort war.

»Nicht im geringsten,« antwortete Justine. »Ich bin froh, daß er mir aus den Augen ist.«

»Es scheint, du hast ihm den Segen auf den Weg gespendet,« sagte er scherzend.

»Er wird's nicht an den Spiegel stecken, der Schatzgräber, was ich ihm gesagt hab',« erwiderte sie.

Erhard lachte. »Ja freilich,« versetzte er, »der Philipp schmunzelt auch, daß er ihm in die Schlinge gegangen ist.«

»Wieso der Philipp?« fragte sie.

»Nun, der hat ihm ja Nächt den Mund darnach wäßrig gemacht.«

»So?« sagte sie und nickte vor sich hin, als ob ihr erst jetzt der Zusammenhang der Begebenheiten klar würde.

»Bist ja dabei gewesen,« bemerkte er.

»Ich hab' nicht darauf geachtet,« versetzte sie.

Ein Stillschweigen trat ein, währenddessen er ihr forschend in das Gesicht blickte. Er war der einzige, der sie in der vergangenen Nacht etwas tiefer beobachtet und eine außergewöhnliche Unruhe an ihr wahrgenommen hatte. Heute zeigte sie eine ruhige Fassung, von welcher er sich nicht viel Günstiges für seine Wünsche verhieß; aber ihr Aussehen verriet ein körperliches Leiden, sie schien sich mit Mühe aufrecht zu halten, ihr von Natur blasses Gesicht hatte eine fahle Farbe angenommen, und ihre eingesunkenen Augen blickten so leblos, wie wenn sie die ganze Nacht nicht geschlafen hätte. Erhard, der mit dem Herzen und nicht bloß mit den Augen liebte, würde trotz dieser Veränderung alle Schätze der Welt darum gegeben haben, sie sein nennen zu dürfen, doch machte ihn ihr Aussehen besorgt. »Justine, bist du krank?« fragte er.

»Nein,« antwortete sie.

»Ich hab's gestern schon bemerkt, es ist etwas an dir.«

»Ich hab's überstanden. Gib dir keine Mühe weiter mit mir.«

Die Worte taten ihm weh. Er sah sie schmerzlich an und sagte: »Ach, Justine, wenn ich nur sehen könnte, was in deinem Herzen vorgeht. Es hat doch eine Zeit gegeben, wo du ganz anders gegen mich gewesen bist. Ich versteh' dich nicht.«

Sie blickte traurig zu Boden und schwieg.

»Oder hab' ich nicht deutlich genug zu dir geredet?« hob er wieder an. »Soll ich denn viel Worte machen, damit du siehst, wie's mein Herz mit dir meint?« »Du bist deutlich genug gewesen,« erwiderte sie mit zitternder Stimme, »ich hab' dich wohl verstanden. Du brauchst nicht deutlicher zu sein, außer wenn du mich martern willst.«

Er schwieg verletzt, doch nach einer Weile begann er von neuem: »Hast du gestern nacht gehört, was mir der Löwenwirt angetragen hat?«

»Ja,« antwortete sie kaum hörbar.

»Meinst du nicht, das sei genug für zwei junge Leute, die einander lieb haben und gesund sind und den rechten Sinn zum Hausen mitbringen? Wenn alles so günstig steht und ein Anfang vor uns liegt, den man sich nicht besser wünschen kann – Justine, du mußt etwas gegen mich haben, wenn du dich da nur einen Augenblick besinnen kannst.«

Sie schüttelte den Kopf.

»Justine,« rief er dringend, »sag's, was hast du gegen mich?«

Sie erhob das Gesicht langsam, und in ihre matten Augen trat ein unaussprechlicher Glanz, als sie ihn ansah. »O Erhard,« sagte sie, »du tust mir unrecht. Ich hab' auf der Welt nichts wider dich.«

Er faßte sie an der Hand. »Warum willst du denn nicht mein Weib werden?« fragte er.

»Es kann nicht sein,« sagte sie mit fast tonloser Stimme. »Laß mich gehen und dring' nicht weiter in mich. Wir können nicht glücklich miteinander werden. Niemals!«

»So leb' wohl!« rief er und riß sich in Zorn und Schmerz von ihr los. Er sah es nicht mehr, wie sie sich im tiefsten Kummer das Gesicht mit den Händen bedeckte, und hörte nicht das verzweiflungsvolle Schluchzen, das bald nachher aus ihrer Kammer drang.

Die entschlossene Haltung, womit er in die Stube trat, um Lebewohl zu sagen, gab dem Löwenwirt ein Zeichen, daß von seinem Anerbieten nicht mehr die Rede sein solle. Der Abschied war kurz, aber herzlich. Die Löwenwirtin weinte wie eine Mutter, die ihren Sohn von sich lassen muß, die Kinder schrien und wollten sich der Abreise ihres Freundes widersetzen, und selbst dem gleichmütigen Löwenwirt wurden die Augen ein wenig feucht. Erhard mußte versprechen, von sich hören zu lassen, sobald er irgendwo eine bleibende Stätte gefunden haben werde.

Der alte Philipp, der ihm sein Bündel schnüren half, bewies sich dabei äußerst unwirsch und brummte in einem fort, so daß es beinahe den Anschein hatte, als ob er aus lauter Ungefälligkeit Hand anzulegen zaudere; doch wurde er etwas besserer Laune, als der Roßjunge, der

dem Alex geholfen hatte, dazu kam und heimlich den ihm auferlegten Bericht erstattete. »Er ist richtig auf den Kreuzweg hinausgestanden,« erzählte der Junge, »und hat den Schatz heben wollen. Von Anfang an, sagt er, hab' er gar nichts gesehen.«
Der alte Philipp lachte in sich hinein.
»Aber auf die Länge hab' er einen blauen Schein am Boden wahrgenommen.«
Der alte Philipp platzte mit Lachen heraus.
»Und es hätt' nicht viel mehr gefehlt, so wär' er des Schatzes habhaft worden, aber da sei ihm unversehens etwas dazwischen kommen.«
»Was denn?« fragte der alte Philipp.
»Das sagt er nicht,« antwortete der Roßjunge, »aber er ist ganz wild, daß er so liederlich um den Schatz kommen sei, und hätt' er gewußt, was er jetzt wisse, sagte er, so hätt' er brav drauf los geschlagen.«
»Es muß ihn also jemand gestört haben,« sagte der alte Philipp, »Möcht' wohl wissen, wer zu so ungewöhnlicher Zeit auf dem Weg gewesen ist, und vollends durch den Wald.«
»Vielleicht ein Schmuggler,« bemerkte Erhard.
»Ja,« meinte Philipp, »und der wird ihm ein Siegel an sein furchtsames Maul gelegt haben. Sie treiben's stark von drüben her, seit man davon spricht, daß der Krieg ausbrechen soll.«
Das Bündel war geschnürt, der Roßjunge wollte es umwerfen, »Gib's nur her,« sagte Erhard, »unser Weg geht nicht weit zusammen. Wir wollen's kurz machen, gelt, Alter?« wandte er sich zu Philipp, Dieser nickte. Sie traten vor das Haus, wo die übrigen Knechte zum Abschied fertig ihrer warteten. Alex hatte sich halb unschlüssig zur Seite aufgepflanzt.
»Hab' ich's nächt nicht gesagt« – redete diesen der alte Philipp im Vorbeigehen an – »oder hätt' ich's etwa vergessen« – fragte er die andern – »was ein Hauptbedingnis bei der Hebung eines Schatzes ist? Er wird keinem beschert, der nicht unschuldig ist wie das Kind im Mutterleib. Wer das nicht von sich sagen kann, der soll die Händ' davon lassen, sonst zerrinnt ihm das Glück unter den Fingern, und es kann noch zu bösen Häusern mit ihm gehen.«
Alex antwortete nichts, sah aber unaussprechlich verblüfft aus und machte ein wahrhaft dummes Gesicht. Die andern erhoben ein schallendes Gelächter.

Nunmehr begann der feierliche Zug der Ausfolge. Erhard wurde in die Mitte genommen, der Zug setzte sich in Bewegung, und nun erhoben die Knechte, allmählich auf der Straße sich verbreitend, ihre Peitschen, die sie mit roten und blauen Bändern geschmückt hatten, und fingen ein Knallen an, das sich taktmäßig bald wie ein Lauffeuer, bald wie die Weise eines Liedes oder Marsches zu vernehmen gab. Es war die letzte Ehre, die sie einem geachteten und liebgewonnenen Kameraden erwiesen. Dabei sahen Herrschaft und Mägde aus den Fenstern, und alles rief dem Scheidenden die letzten Grüße zu. Nur Justine kam nicht zum Vorschein. Alex hatte sich dem Zuge in einer klüglich berechneten Haltung beigesellt, so daß es einigermaßen den Anschein haben konnte, als ob er gleichfalls mit ausgefolgt würde. Philipp, der ein Auge über ihn hinlaufen ließ, winkte dem Roßjungen und sagte ihm einige Worte ins Ohr, worauf derselbe heimlich lachend in das Haus zurückrannte.

Der Zug, der ein gutes Stück der Straße einnahm, weil die Knallenden Raum zum Ausholen brauchten, hatte sich in der Richtung nach dem Städtchen noch nicht sehr weit bewegt, als Erhard Halt machte. Hier führte ein Feldweg seitab, auf welchem man das Städtchen umgehen konnte. Er war zwar des Schnees wegen nicht sonderlich bequem zu betreten, aber Erhard zog ihn der Straße vor, denn er hatte keine Lust, den Alex zur Gesellschaft zu haben, auch fürchtete er, in der Stadt von Bekannten aufgehalten und mit Fragen, die zu nichts führten, belästigt zu werden. Er hatte sich vorher insgeheim mit dem alten Philipp verständigt und eröffnete nun seinen Begleitern, daß er hier Abschied von ihnen nehmen wolle. Sie lehnten sich gegen diesen Entschluß gewaltig auf; da sie ihn nicht nach landesüblicher Weise, wie sie sonst bei Dienstwechseln gewohnt waren, mit ihren Peitschensalven zu seiner neuen Herrschaft begleiten konnten, so hatten sie ungeachtet des Festtages und des nahen Gottesdienstes darauf gerechnet, ihm lustig knallend auf seinem Gang in die Fremde wenigstens bis zu dem Städtchen zu folgen; aber der alte Philipp schlug sich wider Erwarten auf seine Seite und ermahnte sie, ihn, da es ja doch einmal sein müsse, lieber gleich im Frieden ziehen zu lassen. Erhard drückte einem nach dem andern kräftig die Hand, dem alten Philipp zuletzt. Der Schmerz des Scheidens, vielleicht für immer, sprach sich zwischen diesen beiden Freunden in einem Scherze aus; jeder suchte die Hand des andern so zu fassen, daß sie sich ohne Widerstand empfindlich zusammenquetschen lassen mußte; da sie aber beide stark waren und die Vorteile des Kunstgriffes gleich gut verstanden, so rangen sie lange lachend miteinander und ließen endlich ab, ohne daß einer des anderen Meister geworden. Erhard sprang über den Graben. Drüben blieb er noch einmal stehen, winkte mit dem Kopf ein Lebewohl und war mit ein paar großen Schritten hügelab verschwunden. Sie sahen ihm teilnehmend nach; als er ihnen längst aus den Augen war, stand ihnen immer noch seine schmucke, wohlgewachsene Gestalt, sein treuherziges, biederes Gesicht vor der Seele.

»Er fangt mir schon zu fehlen an,« klagte der alte Philipp, und sein verwittertes Gesicht kämpfte mit einem weinerlichen Ausdrucke, der einen gleichgültigen Zuschauer wohl hätte zum Lachen bringen können; »wie wird's erst werden, wenn er einmal weit fort ist!«

Alex trat zögernd heran. Er war zweifelhaft, wie er es mit seinem Aufbruch einrichten sollte, da er nicht hoffen konnte, daß das Abschiednehmen für ihn gleich herzlich und ehrenvoll ausfallen würde, wie für Erhard. Noch faßte er sich ein Herz und bot seinen gewesenen Arbeitsgenossen die Hand. Auch wurde sie von keinem verschmäht, aber eine Hand nach der andern legte sich ohne Druck in die seinige und wurde gleichmütig wieder zurückgezogen. Nur der alte Philipp, der sich gleichfalls zu der Begrüßung herbeiließ, tat ein übriges; er ergriff die vorderen Gelenke seiner Finger und nahm sie dermaßen in die Klemme, daß Alex das Gesicht entsetzlich verzog und die zerquetschten Glieder mit einem Schmerzgeheul aus dem Schraubstocke riß. Während er sich auf der Straße davonmachte, eilte jener leichtfüßig, wie ein Jüngling, dem Roßjungen entgegen, der einen alten Kübel daher brachte, nahm ihm denselben ab, kehrte spornstreichs damit zu den andern zurück und begann greulich auf dem Kübel zu trommeln, Alex, der sehr gut verstand, was diese Ehrenbezeigung bedeuten sollte, machte überaus lange Schritte und suchte, ohne sich umzusehen, so schleunig als möglich aus dem Bereiche der Kehrausmusik zu entkommen. Die andern lachten, was sie konnten. »Fort mit Schaden!« sprach der alte Philipp und trommelte hinter ihm drein, solange der Kübel hielt. Nachdem der Ausgetrommelte endlich hinter einer Biegung der Straße unsichtbar geworden, gingen sie wieder zum Hause zurück. Dabei sprachen sie viel von dem Charakter der beiden Abgegangenen, die ein so ungleiches Geleite erhalten hatten, und setzten diese Unterredung noch geraume Zeit, vor dem Hause stehend, fort. Die kleine, wuselige Magd trat hinzu und sagte: »Wenn's Krieg gibt, so muß der Philipp unter die Soldaten, denn an dem ist ein Tambour verloren gegangen.«

»Hat man's bis daher gehört?« fragte Philipp vergnügt.

»Freilich hab' ich's gehört,« erwiderte sie, »und alle haben's gehört, wie der Ausbund mit klingendem Spiel hat abziehen müssen. Seine grüne Jungfer Braut wird sich gelb freuen, daß ihm so heimgewirbelt worden ist.«

»Die soll vor ihrer eigenen Tür kehren,« bemerkte ein Knecht.

»Ja, das hat sie nötig,« sagte die Magd. »So eine Person, die mit ihrem Kränzle Handelschaft trieben hat!«

Und nun ergoß sich über diese Person eine von allen Zungen reichlich strömende Flut schonungsloser Nachreden, wobei jedoch das ländliche Urteil, das in seinen Angriffen auf die Städter sonst gerne mit ungleichem Maße mißt, diesmal nichts übertrieb und völlig in seinem Rechte war; denn die Person, die den Gegenstand dieser Reden bildete, hatte – um den Inhalt derselben kurz zu fassen – ihre Jugend einem nichts weniger als liebenswürdigen Mann, und aus nichts weniger als aus Liebe geopfert, hatte ihm eine wackere, still duldende Frau totquälen helfen, nach ihrem Tode als Haushälterin, da es ihr nicht gelang, höher zu steigen, ihn selbst durch eine Herrschaft, die er nicht abzuschütteln fähig war, bis auf den Tod geplagt und ihm zuletzt, als er gegen das Ende seines Lebens schwachsinnig wurde, ein Testament abgepreßt, das sie, mit Übergehung armer Verwandten, zu seiner einzigen Erbin einsetzte. Außerdem war sie, gleich in der ersten Zeit jener heimlichen Verbindung, in den Verdacht gekommen, daß sie, um die Folgen derselben zu verbergen, zu verbrecherischen Mitteln gegriffen habe; das Gericht hatte zwar damals die angezeigten Inzichten nicht stark genug gefunden, um eine Untersuchung darauf zu begründen, aber das Gerücht, das seines Amtes oft eifriger als die Obrigkeit des ihrigen zu warten Pflegt, war lange wach und lebendig geblieben und hatte sich erst der stattlichen Erbschaft gegenüber einigermaßen zu beruhigen begonnen, obgleich die Inhaberin derselben nicht das mindeste tat, mit ihrem Gelde die gute Meinung der Leute zu erkaufen, vielmehr sich von allen Teufeln des Eigennutzes, des Geizes und der Gewinnsucht dermaßen besessen zeigte, daß der Volkswitz ihr nachsagte, sie gräme sich ewig darüber, daß die Kronentaler nicht auch, wie Kühe, Schafe und anderes Vieh,

Junge zur Welt bringen. Das war die Frau, welche Alex zur Gefährtin seines Lebens erwählt hatte, und mit deren Reichtum er, in bodenloser Verblendung befangen, sich gute Tage machen zu können hoffte.

Alle diese Dinge wurden in dem Kreise, der am Christtagsmorgen vor dem Löwenwirtshause stand und sich wohl auch dazwischen mit Schneeballenwerfen belustigte, nicht eben in den feinsten Ausdrücken verhandelt; und unter den Knechten, die hier umherstanden, war keiner, der nicht von sich die feste Überzeugung hegte, daß er die Braut des Alex mit allen ihren Schätzen, wenn sie um ihn zu werben käme, die Treppe hinabwerfen würde.

»Sie schmeichelt ihm zwar sehr,« sagte eine Magd, »damit er ihr nicht wieder aus dem Garn geht, aber wenn er Augen im Kopf hätte, so müßte er's schon lang' bemerkt haben, daß sie ihn eigentlich doch für einen Lumpen ansieht, und daß er einmal als ihr Mann der Garnichts im Haus sein wird.«

»Vielleicht ist ihm doch ein Aug' aufgangen,« bemerkte der alte Philipp. »Ich hab's fast nicht glauben können, daß ein Mensch, der so wenig Herz hat, sich in den Zwölften im Wald auf einen Kreuzweg traut, um einen Schatz zu heben; aber jetzt geht mir ein Licht auf. Sicherlich ist's nicht der Geiz allein gewesen, sondern er hat gedacht: wenn sie einen rechten Haufen Geld bei mir sieht, so kriegt sie ehender ein wenig Respekt vor mir.«

»Ja, ja, so wird's wohl sein!« riefen die andern.

»Das ist aber eine Liebe!« sagte einer.

»Oder,« vermutete die Magd, »hat er ohne sie reich werden wollen.«

»Das wär' auch möglich,« sagten die andern.

»Und jetzt muß er sie behalten,« sagte einer, »weil ihm der Schatz zerronnen ist.«

Alle lachten.

»Loset,« sagte ein anderer, »wenn die zwei Hochzeit haben, müssen sich etliche von uns die Nacht vorher ins Städtle schleichen und der Braut einen Spreuerhaufen vors Haus streuen.« »Dazu kann schon Rat werden,« bemerkte der alte Philipp, stets zu sinnreichen Unternehmungen aufgelegt, »Übrigens wird's uns, was das betrifft, da drinnen nicht an Konkurrenten fehlen.« – Er deutete dabei mit dem Daumen über die Schulter rückwärts nach dem Städtchen, sah aber zufällig zugleich am Haus empor und erblickte Justinen an ihrem offenen Kammerfenster.

Sie mochte wohl dem Zuge, als er weit genug weg war, vom Fenster aus nachgeschaut haben und war nun beim Zurückkommen desselben unbeobachtet stehen geblieben. Als sie sich bemerkt sah, trat sie vom Fenster hinweg.

»Bin nur begierig,« hob Philipp wieder an, »ob die Justine den Erhard verschmerzen wird.«

»Hat er dir nichts mehr anvertraut?« fragte ihn einer.

»Nein,« antwortete er, »aber ich denk' immer, die zwei sind in der Stille einig worden, und über kurz oder lang kommt er wieder und holt sie, wenn er's zu etwas gebracht hat. Denn dem kann's nicht fehlen.«

»Ja, ja,« sagten die andern, und nun wurde von dem Wandersmann, der über dem Geplauder nicht vergessen worden war, in einer Weise gesprochen, daß ihm auf seinem Wege das rechte Ohr stark hätte klingen sollen. Da jedoch das Lob gewöhnlich nicht so beredt ist wie der Tadel, so war sein Lied schneller zu Ende gesungen als das des Alex, und sie gingen ihren Geschäften nach, soweit der Ruhetag dieselben erforderte.

»Ich kann nicht recht aus dir kommen,« sagte die Löwenwirtin oben zu Justinen, als diese in die Stube kam, um nach den Kindern zu sehen; »den ganzen Morgen gehst mit roten Augen herum, und dein Gesicht ist vom Weinen entstellt, daß man meint, das Ding müsse dir das Leben kosten. Wenn's dich so hart ankommt, warum hast dich nicht anders entschlossen? Ohne Wagen gewinnt man nichts. Sag ja, und ich schick' ihm einen Boten nach. Was gilt's? er wird gleich wieder da sein.«

»Frau, es ist besser so, wie es ist, wir wollen's so lassen,« erwiderte Justine mit Ergebung.

»Nun, ich will nichts weiter sagen, mich geht's nichts an,« versetzte die Löwenwirtin. »Aber so, wie du bist und wie du aussiehst, wirst doch heut nicht in die Kirch' wollen? Du siehst ja zum Erschrecken und zum Erbarmen aus, könntest die Leut' in der Andacht stören.« »Mir ist's auch lieber,« erwiderte Justine, »wenn ich erst morgen hin darf.«

»Dann will ich heut noch einmal für dich hingehen,« sagte die Löwenwirtin.

Die Zeit des Vormittagsgottesdienstes war inzwischen herangekommen. Auf dem Hinweg nach dem Städtchen wurde von nichts als von dem Abenteuer des Alex gesprochen, das die Herrschaft erst jetzt von dem Gesinde, soviel dieses darüber zu erzählen wußte, erfuhr. Auf dem Rückweg aber brachten sie aus der Kirche eine andere Neuigkeit mit, von der das Städtchen voll war, und die jetzt eine Zeitlang ausschließlich den Gegenstand des Tagesgespräches bildete.

»Denk nur, Justine, was sich heut' nacht zugetragen hat!« lief die Löwenwirtin ihrer Magd entgegen, als sie aus der Kirche kam.

»Heut früh!« unterbrach sie berichtigend die kleine Wuselige, die mit ihr in die Stube trat.

»Nun, das ist ein Ding,« versetzte die Löwenwirtin, 's ist eben zwischen Mitternacht und Morgen gewesen. Jetzt nur vorwärts, daß das Essen fertig wird, sonst weiß ich einen, der brummt.«

Sie ging mit den Mägden in die Küche, und fuhr dort in ihrer Erzählung fort: »Den Schuhmachersleuten am scharfen Eck, du kennst sie ja, wir schaffen bei ihnen, und du bist auch schon dort gewesen – denk', denen hat heut früh das Christkindle eingelegt.«

»Oder eigentlich, 's ist ihnen eins eingelegt worden,« berichtigte die kleine Wuselige. »Aber kein eigenes.«

»Set doch still,« rief, die Löwenwirtin, »es kann's ja kein Kuckuck verstehen, wie du's vorbringst. Ein ganz neugeborenes Kind,« erzählte sie Justinen weiter, »haben sie in der Nacht auf ihrer Hausstaffel gefunden, verstehst, ein ausgesetztes, kein Mensch weiß, wo's herkommt.«

»Ein Findelkind also,« sagte Justine. »Du armer Wurm! Hat ihm die Kälte nichts getan? Was macht es denn?«

»Es sei ganz wohl,« antwortete die Löwenwirtin, welche mit dieser Redeweise bezeichnen wollte, daß sie das Gesagte vom Hörensagen wisse. »Ich hab' nicht hingehen mögen, weil der Zulauf so groß ist,« setzte sie hinzu.

»Ich bin dort gewesen,« rief die Wuselige, froh, daß sie nun das Recht hatte, wieder dazwischen zu fahren, »Das Kind ist wohl und munter, es ist in der Kälte gut warm eingewickelt gewesen. Ein Aussehen hat's wie Milch und Blut, viel menschlicher, als sonst Kinder in der ersten Zeit aussehen, ein recht's dickbackig's Bubengesicht, und ich möcht' nur auch wissen, wem's ähnlich sieht, denn es hat eine Ähnlichkeit, die mir im Kopf 'rum geht, ich kann aber nicht drauf kommen.«

»Und was fangen die Leute mit dem Findling an?« fragte Justine.

»Zuerst,« erwiderte die Löwenwirtin, »seien sie natürlich nicht besonders erbaut gewesen.«

»Ja,« fiel die Wuselige ein, »der Schuhmacher hab' anfangs alle heiligen Fluch' getan. Er ist eben ein Sauseler, aber seelengut dabei.«

»Es ist kein Wunder,« sagte die Löwenwirtin, sich des Wortes wieder bemächtigend, »die Leut' sind blutarm und haben neun lebendige Kinder. Da ist's ein Ernst. Auch hat die Obrigkeit ein Einsehen gehabt und sich erboten, sie wolle für sie bei der Herrschaft supplizieren, daß das Kind ihnen abgenommen und ins Waisenhaus getan werde, Sie haben aber gesagt, nein, es sei ein Gottesfund, und weil's ihnen der lieb' Gott einmal auf Weihnachten beschert hab', so wollen sie's auch dafür nehmen und wollen's wie ihr eigen Fleisch und Blut aufziehen, das sei doch immer noch besser als im Waisenhaus, – Steck' dein Gesicht nicht so in die Zwiebeln, Justine,« unterbrach sie sich, »weißt ja, daß sie Wasser ziehen.«

Justine erhob den Kopf, sah die Frau mit tränenschimmernden Augen an und entgegnete: »Wenn man ein solches Beispiel von Christentum hört, so hat man keine Zwiebel nötig, um nasse Augen zu bekommen.«

»Besonders wo schon vorher Tauwetter eingetreten ist,« bemerkte die Löwenwirtin halblaut gegen sie. »Aber 's ist wahr,« fuhr sie fort, »mir sind sie auch naß worden, wie ich's gehört hab. Ich weiß aber nicht, wie's die Leut' angreifen, um durchzukommen. Er ist freilich der Fleiß selber, wir sind noch mit keinem Schuhmacher so zufrieden gewesen, keiner schafft so pünktlich und so billig. Aber was verdient er? Seine Kunden kaufen das Leder meistens selber ein, so daß er bloß den Macherlohn hat, und dazu schier mehr Flickarbeit als neue. Sie wird mit ihrem Waschen und Nähen fast noch mehr ins Haus bringen als er, so brav er ist. Aber bis so viel hungrige Mäuler gefüttert sind –! Und dabei sieht man die Kinder allzeit aufgeweckt und zufrieden, als ob ihnen nichts abging', auch sind sie immer sauber gewaschen und reinlich angezogen. Geflickt sind die Kleider zwar, daß sie oft aussehen wie Landkarten, aber die Lappen sind wenigstens soviel als möglich vom gleichen Zeug, und nie hab' ich ein Loch oder einen Riß dran gesehen.«

»Und jetzt will sie zehne so durchbringen!« sagte eine der Mägde, welche zuhörten.

»Wenn ich so ein Weib gegen die Person halte, die das Kind auf dem Gewissen hat,« hob die Löwenwirtin wieder an, »so sieht man eben doch gleich, was eine rechte Mutter ist. Es ist wie beim Urteil Salomonis, nur umgekehrt. Die das Kind geboren hat, ist nicht die wirkliche Mutter, denn die hat's aussetzen können; die andere aber, die's aufgenommen hat, die ist eine wirkliche Mutter.«

Sie blickte bei dieser Bemerkung zu Justinen hinüber, an die sie sich zu wenden pflegte, wenn ein Gedanke in ihr arbeitete, der ihr nicht ganz klar war oder für den sie mit einiger Schwierigkeit nach Ausdrücken suchte. Justine schwieg eine Weile, während ihr zwei große Tropfen aus den Augen fielen. »Es geht einem durch Mark und Bein,« sagte sie endlich, »daß die Not und das Elend in der Welt so groß werden können, daß eine Mutter gegen ihr Kind das Mutterherz verleugnen kann.«

»Was?« rief die Löwenwirtin eifrig, »das kann keine Not und keine Verzweiflung entschuldigen. Nein, nur einem solchen Weibsbild nicht den Kopf heben! Davon will ich nichts hören, das heißt die Güte zu weit treiben.«

»Mit dem Weibsbild hab' ich kein Mitleid,« erwiderte Justine. »Die soll büßen, was sie getan hat. Mich dauert nur das Kind.«

»Ja, dann ist's ein ander Ding,« sagte die Löwenwirtin besänftigt.

Das Essen war zum Anrichten fertig. Die gedämpften Zwiebeln wurden in die Suppe getan, und in der großen irdenen Schüssel dampfte das Sauerkraut. Der Löwenwirt sah mit einem etwas gestrengen Blicke durch den Schieber, der aus der Stube in die Küche ging, zog sich aber friedlich wieder zurück, als er die Anstalten zur Mahlzeit so weit gediehen sah. Die Löwenwirtin lachte darüber und hieß auftragen. Herrschaft und Gesinde setzten sich um den großen runden Tisch in der Stube, die Löwenwirtin sprach das Gebet, und nun begann die Arbeit des Essens. Eine Zeitlang wurde dieselbe gewohntermaßen stillschweigend verrichtet, aber das Ereignis des Morgens war zu unerhört, um nicht diese Gewohnheit zu durchbrechen. Bald fing die Herrschaft wieder von dem ausgesetzten Kinde und seinen unbekannten Eltern zu reden an, und das Gesinde hatte, je nachdem das Gespräch sich wendete, seinen Beitrag an Tatsachen oder seine Bemerkungen anzubringen.

»Die Gret',« erzählte einer der Knechte, auf die kleine Wuselige deutend, »hat's vielleicht troffen. Die hat gleich zu uns gesagt: ›passet auf und denket an das Gesicht, mit dem der Alex heut morgen ins Haus kommen ist!‹«

»Der Alex!« rief der Löwenwirt. »Ist auch wahr! Der hat ausgesehen wie das böse Gewissen. Aber es sei ihm ja ein Geist erschienen.«

»Was Geist!« sagte der alte Philipp. »Das kann er ebensogut gelogen haben, um sein Aussehen zu entschuldigen.«

»Natürlich!« sagte die Wuselige, mit ihrem Scharfsinn glänzend, »wenn man solche Gewissensbisse hat und dazu die Angst vor der Entdeckung, dann kann man wohl ein Gesicht machen, wie wenn man einen Geist gesehen hätt'.«

»Jetzt haben wir den Geist und den Schatz!« rief der alte Philipp. »Eins ist so verlogen wie das ander'. Ich hab' ja nie dran glaubt,« setzte er hinzu, nicht eingedenk, daß er der Sache vor ein paar Stunden eine ganz andere Auslegung gegeben hatte.

»Das war' allerdings eine Spur,« sagte der Löwenwirt bedenklich.

»Ja, 's hat auch jedermann gleich eingeleuchtet!« rief die Wuselige.

»Die Gret' hat die ganze Stadt rebellisch gemacht,« setzte der Knecht hinzu, der ihren Einfall zuerst zur Sprache gebracht hatte. »Nach der Kirch' sind die Leut' auf'm Markt 'rumgestanden und haben von nichts geredet als von dem Findelkind. Wie nun die Gret' zu uns sagt: ›Denket an den Alex!‹ da hat alles gleich gefragt, und wie sie gehört haben, was sich mit ihm begeben hat, da hat alles zusammen gesagt: ›So! so! ja! ja! jetzt ist's kein Wunder! der Alex und seine Jungfer Braut! aber da fragt die Obrigkeit nichts darnach, es sind ja Reiches‹. Und so ist's fortgangen, wie ein Lauffeuer.«

»Du stellst nur da seine Geschichten an!« rief der Löwenwirt seiner scharfsinnigen Magd im höchsten Unmute zu. »Wenn jetzt aber nichts hinter deinem dummen Geschwätz ist, und der Alex klagt, so bringst du mich in Ungelegenheiten. So komm mir nicht wieder.«

Die kleine Wuselige schwieg bestürzt und kaute trübselig an dieser Probe von der Wandelbarkeit und Ungerechtigkeit der Welt, welche ihr statt des Beifalls, den sie verdient zu haben glaubte, das Gegenteil zu schlucken gab.

»Das Kind sei gut eingewickelt gewesen,« sagte die Löwenwirtin nach einer Weile. »Wie sieht denn das Kindszeug aus? du hast's ja gesehen, Gret'?«

»Ja wohl,« erwiderte diese, noch etwas kleinlaut, aber schon wieder vergnügt, daß ihre Wichtigkeit nicht ganz verkannt wurde. »Vornehm sieht's nicht aus, aber ganz ordentlich und sauber.«

»Ein Wunder ist mir's aber doch,« bemerkte der alte Philipp, »wie man mit dem Kind just an den Schuhmacher geraten ist, der schon neune hat. Ein ärmers Haus hätt' man in der ganzen Stadt nicht finden können.«

»Ja, das ist mir auch ein besonderer Geschmack,« versetzte der Löwenwirt.

»Es ist vielleicht doch nicht so dumm, wie's aussieht,« sagte die Löwenwirtin, indem sie in ihrer ruhig nachsinnenden Art vor sich hinblickte und den Kopf wiegte. »Wir haben vorhin in der Küche davon gesprochen, was für eine gute Mutter die Schuhmacherin sei und wie die Leut' überhaupt so christlich seien. Das hat die schlechte Person sicher auch gewußt, oder der, dem sie das Kind zum Aussetzen übergeben hat; denn das schlechte Pack muß mit allem bekannt gewesen sein, sonst hätten sie das Schuhmachershäusle, in der Nacht sogar, schon um seines baufälligen Aussehens willen gemieden. Auch hat's der Erfolg ausgewiesen, daß sie richtig spekuliert haben, denn die Leut' wollen ja Vaters- und Muttersstell' bei dem Kind vertreten, was andere nicht so leicht getan hätten.«

»Sieh, sieh, du hast recht,« sagte der Löwenwirt. »Da hat ein blindes Schwein eine Eichel gefunden.«

»In welchem Komplimentierbuch steht das?« fragte die Löwenwirtin groß aufschauend.

»In der Schüssel da,« erwiderte er gleichmütig, »Es ist mir über dem Sauerkraut und Schweinefleisch eingefallen und soll gar nichts weiter bedeuten, als daß du ein ausbündig gescheites Weib bist. Übrigens,« setzte er hinzu, »ist das Pack dann doch nicht so schlecht, wie du sagst, denn sie haben nicht übel gesorgt und haben für das Kind alles getan, was in ihren Kräften gestanden ist.«

»Was?« rief die Löwenwirtin und fuhr abermals auf, wie sie vorhin in der Küche aufgefahren war, denn ihr Mann hatte hier ein Kapitel berührt, in welchem sie durchaus keinen Spaß verstand, zumal in Gegenwart ihrer Mägde. Sie hatte sich ohnehin von Anfang an vorgenommen aus der Begebenheit für diese eine passende Nutzanwendung zu ziehen, die sie nun in ungewöhnlich scharfem Tone gab, reichlich mit Versen aus Jesus Sirach versehen und durchwoben mit jenen schwerlötigen Ausdrücken, welche der Volks- und Bibelsprache geläufig sind. Nach ihrer Ansicht war die Schlechtigkeit der Weibsperson, die sich die Aussetzung ihres leiblichen Kindes zu schulden kommen lassen, durch dieses Verbrechen nur wenig erhöht worden, dieselbe vielmehr damals schon, als sie Gottes Gebot übertrat, schlechter als schlecht gewesen. Sie erklärte ausdrücklich, daß, so gut sie auch sonst gegen ihre Dienstboten sei, keine, die sich dieses

Vergehens schuldig mache, auf ihre Nachsicht rechnen dürfe. »Der Eitelkeit und dem Leichtsinn,« rief sie, »muß man von vornherein steuern, sonst kommt's zu Freveln und Missetaten, wie heut nacht.« Der Löwenwirt, der über ihrer Rede ernsthaft geworden war, stimmte ihr kräftig bei, wodurch er jedoch nur ihrem Eifer Nahrung gab. »Augenblicklich aus'm Haus, wo ich so was merke!« rief sie, indem sie gleichsam im Geist sich eine solche Sünderin vor Augen stellte.

Sie blickte bei diesen Worten der Reihe nach ihre Mägde an, welche mäuschenstille und mit ehrbar niedergeschlagenen Augen die Warnungsrede hingenommen hatten. Auf Justinen fiel ihr Auge zuletzt und nur flüchtig, da ihre Worte gegen diese unter allen am wenigsten gerichtet waren. Auch zeigte sich Justine so in sich gekehrt, als ob sie gar nichts davon vernommen hätte. Nach dieser kleinen Entladung aß man eine geraume Zeit stillschweigend fort. Dabei fiel es jedoch der Löwenwirtin auf, daß Justine die Speisen kaum berührte, und sie gedachte sie deshalb aus ihrer verzehrenden Traurigkeit wenigstens etwas aufzurütteln.

»Warum ißt denn nicht, Justine?« sagte sie. Da sie aber nicht zweifeln konnte, was ihr den Appetit benommen habe, so beeilte sie sich, ihr die Antwort auf die Frage zu ersparen und die Teilnahme an ihrem Leiden hinter einer gutmütigen Neckerei zu verbergen, »Gelt,« sagte sie, »hast dich an den Lebkuchen überlebt? Mußt sie ein andermal besser zu Rat halten.«

»Ja,« erwiderte Justine, mit schwermütigem Lächeln auf den Scherz eingehend, »ich will mich in Zukunft in acht nehmen.«

Den nächsten Tag wurde sie endlich in die Kirche geschickt. Sie sah immer noch leidend aus, und die Löwenwirtin wunderte sich insgeheim, wie ein Schmerz der Seele den Körper so angreifen könne; doch war wieder Leben in ihren Augen. Ehe sie ging, machte sie darauf aufmerksam, daß das Schuhwerk der Kinder mehrerer Ausbesserungen dringend bedürftig sei. Die Löwenwirtin lachte. »Ich muß dich loben,« sagte sie, »daß du so genaue Aufsicht hältst, aber gelt, die Neugierde hat doch auch ihren Teil daran? Du möchtest gern den Weihnachts-vogel sehen, der dem Schuhmacher ins Haus geflogen ist. Nimm's übrigens nur mit. Kannst den barmherzigen Samaritern auch gleich einen kleinen Gruß von uns mitbringen.« Und sie packte ihr Mehl, Kartoffeln und etwas Geld zu den Schuhen.

Der Löwenwirt aber meinte, es sei dem Menschen nicht gut, von Wasser allein zu leben, und fügte einen mäßigen Beitrag aus dem Keller dazu.

Als Justine im Städtchen bei dem Schuster eintrat, dem sie noch vor dem Gottesdienst ihr Körbchen überbrachte, saß die Frau desselben auf einem Stuhl an der Wand gerade der Türe gegenüber, so daß ihr erster Blick auf sie fallen mußte, mit dem Säugling an der Brust. Es war eine Frau, an der weder die Jahre noch die Furchen, die sie ihr in das helle Gesicht gegraben, die Spuren früherer Schönheit hatten verwischen können: ihr Aussetzen verbarg es nicht, daß sie das Leben in Sorge und Mühsal hingebracht, aber ein Zug von immer frischer Heiterkeit und stets ruhig eingreifender Geistesgegenwart siegte über alle Spuren der Prüfungen, welche die Armut einer Menschenseele auferlegt. Sie sah auf das Kind, das an ihrer Brust trank, mit treuem Mutterauge herab, und wer das Schicksal dieses Kindes nicht kannte, würde es für kein fremdes gehalten haben, Der Schuster, eine gedrungene Gestalt mit derbkräftigem Gesicht – man konnte ihn einen rasierten Apostel nennen, denn es fehlte ihm nur der Bart, um auf dem grob angemalten Papierbogen, der über ihm an die Wand geklebt war und das evangelische Abendmahl vorstellen sollte, einen Platz zu finden – saß auf seiner Bank in der Ecke und verwendete die feiertägliche Muße auf die Wiederherstellung einer Trompete, die, kaum dem Christmarkt entnommen, von einem seiner kleinen Virtuosen bereits zuschanden geblasen worden war. Er blickte dabei von Zeit zu Zeit mehr mit angenommener als wirklicher Strenge auf die Kinder, welche die Stube erfüllten, aber sich so geordnet betrugen, daß es keiner scharfen Aufsicht bedurfte. Das älteste, ein Mädchen von etwa zwölf Jahren, war beschäftigt, eines der kleineren zu waschen und anzuziehen. Zwei Knaben saßen an einem Tisch und malten eifrig an der Schulschrift, die ihnen über die Feiertage aufgegeben war. Ein dritter unterrichtete neben ihnen einen jüngeren Bruder mit sehr vieler Geduld im Abc. Die kleineren Geschwister trieben sich mit ihren Spielsachen umher, denn auch das Haus der Armut hatte seine Weihnachtsbescherung gehabt, und es fehlte nicht an Pferdchen, Puppen und ähnlichen Herrlichkeiten, die nur wenige Kreuzer gekostet hatten oder wohl großenteils von den Eltern selbst in müßigen Stunden zusammengestümpert worden sein mochten. Das kleinste der Kinder, das nicht viel über ein Jahr alt war, rutschte im kurzen Hemdchen gemütlich durch die Stube.

Justine blieb eine Weile an der Türe stehen und holte Atem, wie jemand, der die Treppe zu schnell heraufgestiegen ist; dann trat sie zu dem Schuster und entledigte sich ihres Auftrages. Mann und Frau waren von den Geschenken überrascht und etwas betreten wie Leute, die nicht dafür angesehen sein wollen, Almosen zu nehmen; doch konnten sie den freundlichen Worten, womit die Löwenwirtin die Festgabe begleiten ließ, nicht aus dem Wege gehen; auch versuchte es der Schuster vergebens, einen strengen Blick auf die Flasche zu werfen, die ihn als eine seltene Erscheinung anlächelte, und er mußte das Auge von ihr abwenden, um mit einem anständigen Murren behaupten zu können, daß sie nicht nötig gewesen wäre.

Justine stellte das Körbchen, das sie ausgeleert hatte, auf die Bank, trat zu der Schusterin und sah lang' und still auf den Säugling an ihrer Brust herab.

»Wollet Ihr auch mein Christkind!« besehen, Justine?« fragte die Frau.

»Das ist ein ungeladener Gast,« sagte Justine.

»Ja freilich,« erwiderte die Schusterin lachend. »Ihr werdet's ja gehört haben, wie er uns zuteil worden ist. Ich hab' die Geschichte gestern so oft erzählen müssen, daß ich ganz müd davon bin; denn die halbe Stadt ist dagewesen, um den Fund zu sehen.«

»Ich weiß schon,« sagte Justine. »Ich sorg' nur, Ihr werdet viel Beschwerde haben mit dem Kind.«

»Nicht im geringsten,« versetzte die Schusterin. »Ich hätt' meinen Nestkegel ohnehin nächster Tag' entwöhnt, jetzt muß er sich's eben ein wenig früher gefallen lassen.«

»Du armer Schelm!« rief Justine, das rutschende Kind vom Boden aufhebend und küssend, »jetzt mußt du drunter leiden, daß dir ein Kuckucksei ins Nest gelegt worden ist.«

»Es geht ihm nichts ab,« erwiderte die Schusterin. »Lasset ihn nur rutschen, sonst meint er, er müsse getragen sein, und wie wollt' ich da noch fertig werden?«

Justine setzte das Kind wieder auf den Boden, »Ihr habt doch einen schweren Stand mit Euren Orgelpfeifen,« sagte sie.

Der Schuster lachte auf seiner Bank. »Man mag sie wohl so heißen, wenn sie in Reih' und Glied stehen,« bemerkte er, »aber der Ausdruck paßt auch sonst, denn sie musizieren manchmal, daß es eine Art hat.«

»Es geht schon,« versetzte die Schusterin. »Ich will sie nicht loben, aber man kann mit ihnen auskommen. Freilich muß man sie in

Ordnung halten, mit Güte und auch mit Ernst, denn Ordnung braucht's, um so eine Haushaltung durchzuschlagen.«

»Von Euch kann man lernen,« sagte Justine. »Die Löwenwirtin versteht das Hauswesen auch, und doch kann sie nicht begreifen, wie Ihr's anfanget, um für die vielen Köpfe Essen und Kleider herzuschaffen.«

»Die Hauptsach' ist, daß man den Kopf oben behalt,« erwiderte die Schusterin. »Dann muß man vor allem darauf sehen, daß nichts ungenutzt bleibt, was man nutzen kann, und das durch alles durch. Die größeren Kinder müssen gleich herhalten, wie sie aufwachsen, und müssen den kleineren Vater und Mutter und Schulmeister sein; dadurch gewinn' ich Zeit, und sie lernen früh selbständig werden. Ebenso ist's mit der Kleidung, die muß von oben bis unten durchlaufen; was mein größtes Kind – sie deutete lächelnd auf ihren Mann – abgetragen hat, das kommt zuerst an die großen, und je blöder es wird, daß man davonschneiden muß, desto besser paßt es dann für die kleineren, bis zuletzt aus dem Wams ein Ärmel wird. Freilich reicht's nicht immer bis unten hinaus, und bis so ein Stück ans vierte oder fünfte kommt, ist's oft so vertragen, daß man für die anderen nichts Gutes mehr draus machen kann; dann lass ich mir's eben auch gefallen, wenn gute Leut' eingreifen und einem von den Kindern unterweilen etwas auf den Leib schenken: aber gebeten hab' ich noch niemand darum. Am meisten ist's beim Essen nötig, daß man alles recht einteilt und das Überbliebene nutzbar macht; dann ist's aber auch ein Wunder, wieviel Segen in wenigem steckt. Denn der Mensch braucht nicht so arg viel zu essen; was er braucht, das ist Stillung zur bestimmten Zeit, denn wenn er die Leere zu lang aushalten muß, dann ist er nicht mehr zu ersättigen. Deshalb halt' ich bei meinem Häuflein streng auf regelmäßige Fütterung, und dabei müssen sie sich's genügen lassen. Hunger hat noch keins von uns gelitten. Manchmal fallen freilich die Bissen ein wenig knapper aus, als zu wünschen wäre, aber um sie zu strecken, gibt's ein probates Mittel, und das ist der Schlaf. Wenn also an einem Tag das Essen näher zusammen geht als sonst, so richt' ich den kürzeren Teil auf den Abend, und dann muß das Bett den Nachtisch vorstellen: wenn sie tüchtig ausgeschlafen haben, so spüren sie den anderen Morgen keinen Hunger mehr.«

»Und du sollst ihnen die Bissen noch schmäler machen!« sagte Justine mit dem Tone des Vorwurfes zu dem Säugling, der sich satt getrunken hatte und nun zwei helle Augen schon ziemlich frei von einem Gegenstand zum andern bewegte.

»Saget nicht so, Justine!« entgegnete die Schustersfrau. »Der, der auch die Raben unter dem Himmel ernährt, wird gewiß sorgen. Vorderhand braucht keins einen Brotneid auf ihn zu haben, denn sie sind alle über die Nahrung hinausgewachsen, die ihm am besten taugt. Freilich,« setzte sie hinzu und lachte dabei wie ein Kind, »freilich ist die Ersparnis nicht so groß, wie's scheint; denn ich mag's machen, wie ich will, so muß ich eben, so lang' eins an mir trinkt, für zwei essen oder wenigstens für anderthalbe. Dafür wird aber auch der Vorrat wohl noch ein Vierteljahr anhalten, und länger braucht er's nicht; dann kann er mit seinem Brüderle, das ihm jetzt hat Platz machen müssen, aus einem Schüssele essen, und wenn's nur am Mehl nie fehlt, so können sie miteinander leben wie die Vögel im Hanfsamen, denn an Milch haben wir Überfluß. Ja, ja,« versicherte sie, als ob Justine ungläubig dreinsähe, mit wohlhabender Miene, »wir haben eine Kuh im Stall. Seit gestern! Die Herren sind zusammengestanden und haben uns aus den Siftungsgeldern eine Kuh angeschafft. Ans Futter haben sie freilich nicht gedacht, aber das Geld da reicht zu einem schönen Einkauf in dieser wohlfeilen Zeit, und für weiterhin muß man eben auf Gott vertrauen.«

Als sie bei diesen Worten aufstand, um das Kind in die Wiege zu legen, bemächtigte sich Justine desselben und trug es liebkosend in der Stube auf und ab.

»Die Justine wär' auch keine üble Mutter für die Kleinigkeit da,« bemerkte der Schuster scherzend.

»Da müßt' ich nur auch einen so guten Vater dazu haben, wie Ihr seid,« entgegnete Justine, den Scherz erwidernd.

»O, was das betrifft,« versetzte der Schuster und stockte etwas beschämt.

»Im Anfang ist er nicht der beste gewesen,« sagte die Schusterin. »Ich will die Reden nicht wiederholen, die er geführt hat. Freilich ist's eine Überraschung gewesen. Wenn man froh ist, daß man alle die Siebensachen für neun Kinder zusammengebracht und den Baum auf den anderen Tag zugerüstet hat – denn bei uns legt das Christkindle morgens ein – und es kommt über Nacht noch ein zehntes dazu, so kann man wohl ein wenig auf den Kopf stehen, und dann gibt's eben verkehrte Redensarten.«

»Ei, ich hab' eigentlich nicht über das Kind gewettert,« fiel der Schuster ein.

»Du!« sagte die Schusterin, den Finger aufhebend.

»Ich hab' eben, einen Zorn gehabt,« fuhr er fort, »über solch' Schelmenvolk, das einem bei nachtschlafender Zeit schier die Hausglock' 'runterreißt, daß man meint, das Feuer schlag' schon zum Dach 'naus, und wenn man 'nunter kommt, so haben sie ein Kind vor die Tür gelegt, bei der Kälte, und fort sind sie.«

»Ich hätt' sie auch nicht gesegnet an Eurer Statt,« versetzte Justine, »es gehört viel dazu, um so etwas zu tun.«

»Sie wird eben ein leichtfertigs Weibsbild sein, und Er nichts bessers,« sagte der Schuster.

»Wie kannst du das so gewiß wissen?« fragte seine Frau dagegen.

»So ist's!« rief der Schuster, indem er mit der Faust auf seine Bank schlug und durch Anblicken Justinen aufforderte, seiner Meinung beizutreten. »Was er ist,« erwiderte diese, »kann mir gleichgültig sein, aber ihr möcht' ich in keinem Fall das Wort reden. Für sie wär's am besten, man hing' ihr einen Mühlstein um den Hals und würfe sie ins Wasser, wo's am tiefsten ist. Glaubet's aber nur, ihr Gewissen wird sie richten, und die Tat wird an ihr nagen, solang' sie lebt.«

Die Schusterin blickte ihr mild in die Augen und schüttelte leise den Kopf. »Ich möchte sie nicht verurteilen,« sagte sie, »eh' ich wüßte, wie sich's mit ihrer Schuld verhält. Vielleicht ist sie mehr unglücklich als schlecht. »Zudem,« setzte sie lächelnd, hinzu, »hat sie mir zu viel Ehr' erwiesen, als daß ich auf sie schmähen dürfte, denn es beweist doch ein besonderes Vertrauen, daß sie just mich zur Mutter für ihr Kind auserkoren hat.«

Der Schuster lachte überlaut. »O Dorle,« rief er, »was bist du scheckig! Meinst du, solch' Volk besehe sich lang' die Häuser, wo man allenfalls am besten ein Kind unterbringen könnt'? Nein, hingeschmissen, wo's Platz hat, und addje fort! Wer ehrliche Finder kann's behalten.«

»Wer weiß?« meinte die Schusterin.

»Wer den rechten Sinn hat, nimmt die Dinge immer von der rechten Seite,« sagte Justine zu ihr, indem ein sonniges Lächeln aus ihrem verdüsterten Gesichte brach.

»Am besten ist's, man fragt gar nicht darnach, wo der arme Wurm her ist,« bemerkte der Schuster, »denn an seine Eltern darf ich nicht denken, sonst hab' ich ein Aber gegen ihn, und er kann doch nichts dafür.«

»Ihr habt also gar keine Spur von seiner Herkunft?« fragte Justine, »und habt nichts bei ihm gefunden, was euch auf eine Vermutung bringen könnte?«

»Die Herren,« antwortete die Schusterin, »haben gestern das Kind durch- und durchgesucht, Kissen und Windeln, denn wie Ihr's da auf'm Arm habt, so ist's ins Haus kommen, aber man hat weder einen Namenszug noch sonst ein Zeichen seiner Herkunft gefunden. Man vermutet nur, daß es aus der Stadt selber gebürtig sei, weil nicht wohl jemand in der Nacht, wo die Tore geschlossen sind, von außen hat hereinkommen können. Bis jetzt aber hat die Vermutung auf eine falsche Spur geleitet, die von eurem Löwen ausgangen ist, deswegen werdet Ihr's auch schon wissen, daß nichts daran gewesen ist.«.

Justine hatte sich auf das Kind herabgebeugt, wie wenn sie dem Rätsel seines Ursprungs näher nachforschen wollte. »Ich weiß nichts davon,« erwiderte sie, in dieser Stellung verharrend.

»Nun, eine von euren Mägden,« fiel der Schuster ein, »hat gestern in der Stadt über den Alex, der ja längere Zeit bei Euch im Haus gewesen ist, allerlei wissen wollen, wie daß er gestern morgen so verstört in den Löwen kommen sei und daß er ein bös Gewissen haben müsse.«

Justine richtete sich wieder auf, »Es ist wahr,« sagte sie, »die Gret' hat dergleichen von ihm gesagt.«

»Und dieses Gerede über den Alex,« erzählte die Schusterin weiter, »ist vor die Herren kommen, und die haben meiner Treu' dem Ding gleich nachgeforscht. Noch gestern nachmittag, am heiligen Christtag, ist der Alex im Verhör gewesen, und weil er geleugnet hat, so hat man auch seine Braut in Untersuchung genommen.«

»Seine Braut in Untersuchung?« rief Justine mit weit offenen Augen.

»Das will ich meinen!« sagte der Schuster unmäßig lachend. »Man hat ihr die Hebamm' ins Haus geschickt.«

Justine war dunkelrot geworden, und diese Veränderung der Farbe stach aus ihrem blassen Gesichte ungemein hervor.

»Nicht wahr, das greift Euch an?« sagte die Schusterin, »Mich hat's auch angegriffen. Es ist doch das Schrecklichste, was einer passieren kann.«

»Wer einmal hinterm Ofen gewesen ist, den sucht man eben wieder dahinter,« bemerkte der Schuster, fort und fort lachend.

»Sie dauert mich,« sagte Justine.

»Mich auch,« setzte die Schusterin hinzu, »Die Menschen sollten mit ihrem Geschwätz vorsichtiger sein und auch bedenken, was sie damit anrichten können. Sie hat jetzt Schand' und Spott davon, daß sie's lang' nicht verwinden wird, und ist doch unschuldig im Verdacht gewesen.«

»O, an dem Ruf sind die Sohlen ganz durch,« bemerkte der Schuster, »da ist nichts mehr zu flicken.«

»Du Unglückskind!« sagte Justine zu dem Säugling, den sie fortwährend auf und ab trug, »kaum bist du in der Welt und bringst schon so viel Leut' in Not.«

Sie legte das kleine Wesen, das munter mit den Ärmchen umherfuhr, in die Wiege und meinte, jetzt sei es aber endlich Zeit, in die Kirche zu gehen. Da lachten der Schuster und seine Frau und sagten, es habe schon längst ausgeläutet, die Predigt müsse bereits begonnen haben, und ohne Störung sei jetzt nicht mehr hineinzukommen. Justine besann sich einen Augenblick und bat dann um Erlaubnis, bis zum Ende des Gottesdienstes vollends dableiben zu dürfen. »Ich will Euch helfen Mutter sein,« sagte sie zu der Schusterin, »weil Euer Mann das Zutrauen zu mir hat.« Und sie widmete den Kindern ihre kleinen Dienste, half die einen anziehen und unterstützte die andern bei ihren Schreib- und Leseübungen, wobei es sich zeigte, daß der Schulunterricht, den sie trotz ihrer Armut genossen hatte, nicht an ihr verloren war. Eben war sie eifrig beflissen, den Kindern etwas vorzubuchstabieren, als der Kleine in der Wiege zu schreien anfing; sie ließ das Buch fallen, eilte hinzu, als ob sie eine bestellte Wärterin wäre, und beschwichtigte den Schreihals in ihren Armen.

»Himmelkreuzdonnerwetter!« fuhr der Schuster auf, aus Höflichkeit gegen Justinen über seine Frau hineinfluchend, »hast denn du keine Hand'? Muß dich der Besuch bedienen und den Balg für dich 'rumschleifen?«

»Fluch' doch nicht so unter der Predigt,« erwiderte die Schusterin, ohne sich durch die Hitze ihres Mannes, an die sie gewöhnt zu sein schien, anfechten zu lassen.

»Ihr seid ein recht böser Mann,« sagte Justine zu ihm, »daß Ihr so an Eure Frau hindonnert. Sehet Ihr denn nicht, daß sie genug zu tun hat und daß ich ihr gern behilflich bin?«

»Und schier möcht' ich sagen von Rechts wegen,« setzte die Schusterin lachend hinzu, »denn die Justine ist selber schuld an dem Geschrei, sie hat mir den kleinen Spitzbuben schon verzogen.«

»Ja, das ist wahr,« sagte der Schuster, »Ihr müsset ihn nicht so viel tragen und hätscheln, denn einen vornehmen Herrn kann ich nicht aus ihm machen.«

»Ich seh' schon.« erwiderte Justine lächelnd, »ich muß Euch wieder vergüten, was ich verbrochen Hab', und muß, so oft ich kommen kann, das Wärteramt bei dem verwöhnten Prinzen versehen, oder Euch die andern Kinder abnehmen, damit sie nicht durch den eingedrungenen Bruder verkürzt werden.«

»Ei ja,« rief die Schusterin freundlich, »haltet nur fleißig Wort, Ihr werdet immer willkommen sein.« »Sollten wir nicht die Justine bei unserem Christkindle zu Gevatter bitten?« fragte der Schuster seine Frau halb im Scherz und halb im Ernst. »Sie hat doch, scheint's, das Gemüt, sich seiner anzunehmen.«

»Bist im Kopf nicht recht, Christoph,« antwortete die Schusterin, die Hände zusammenschlagend. »Eine Ledige! Das gäb' ja ein Gered' und Geschwätz, daß es nicht zum Aushalten war'.«

»Ist auch wahr,« versetzte der Schuster, »ich bin ein Esel. Nun, da wir nicht seine eigentlichen Eltern sind, so können wir ja selber zu Gevatter stehen.«

»Für mich schickt sich's freilich nicht,« sagte Justine, »dafür will ich aber doch Halbpart mit Euch machen an Eurem Fund, soviel ich in meinen Umständen vermag, so daß er wo möglich drei Eltern haben soll, statt zwei.«

»Ich glaub', die Justine will uns ein gutes Beispiel geben,« rief der Schuster vergnüglich lachend.

»Das habt Ihr nicht nötig,« erwiderte Justine ernst, »es hieße Wasser ins Meer tragen, wer Euch im Christentum stärken wollte.«

»Besuchet uns recht oft, Justine,« sagte die Schusterin, »Ich kann Euren Beistand wohl brauchen und will ihn gern annehmen. Wir taugen ohnehin gut zusammen, Ihr seid auch nicht reich, so wenig als wir, und solche Leut' müssen zusammenhalten. – Gebt der Bas' Justine die Hand!« rief sie ihren Kindern zu, als das Gedränge und Summen von der Straße anzeigte, daß die Leute, aus der Kirche kamen, und Justine sich zum Gehen anschickte. Mit diesem verwandtschaftlichen Titel war die Freundschaft zwischen der Schustersfamilie und der

Löwenmagd, die mit Hand und Mund ihr Versprechen wiederholte, besiegelt.

»Behüt' Euch Gott, Vetter, und gewöhnet Euch das heidenmäßige Fluchen ab,« sagte Justine scherzend zu dem Schuster, während sie einen kräftigen Handschlag von ihm empfing.

»Die Arbeit geht mir noch einmal so flink von der Hand, wenn ich unterweilen ein Donnerwetter drüber hinrollen lass',« antwortete er und legte ihr ein Paar Schuhe, mit deren Ausbesserung er unter dem Geplauder zustande gekommen war, in den Korb, »Wenn des Löwenwirts Kinder warme Fuß' behalten, so wird mir hoffentlich das Fluchen und Schustern während der Predigt im Himmel nicht angeschrieben werden.« Sie war schon unter der Türe, da rief er ihr nach: »Halt! schier hätt' ich das Best' vergessen. Wenn Ihr nicht bei der Tauf' sein könnet, so helfet uns wenigstens raten, wie wir das Kind taufen lassen sollen, denn es hat weder Geburts- noch Taufschein mitgebracht.«

»Ja,« sagte die Schusterin, »und wir sind in Verlegenheit, weil wir den Kalender für unser eigen Volk schon ganz ausgeplündert haben.«

»Ich soll ihm also den Namen schöpfen?« fragte Justine bewegt.

»Ja, wenn Euch ein guter einfällt.«

Justine trat noch einmal an die Wiege, hob das Kind heraus, küßte es und sagte mit einer gewissen Feierlichkeit: »Wenn ich durch den Namen die Gewalt hätte zu bestimmen, wem du nachschlagen sollst, du armer, namenloser Fremdling, so wüßt' ich wohl, wie ich dich heißen müßte, denn dann würdest du, was dein Vorbild ist: arm, aber ehrlich, rechtlich, häuslich, ein wenig rauh und trutzig, aber treu und brav, bescheiden geschickt —«

»Das geht nicht,« unterbrach die Schusterin, auf einen ihrer Knaben deutend, »einen Christoph haben wir schon in der Familie!« Sie hatte die Schilderung auf ihren Mann bezogen und war sehr geschmeichelt, während der Schuster, nicht sowohl durch Eitelkeit als durch die Höflichkeit des Gastes irregeführt, vor Verlegenheit nicht wußte, was er für ein Gesicht machen sollte, und sich wie unter einem Schauer von scharfen Hagelkörnern duckte.

Justine hielt etwas verwirrt inne.

»Ich sollt' ja gar auf Euch eifersüchtig werden,« fuhr die Schusterin fort, »wenn Ihr mir meinen Mann so lobet. Gibt's denn keinen andern, der Euch im Alter ein wenig näher war', keinen jüngeren Namenspatron, der nach Eurem Sinn war', daß Ihr ihn dem Nachwuchs zum Vorbild geben könntet? Ihr brauchet Euch nicht zu zieren, Justine. Wie ich jung gewesen bin, hab' ich auch, in Ehren, die Mannsbilder angesehen und hab' sie miteinander verglichen. Ihr werdet die Augen auch nicht zumachen. Nur 'raus mit der Farb', sonst muß ich glauben, daß es zwischen Euch und meinem Christoph nicht richtig ist.«

»Ihr wisset,« antwortete Justine, gefaßt in das Geleise eingehend, das ihr die Neckerei der Freundin so bequem eröffnet hatte, »Ihr wisset, meine Bekanntschaft ist nicht groß, und mein Stand ist nicht von der Art, daß ich viel bei den Mannsleuten zu suchen hätte, aber einen guten Namen kann ich Euch doch angeben. Der ihn führt, ist fort, weit fort, gestern ist er auf die Wanderschaft, und ich werd' ihn nie wieder sehen. Er hört's nicht mehr, wenn man ihn lobt, und ich kann also ohne Scheu von ihm reden.«

»Das ist der Erhard!« unterbrach sie der Schuster lebhaft. »Die Gret' hat's uns ja gestern erzählt, daß er gewandert ist. Ei, der hätt' mir auch gleich einfallen können.«

»Es ist eben wieder verschwatzt worden, weil so viel Leut' dagewesen sind,« sagte die Schusterin, »Aber wahr ist's, den Namen lass' ich mir gefallen. Und wenn der kleine Mensch da in ihn hineinwachst, so wird was Recht's aus ihm.«

»Ja, der Erhard!« rief der Schuster achtungsvoll, und beide Eheleute spendeten dem Abwesenden reichliches Lob. »Wer weiß, wo dem wackern Kerl jetzt das Ohr klingen mag!« setzte endlich der Schuster hinzu.

Justine fuhr sich mit der Hand über die Augen und sagte zu der Schusterin: »Ich weiß keinen, der so viel Ähnlichkeit mit Eurem Mann hat und so wenig mit dem Vater dieses Kindes, wie man sich den vorstellen muß. Auch ist er ja selber Vater- und mutterlos, wie der arme Wurm da, also in allen Dingen ein Vorbild für ihn.«

»Bleib's dabei,« rief der Schuster, »Erhard soll er heißen.«

Justine küßte das Kind, legte es in die Wiege zurück, gab allen noch einmal die Hand und ging.

»Das ist ein wackers Mädle, die Justine,« sagte die Schusterin, als sie fort war.

»Die wär' für den Erhard recht gewesen,« bemerkte der Schuster. »Warum sind sie denn nicht zusammenkommen?«

»Weiß nicht,« sagte die Schusterin.

Aus dem Hause des Schusters heraustretend, stieß Justine auf eine alte Frau, welche scheu über die Straße schlich und sich so nahe als möglich an den Häusern hielt. Sie war altmodisch, aber sehr wohlhabend gekleidet, und an ihrem Halsnuster von Granaten drängte ein großes silbernes Schloß; ihre Haltung jedoch stand mit diesen Zeichen des Reichtums im Widerspruch, denn sie sah so jämmerlich gedrückt aus, als ob sie von Almosen leben müßte. Sie schlug das Auge mit Bestürzung zu Justinen auf und sah sie ungewiß und furchtsam an. Justine warf ihr einen Blick der Verachtung zu und ging, ohne zu grüßen, an ihr vorüber.

Zwei Bürgersfrauen, die verspätet aus der Kirche kamen und, die Hände über dem Gesangbuch gefaltet, behaglich miteinander, plauderten, hatten diese Begegnung mit angesehen und teilten einander ihre Glossen darüber mit. Daß die Mutter des Alex, denn das war die alte Frau, die Blicke der Menschen meide und sich bestürzt an den Häusern hindrücke, fanden sie ganz in der Ordnung, denn die, sagten sie, hat's nötig nach dem Schimpf und Spott, der über sie und ihre Sippschaft kommen ist. Aber daß ein Mädchen von dem Stande Justinens gegen eine reiche Stadtfrau so trotzig aufzutreten wagte, das schien ihnen doch alle Gebühr zu übersteigen.

»Das ist mir einmal ein freches Ding,« sagte die eine. »Was ist sie denn? Ich glaub', sie dient im Roten Löwen draußen.«

»Freilich,« erwiderte die andere. »Sie hat sich aufgedackelt wie eine Prinzessin, aber sie ist nichts weiter, als eine Magd.«

»Sie soll sich in acht nehmen, daß sie nicht selber ein abschreckendes Exempel gibt,« sagte die erste. »So ein Fratz ist gleich zum Stolpern gebracht, und Hochmut kommt vor dem Fall.«

»Jawohl, Frau Nachbarin,« erwiderte die andere. »Das Gesind' wird doch alle Tag' unverschämter.«

»Das ist gewiß wahr, Frau Nachbarin,« bekräftigte die erste, und an diesem unerschöpflichen Stoffe angekommen, vertieften sie sich immer mehr in denselben.

Justine wurde zu Haufe über ihren Besuch bei den Schustersleuten ausgefragt und konnte nicht genug von dem Findling und dem Benehmen seiner Pflegeltern erzählen. Als aber während des Essens die Rede aus den Inhalt der Predigt kam und sie gestehen mußte, daß sie die Kirche versäumt habe, da wurde sie, zum erstenmal seit langer Zeit, von der Löwenwirtin ernstlich ausgescholten.

Da diese jedoch sah, daß Justine fast keinen Bissen aß, so bereute sie den Verweis im stillen und dachte, das Mädchen, ohnehin zur Traurigkeit aufgelegt, habe sich denselben gar zu sehr zu Herzen genommen.

Von den beschimpfenden Folgen, welche das Erscheinen des Findelkindes für die Braut des Alex gehabt, hatte Justine nichts erzählt, aber die Neuigkeit wurde im Hause noch denselben Tag durch Gäste, die aus der Stadt kamen, verbreitet, und lachend und staunend erkannte die Bewohnerschaft ihren schwarzen Gockel als Propheten an. Doch war es dem Löwenwirt nicht gar wohl dabei, denn er besorgte, Alex möchte gegen ihn, von dessen Hause der unbegründete Bezicht ausgegangen war, klagbar werden, und die Urheberin desselben erhielt in den nächsten Tagen manches unwirsche Wort von ihm. Allein Tag um Tag verging, ohne daß Alex den gefürchteten Schritt getan hätte, und man vernahm nichts weiter von ihm, als daß er schleunige Anstalten zu seiner Hochzeit treffe. Er schien der Meinung zu sein, Heiraten und Stillschweigen seien die geeignetsten Mittel, um Gras über die unangenehme Begebenheit wachsen zu lassen.

Bald jedoch wurde die Aufmerksamkeit und Teilnahme des Hauses durch eine weit nähere Angelegenheit in Anspruch genommen, indem Justine, die seit dem Weihnachtabend sich mühsam auf den Beinen erhalten hatte, in eine gefährliche Krankheit verfiel. Die Herrschaft versäumte nichts und berief sogleich den Arzt aus dem Städtchen, einen guten alten Mann, der das herkömmliche Orakel der Umgegend war. Er zeigte sich sehr besorgt und erklärte das Übel für ein hitziges Gliederweh, das wahrscheinlich durch eine Erkältung verursacht sei und, wenn nicht ein trauriger Ausgang zu befürchten stehe, jedenfalls nicht unter ein paar Monaten zu kurieren sein werde. Das Fieber nahm überhand, und als er am folgenden Abend kam, erklärte er, die Kranke werde jetzt in ein heftiges Phantasieren verfallen und viel Unsinn schwatzen; namentlich werde sie unablässig zu trinken begehren, worin man ihr durchaus nicht zu Willen sein dürfe, wenn man ihr nicht ein sicheres Grab bereiten wolle. Der erste Teil der Prophezeiung traf nicht ein, denn Justine fieberte zwar, daß sie mitsamt der Decke geschüttelt wurde, aber sie verlor die Besinnung keinen Augenblick, sondern lag mit zusammengepreßten Lippen und glühend nach oben starrenden Augen da; desto richtiger ging jedoch der zweite Teil in Erfüllung, und der schwache, lechzende Ruf: »Wasser! Wasser!« den sie fort und fort durch die übereinander gebissenen Zähne ausstieß, belud ihre Umgebung, die ihr das Labsal versagen sollte, mit wahrer Seelenqual. Die Löwenwirtin ertrug dieses fortwährende Seufzen nach Erquickung nicht länger und beriet sich mit dem alten Philipp, der ein Mal über das andere heraufkam, um nach der Kranken zu fragen. Die Dokter sind im Hirn verrückt, erklärte der alte Praktikus; wenn mir ein Stück Vieh an Hitz' leid't und natürlich Durst hat, so geb' ich ihm zu trinken, aber, versteht sich, abgeschreckt. Die Löwenwirtin ließ sich dies gesagt sein und beauftragte die kleine wuselige Magd, die sich Justinens in ihrer Krankheit mit besonderer Liebe annahm, von den Schlüsselblumen, die den Sommer über für den Hausbrauch gesammelt und getrocknet wurden, einen Tee für sie zu kochen, von welchem sie, obwohl zitternd und zagend vor dem Arzt, der Kranken hie und da einen Löffel voll zu geben verordnete. Die kleine Magd aber, die sich ein Vergnügen daraus machte, hinter dem Rücken des Arztes sowohl als der Herrschaft eigenmächtig zu Verfahren, gehorchte den flehentlichen Bitten der Kranken und goß ihr statt der paar Tropfen, die allein schon gegen die ärztliche Vorschrift verstießen, unglaubliche Massen des halb abgekühlten Trankes ein, Der Erfolg dieses Wagstücks war, daß der Arzt am nächsten Abend zu seiner äußersten Verwundcrung das Fieber schon gebrochen und die Kranke in Schweiß gebadet fand. Sie hatte sich fest in ihre Decke gewickelt, erklärte, schlafen zu können, und bat, man möge sie ja' nicht aufwecken, bis sie von selbst erwache. Der Doktor konnte nichts anderes tun als dieses vernünftige Verlangen unterstützen. Justine lag die Nacht und den ganzen folgenden Tag, unbeweglich in ihre Decke eingewickelt, in einem todähnlichen Schlafe, der die Löwenwirtin das ärgste fürchten machte, und bei Anbruch der zweiten Nacht schlief sie immer noch. Wie erstaunte aber die Löwenwirtin den andern Morgen, da sie aufgestanden war und ihr auf dem Gange – wer sonst als ihre Justine entgegenkam? Sie meinte ein Gespenst zu sehen, allein Justine versicherte sie, sie fühle sich wieder ganz gesund; auch hatte ihr Gesicht die Farbe der Krankheit verloren und seine natürliche, frische Blässe wieder angenommen. Der Doktor, der in aller Frühe kam, um sich nach dem Verlaufe der Krisis zu erkundigen, war außer sich, als er seine Patientin vom Bett aufgestanden sah, aber was für Augen machte er erst, als ihm verschwatzt wurde, daß und von wem und wie ihm ins Handwerk gepfuscht worden war!

Ein gutmütiger Polterer, wollte er der Patientin, die nach den Gesetzen seiner Kunst den Tod so sehr verdient hatte, kaum das Leben gönnen, hielt der Löwenwirtin und der kleinen Pfuscherin, die aber, von Erfolg strahlend, den Kopf vor ihm aufrecht trug, eine gewaltige Strafpredigt und Motz damit, die Patientin alsbald wieder ins Bett zu jagen, da, wie er behauptete, die Folgen eines so unsinnigen Experiments selbst für eine Bärennatur unausbleiblich sein müßten. Da die Natur, so glücklich über die Kunst gesiegt hatte, so war es nicht mehr als billig, daß sie sich nun, ferneren guten Einvernehmens wegen, dem Gebote der letzteren fügte, und so mußte sich's Justine gefallen lassen, noch einige Tage das Bett zu hüten, obgleich sie sich für völlig genesen erklärt«. Unter denen, die ihr in dieser Zeit Teilnahme bewiesen, war auch ihre neue Freundin, die Schustersfrau aus dem Städtchen, welche, Gott weiß wie, einen Augenblick gefunden hatte, von ihren zehn Kindern abzukommen und die Kranke zu besuchen. Als sie mit der Löwenwirtin von ihrem Bette ging, bemerkte diese, es sei ihr unbegreiflich, daß eine Gemüts-bewegung so heftige körperliche Nachwehen erzeugen könne, denn sie lasse sich's nicht ausreden, daß der Schmerz um Erhard, den Justine nicht nehmen und nicht lassen gekonnt, den Grund zu dieser Krankheit gelegt habe. Der Schusterin, die erst jetzt erfuhr, daß Erhard um ihre Freundin geworben habe und aus Bedenklichkeit wegen des künftigen Fortkommens von ihr abgewiesen worden sei, entfuhr die Äußerung, das sehe doch der Justine gar nicht gleich; sie brach aber, als ob sie über das unwillkürlich hingeworfene Wort mit sich unzufrieden wäre, sogleich von dem Gegenstände ab, lenkte das Gespräch auf andere Dinge und beeilte sich dann, wieder zu ihrem unruhigen Hauswesen heimzukommen.
Nach wenigen Tagen verließ Justine ihr Lager und kehrte zu ihren Obliegenheiten zurück. Sie war nicht nur gänzlich hergestellt, sondern jedermann beglückwünschte sie, daß sie in ihrer Krankheit um ein merkliches schöner geworden sei, wiewohl niemand sagen konnte, worin die an ihr vorgegangene Veränderung bestand. Über ihr gefaßtes, gelassenes Wesen blieb stets eine sanfte Traurigkeit verbreitet, die sie aber nicht hinderte, mit liebevollem Gemüt an dem Leben um sie her teilzunehmen, und die vielmehr das stille Mädchen zu einer anziehenden, wohltuenden Erscheinung für alle im Hause machte. Den Schustersleuten hielt sie Wort und ging ihnen bei der Pflege ihres natürlichen und übernommenen Kindersegens fleißig an

die Hand. Die Löwenwirtin aber erlaubte ihr diese Besuche sehr gerne; der Wandel des jungen Mädchens, das, statt der Eitelkeit nachzugehen, sich an eine ehrbare arme Familie anschloß und ihr beschwerliche Dienstleistungen widmete, gefiel ihr ausnehmend wohl, und sie hielt sie ihren übrigen Mägden so wie den jungen Mädchen der Umgegend bei jeder Gelegenheit als nachahmenswertes Beispiel vor.

Der Christtagsfindling gedieh unter den Händen seiner beiden Mütter, wie sie der Schuster scherzend nannte, so vortrefflich, daß der lustige Pechdrahtzieher oft sagte, man sehe wohl, daß er ein Unkräutlein sei, das nicht verderben werde. Die Frage nach seiner Herkunft schlief allmählich ein, nachdem die ersten Nachforschungen fruchtlos gewesen waren; auch die Obrigkeit beruhigte sich dabei, daß er ein warmes Nest gefunden, und hatte keine Lust, eine für sie selbst so spöttliche Untersuchung, wie die angestellte, gegen irgendwen zu wiederholen.

Im Roten Löwen ging gleichfalls alles seinen gewohnten Gang, Nur brummte der Löwenwirt manchmal über den abwesenden Erhard, »Der Bursch',« sagte er, »hält nicht Wort, er läßt nichts von sich hören noch sehen.«

Der alte Philipp erwiderte jedesmal, wenn er zugegen war: »Er wird eben die bratenen Tauben noch nicht gefunden haben. Der läßt nichts von sich hören, bis er sein Glück gemacht hat. Aber wenn's ihm schlecht geht, so geschieht ihm recht: warum ist er nicht da blieben!«

Kapitel 2.

Es waren sieben Jahre vergangen, und im Roten Löwen wurde längst nicht mehr von dem auf die Wanderschaft gegangenen Knechte gesprochen, dessen Andenken durch Erlebnisse, Kriegsdrangsale und Schicksalswechsel nur in einem Herzen nicht zum Schatten geworden war. Wiederum war der Tag vor Weihnachten gekommen. Ein trüber Regenhimmel, unter dessen Einfluß der Schnee schmolz, ließ ihn vorgerückter erscheinen als er in Wirklichkeit war, und schon am frühen Nachmittage zogen die Schatten des Abends herein. Gleichwohl waren in der großen Stube, die vor sieben Jahren den Schauplatz einer fröhlichen Weihnachtsfeier gebildet hatte, keine

Anstalten getroffen, welche das Herannahen des heiligen Abends verkündigten, den man doch zu begehen pflegt, sobald die Tageszeit das Anzünden der Lichter am Baum gestattet. Der Löwenwirt, gealtert und abgemagert, saß allein in der leeren Stube am Tische und hatte eine alte Postille vor sich liegen; seine Aufmerksamkeit war jedoch nicht auf das Buch gerichtet, denn er saß zurückgelehnt und hing, vor sich hinblickend, freudlosen Gedanken und traurigen Erinnerungen nach.

Ein Hufschlag ließ sich auf der Landstraße mit jenen hellen Zwischenlauten vernehmen, welchen man anhören konnte, daß schon die Steine aus der Schneelage hervorstachen. Der Löwenwirt horchte, als der rasche Trab sich näherte, gewohnheitsmäßig auf, obgleich er seit geraumer Zeit nur gewohnt war, die Gäste an seinem Hause vorüberziehen zu sehen. Diesmal aber schien es wirklich auf den vergessenen Roten Löwen abgesehen zu sein, denn die Hufschläge wurden kürzer, bogen gegen das Haus ein, und gleich darauf hörte er das Pferd in der Einfahrt unter dem Fenster ungeduldig, als ob es Einlaß begehre, scharren. Er lauschte noch einen Augenblick, ob der halberwachsene Knecht, der jetzt an der Stelle des zahlreichen Gesindes zur Besorgung von Stall und Feld ausreichte, in die Einfahrt gelaufen komme; dieser aber war so wenig als sein Herr daran gewöhnt, Gästen entgegenzueilen, und da er ihn nicht hörte, so ging er selbst hinab, um das Pferd in Empfang zu nehmen. Der Reiter war inzwischen abgestiegen, eine kräftige Gestalt in knapper rheinischer Tracht; der geübte Blick des Wirtes erkannte den Fremden an seiner resoluten Haltung und an dem goldenen Uhrgehänge für einen Mann, der in der Welt herumgekommen sein und etwas vor sich gebracht haben müsse. Derselbe fragte kurz, ob er hier ein Nachtquartier finden könne. Der Löwenwirt bejahte die Frage und ergriff das Pferd, einen stattlichen Falben, am Zügel, um es in den Stall zu führen. Der Fremde ließ dies jedoch nicht zu, sondern brachte sein Tier selbst nach dem Stalle, den er ohne Befragen zu finden wußte, und gab dem Wirt inzwischen seinen Mantelsack zu tragen, dessen Gewicht demselben die Richtigkeit seiner Beobachtungen zu bestätigen schien. Ohne eine Hilfe zu gestatten, nahm der Gast dem Pferde Zaum und Sattel ab, befestigte es leicht an der Krippe und schüttete ihm das Futter vor, das der herbeigerufene junge Knecht in Eile brachte; alle diese Verrichtungen geschahen mit flinker Hand, als ob er fachmäßig in ihnen bewandert wäre, dann ging er mit dem Wirt in die Stube hinauf und sah ihn unterwegs zuweilen lächelnd an, ohne ein Wort zu reden. In der Stube legte er die Mütze auf eine Bank, zog den Überrock aus, trat vor den Wirt hin und fragte, unter seinem Schnurrbart freundlich hervorlächelnd: »Nun, wie steht's im Roten Löwen?«

»Nicht besonders,« antwortete der Wirt. »Ist der Herr hier bekannt?«

»Ich sollt's wohl denken,« erwiderte der Gast. »Bin freilich lang' nicht dagewesen. Eure Kinder werden fast großgewachsen sein.«

Der Wirt schüttelte traurig den Kopf. »Das große Sterben,« sagte er, »hat ihnen fürs Wachsen getan, einem nach dem andern; wir haben ein österreichisch Lazarett in der Gegend gehabt.« »Alle tot?« rief der Fremde wehmütig. »Die blühenden Kinder! Wie lang' hab' ich mich auf diesen Besuch gefreut und muß jetzt so traurige Neuigkeiten vernehmen!«

Der Löwenwirt sah ihn wiederholt aufmerksam an, konnte sich jedoch in dem unbekannten Gesichte nicht zurechtfinden.

»Aber Eure Frau ist doch noch am Leben?« hob jener wieder zu fragen an.

»Sie lebt, aber seit der Zeit ist sie kränklich.«

»Und der alte Philipp?«

»Der hat den Krieg nicht mehr erlebt. Er ist schwach worden und ist ausgelöscht wie ein Licht. Ich hab' ihm selber die Augen zugedrückt.«

Der Fremde fragte Namen für Namen nach den anderen Knechten und Mägden. Sie waren nicht mehr im Hause. Der Wirt verwunderte sich höchlich über die Vertrautheit des Gastes mit den Verhältnissen des Hauses und zerbrach sich vergebens den Kopf, wer er sein möge.

Der Fremde schwieg eine Zeitlang, und eben wollte der Wirt fragen, was dem Herrn gefällig sei, als dieser wieder anhob. »Und die Justine?« fragte er mit etwas befangener Stimme: »die ist wohl schon lang' verheiratet.«

Dieser befangene gepreßte Ton klang dem Wirt bekannt. Er faßte den Gast schärfer ins Auge, und ein Freudenstrahl flog über sein abgehärmtes Gesicht, »Der Erhard!« rief er, ihm die Hand entgegenstreckend. »Du loser Schelm, dein Schnurrbart ist schuld, daß ich dich nicht gleich erkannt hab'. Warum bist denn so lang' fortgewesen und hast gar nichts von dir hören lassen? Erzähl' mir nur gleich, wie dir' ergangen ist und wie du lebst und was du treibst. Aber ich werd' nicht mehr du zu dir sagen dürfen, denn Ihr seid ja ein vornehmer Herr worden.«

»Mit dem Du wollen wir's beim alten lassen, Meister,« erwiderte Erhard, indem er ihm herzlich beide Hände schüttelte. »Erzählen will ich Euch auch, so viel Ihr wollt, nur sagt mir zuvor, wo die Justine ist und wie's ihr geht.«

»Es scheint, alte Liebe rostet nicht,« bemerkte der Löwenwirt lächelnd. »Die Justine ist nicht weit, sie ist immer noch bei uns, ist immer noch zu haben, und du wirst sehen, daß sie sich in der langen Zeit gar nicht verändert hat.« »Und meint Ihr,« sagte Erhard, »sie habe auch ihren Sinn nicht geändert? Denn wenn sie noch so denkt, wie vor sieben Jahren, so kann ich wieder abziehen, wie ich damals abgezogen bin.«

»Ist's denn wahr?« rief der Löwenwirt. »Ich kann's schier nicht glauben. Das heiß' ich eine standhafte Treue, die muß ihr doch das Herz weich machen. Zwar hab' ich ihr nicht hineingesehen, aber es gibt kein besseres in der Welt. Damals ist sie eben noch zu jung gewesen. Jetzt wird sie's eher schätzen können, was ein treues Gemüt wert ist, und da sie Verstand hat, so wird sie auch das Zeitliche anschlagen und wird ihr Glück nicht zum zweitenmal von sich stoßen. Was mein Weib Augen machen wird, daß es mit dem Mädle so hoch hinaus soll! Aber ich bin überzeugt, sie schickt sich in jeden Stand. Wie ist denn nur mein Erhard zu dem Reichtum kommen?«

»Der Reichtum ist zu zählen,« bemerkte Erhard, »doch darf ich zufrieden sein. Die Sache ist bald erzählt. Draußen wird einem das Leben in manchen Dingen leichter als bei uns. Im Anfang zwar hat es nicht den Anschein gehabt, daß ich's weit bringen sollte; ich bin von einem Dienst in den anderen geraten, und nirgends hat mir's gefallen wollen. Erst mit dem Krieg, wie der ausgebrochen ist, hat mir das Glück geblüht. Da wandr' ich eines Tags auf der Straße, ledig und herrenlos, aber nicht sorgenlos, in Staub und Sonnenhitze und hab' großes Heimweh nach dem Roten Löwen gehabt. Auf einmal kommt eine Kalesche hinter mir her, nicht besonders schön von Aussehen, aber zwei tüchtige Braunen davor und eine schmächtige Figur darin, mit scharfem, spitzigem Gesicht. Der fragt, woher des Weges, und dies und das, besinnt sich eine Weile und heißt mich dann einsteigen. Ich hab' mich gleich nützlich zu erweisen gesucht und hab' ihm die Zügel abgenommen: wie er sah, daß ich das Handwerk verstehe, ließ er sichs gefallen. Im Fahren gab dann ein Wort das andere, und ich merkte bald, daß er mir auf den Zahn fühlte. Zuletzt machte er mir den Vorschlag, in seinen Dienst zu treten, und ich tat's. Er war Lieferant und machte große Geschäfte. Er sah bald, daß er mir vertrauen konnte, und ließ mich immer höher steigen, während er sich von den Mühseligkeiten zurückzog, denn er war sehr gebrechlich, ein rastloser Geist in einem elenden Körper. Zuletzt gab er nur noch den Kopf her, ich die Hände und Füße und was man sonst von den fünf Sinnen zu Unternehmungen braucht. Die Geschäfte gingen aufs beste, und es wurde unermeßliches Geld verdient. Es ist nicht zu sagen, was bei solchen Unternehmungen, wenn sie einmal ins Große gehen, und vollends in Kriegsläuften, herauskommt, ohne daß man der Ehrlichkeit den Rücken zu wenden braucht. Denn das hat mir an meinem Herrn besonders gefallen: er hielt streng auf Treu und Glauben, war zu stolz für gewisse Kniffe und setzte seinen Ehrgeiz darein, lauter solide Ware zu liefern. Wo er einmal bekannt war, da zahlte man ihn, ohne zu markten, und gönnte ihm seinen Teil Gewinn. Eines Tages, ich kam eben von einem glücklichen Handel zurück und berechnete ihm den Ertrag, da stellte er mir vor, er wisse nicht, wie lange er noch leben werde, Kinder oder sonst Verwandte habe er nicht, mir könne er nicht zumuten, daß ich meine Kräfte in der Art, wie ich sie für ihn verwende, in einem fremden Interesse zusetzen solle, und er halte es deshalb für das beste zwischen uns, mich zu seinem künftigen Erben zu erwählen und gleich jetzt als Teilhaber in sein Geschäft aufzunehmen; er habe sich immer einen solchen Gehilfen gewünscht und habe schon damals solche Gedanken gehabt, wie er mich von der Straße aufgelesen habe. Ihr könnt Euch denken, daß ich nicht nein sagte. Aber ich hab' heiße Tage mit ihm verleben müssen. Er hatte etwas von der Natur eines Spielers: nicht aus Habsucht, sondern lediglich aus Lust an großartigem Spekulieren trieb er seine Spekulationen so hoch, daß es mir schwindelte, und dieser fieberhafte Drang seines ewig unruhigen Geistes wurde mit der Zeit immer stärker. Ich machte ihm Vorstellungen, aber vergebens, denn er war heftig und gewalttätig, auch konnte ich wohl merken, daß seine Leidenschaft eigentlich aus seiner Krankheit entsprang, denn wenn er ein Unternehmen verfolgte, so sagte eine fliegende Hitze nach der anderen über fein Gesicht. Ich betrachtete ihn als meinen Vater und sagte mir: Du gehst mit ihm durch Dick und Dünn; wenn's bricht, so bist du wieder, was du gewesen bist. Wir erlitten schwere Schlappen, und da er immer eigensinniger wurde, so ließ sich der Ausgang vorhersagen; aber eine galoppierende Schwindsucht bewahrte ihn vor dem Unglück, seine Entwürfe und seine gewagten Pläne zunichte gemacht zu sehen. Ich begrub ihn als meinen Wohltäter und konnte eben noch die Trümmer eines ungeheuren Vermögens retten, die für mich ausreichen, um nach einem unruhigen Leben, voll Anstrengungen und Gefahren aller Art, in der Heimat ein friedliches Haus, etwas größer als eine Hütte, aufzuschlagen und meine Tage in einer Tätigkeit hinzubringen, die mich frisch erhält, aber auch zu Atem kommen läßt. Leider scheint es mir bei Euch nach allem, was ich in den paar Minuten beobachtet habe, nicht so zu stehen, wie ein alter Freund dem anderen wünschen mag.«

»Nein,« antwortete der Wirt. »Was den einen reich macht, das macht den andern arm. Mir hat der Krieg so viel genommen, daß ich in diesem Augenblick nicht weiß, ob ich mit meiner Frau in unserem Eigentum sterben werde. Die Truppendurchmärsche von Freund und Feind, das eine Mal hin und das andere Mal wieder zurück, was haben die nicht alles verschlungen? Dann sind Bürgschaftsschulden dazu kommen, die einem gemeiniglich den Hals brechen. Drangsaliert und ausgezogen, haben die Schuldner nicht mehr zahlen können, ich kann ihnen nicht einmal Feind drum sein, und da hab' eben ich als Bürg' Haar lassen müssen. So ist ein Gut ums andere in fremde Hand' gewandert, bis fast alles verkauft gewesen ist. An der Wirtschaft hab' ich mich nicht erholen können, denn der Krieg hat allen Verkehr auf andere Bahnen getrieben und selten kehrt ein Gast mehr im Roten Löwen ein. Mag sein, daß mir auch in dem Sturm die Kraft ausgangen ist, um in meinen alten Tagen noch etwas Neues anzufangen. Natürlich ist das Gesind' in dem leeren Haus überflüssig worden und hat sich eins ums andere einen besseren Dienst gesucht. Nur die Justine hat ausgehalten; sie nimmt schier keinen Lohn, pflegt meine Frau und hat sich an uns einen Stuhl im Himmel verdient. Ja, Erhard, so geht's; der Menschen Schicksal ist verschieden. Auf eine Art bin ich eigentlich auch Lieferant gewesen: zuerst meine Kinder und dann mein Vermögen hab' ich dem großen Kriegsdrachen liefern und herausgeben müssen, und so bin ich jetzt ein gelieferter Mann.«

»Könnt ich Euch nur die Kinder wiedergeben,« sagte Erhard, »um das andere war' mir's nicht leid. Ihr habt mir einmal Euren Arm angeboten, und das Anerbieten ist mir heut noch so viel wert, wie wenn ich Gebrauch davon gemacht hätte; jetzt ist's an mir, daß ich Euch den meinigen biete. Was ich habe, ist nach hiesigem Maßstab für uns beide genug. Ich bin, wie Ihr Euch denken könnt, noch nicht fest entschlossen, wo ich mich niederlassen soll. Aber auf jeden Fall kann ich Euch entweder so viel vorstrecken, daß Ihr Eure Güter wieder erwerben könnt, oder wenn Ihr Euch lieber zur Ruhe setzen mögt, kauf' ich Euch den Löwen ab, natürlich mit dem Beding, daß Ihr drin wohnen bleibt, gebe die Wirtschaft auf und kaufe das umliegende Feld. Über das alles reden wir gemächlich und richten' ein, wie's Euch am liebsten und bequemsten ist. Aber jetzt tut mir den Gefallen, rufet mir die Justine und lasset mich mit ihr allein. Saget ihr bloß, sie solle einem Gast einen Schoppen Wein bringen.«

»Ich will derweil zu meiner Frau gehen,« sagte der Löwenwirt. »Sie hat sich ein wenig niedergelegt und wird jetzt wieder wach sein.«

Er führte ihn in das größte und schönste seiner Gastzimmer und bat ihn, sich's bequem zu machen. Die beiden Männer drückten einander noch einmal die Hände, und der Wirt verließ den Gast, der aufgeregt in der Stube auf und ab ging. Nach einer Weile hörte er leise Schritte und zog sich in die dunkelnde Ecke zu dem Tische zurück, auf welchem er in seinen Dienstjahren manchmal ein Essen oder einen Trunk für Fremde aufgetragen hatte.

Justine trat herein und grüßte, ohne dem Fremden mehr als einen flüchtigen Blick zu schenken, während Erhard mit Herzklopfen seinen Augen das Wiedersehen in vollen Zügen gönnte. Der Löwenwirt hatte die Wahrheit gesagt: die sieben Jahre waren spurlos an ihr vorübergegangen, und das gereifte, verständige Aussehen, durch das sie sich schon in früher Jugend von anderen Mädchen unterschieden hatte, ließ sie jetzt kaum älter erscheinen, als sie damals schon erschienen war, denn das bräunlich blasse Gesicht hatte die Frische der Jugend behalten; ja, sie kam dem ausgebildeteren Blicke des Beschauers schöner vor, weil sie um die Hüften etwas Manier geworden war, so daß die überkräftige Fülle der Gestalt durch die Schute des Lebens gemodelt aussah, was zu den dunkler gewordenen Haaren und der ergebungsvollen Ruhe der blauen Augen in gutem Einklänge stand. Erhard fragte sich, ob sie wohl in dieser langen Zeit an ihn gedacht, ob sie sich nicht nach ihm gesehnt, ob sie nie das Wort, das ihn fortgetrieben, bereut habe. Sie hatte sich ihm inzwischen genähert und stellte den Wein auf den Tisch. Er kleidete die Erregung des Augenblicks in einen Scherz und erlaubte sich, den Arm um ihren Leib zu schlingen, wie mancher Gast in keckem Mute bei einer

Kellerschönen zu tun pflegt. Sie entschlüpfte ihm behend mit einer gleichmütigen Miene, die ihm zu sagen schien, die Vertraulichkeit möge wohl nach seinem Geschmacke sein, aber nicht nach dem ihrigen. »So spröd, Jungfer?« sagte er.

Ob nun der bebende Tun, der schlecht zu dem Scherze paßte, besonders geeignet war, an die Stimme zu erinnern, die in jenen Abschiedstagen so befangen und gedrückt geklungen hatte, oder ob sie seine Stimme unter allen Umständen erkannt haben würde, sie fuhr zusammen, sah ihn mit weit offenen Augen an, und ihr Gesicht bedeckte eine dunkle Glut, die sich bis in die Stirne und den Hals verbreitete.

»Kennst du mich nicht mehr, Justine?« setzte er hinzu.

»Hätt' ich dich angesehen, so hätt' ich dich gleich erkannt,« sagte sie. »Du bist's, Erhard?«

»Ich bin's!«

Zaghaft ergriff sie die dargebotene Hand, aber in dem Drucke, den sie ihm erwidernd gab, glaubte er ein volles Herz zu empfinden.

»Ich darf aber nicht mehr du sagen,« setzte sie hinzu, indem sie einen schwachen Versuch machte, die Hand zurückzuziehen.

»Warum nicht?« fragte er, ihre Hand festhaltend.

»Zu einem verheirateten Mann schickt sich's nicht,« erwiderte sie.

»Ich bin nicht verheiratet,« sagte er.

Sie schrak zusammen, und die Ahnung dessen, was nun kommen würde, drückte sich, während sie zurücktrat, in ihren ängstlich verworrenen Zügen aus.

»Im Gegenteil,« fuhr er fort, »alle Bekanntschaften und Erfahrungen mit den Weibern in diesen sieben Jahren haben bloß dazu gedient, mich zu überzeugen, daß es nur eine gibt, mit der ich leben kann. Ich will gleich Trumpf ausspielen, denn Herz ist Trumpf. So hart du mir's gemacht hast, Justine, so hab' ich dich doch seit unserem Abschied beständig im Herzen getragen, und da bin ich jetzt und will dich fragen, ob du mich abermals gehen heißen kannst.«

Ein Zittern hatte sich während dieser Worte Justinens bemächtigt; es überflog ihren ganzen Körper, und sie bebte zuletzt so heftig, daß sie sich setzen mußte. Sie schlug die Hände vor das Gesicht und begann zu schluchzen.

»Du gibst mir keine Antwort?« fragte er.

Sie schwieg und schluchzte lauter.

Auch er schwieg eine Weile und sah dem rätselhaften Benehmen zu, dann rückte er sich einen Stuhl zu dem ihrigen, setzte sich zu ihr und hob an: »Justine, vor sieben Jahren bin ich ein Kind gewesen und bin von dir fortgelaufen wie ein Narr, statt dich vernünftig zu fragen, was dir im Kopf stecke. Heut bin ich kein Kind mehr, die Welt hat mich erzogen und gebildet, heut' wirst du mich nicht so leicht mehr los. Justine, ich will dir was sagen« – er zog ihr sanft die Hände von dem in Tränen gebadeten Gesicht – »du hast nichts gegen mich gehabt, wie ich damals in meiner Einfalt gemeint hab', im Gegenteil, du hast mich lieb gehabt und hast mich heut noch lieb, ich hab's lang' gewußt, und jetzt, seit diesem Wiedersehen, weiß ich's ganz gewiß. Komm und leugne mir's einmal. Sag nein.«

Sie schwieg und suchte ihr Gesicht wieder zu bedecken, aber er ließ ihre Hände nicht los, und ihre Augen suchten vergebens eine Zuflucht, wo sie sich verbergen könnten.

»Keine Antwort ist auch eine Antwort,« fuhr er fort. »Was hast du also nun für einen Grund, daß du nicht einwilligen willst, mein Weib zu werden? Es muß was besonderes sein. Du bist es mir und dir schuldig, zu sagen, was zwischen uns steht, und ich weiche nicht von dannen, bis ich's weiß. Sieh mich an und sag mir, was du hast.«

Sie starrte mit den geröteten Augen vor sich hin. »O Gott!« rief sie endlich, »wie schwer bin ich gestraft, daß ich diese Pein zum zweitenmal durchmachen muß!«

»Wie kann dir das eine Pein sein!« rief er beinahe zornig und ließ nicht ab, in sie zu dringen, bis sie endlich ausrief: »Auf meinen Knien bitt' ich dich« – und wirklich Miene machte, sich vor ihm auf den Boden zu werfen und ihn um die Zurücknahme seiner Werbung anzuflehen. Er faßte sie bei den Armen, um sie daran zu verhindern, und nun entstand ein leidenschaftliches Ringen, welches damit endigte, daß er sie fest in seine Arme schloß. Ermattet ruhte sie an seiner Brust, aber sie hielt das Angesicht abgewendet, und er vermochte keinen Blick von ihr zu gewinnen.

»Dein Herz hat sich auf den ersten Blick verraten, schließ mir's nicht wieder zu!« bat er.

Sie gab keine Antwort.

»Justine, hast du mich denn nicht lieb?« rief er schmerzlich.

»Eben weil ich dich lieb hab'« – antwortete sie leise, ohne den Satz zu vollenden.

»Weil du mich lieb hast, schickst du mich von dir fort?« sagte er
kopfschüttelnd. »Die Nuß kann ich nicht aufknacken.« Da sie abermals
in ihrem Schweigen verharrte, so fuhr er fort: »Du begehst eine
Schlechtigkeit an dir und mir, wenn du mir dein Herz nicht öffnest.«
»Nein,« antwortete sie, »eine Schlechtigkeit wär's, wollt' ich dir
angehören, so wie ich bin.«
»Ich lass dich nicht!« rief er.
»Es kann nicht sein!« stammelte sie mit einer Stimme, welcher der
Atem auszugehen drohte.
»Warum nicht?« rief er.
»Weil ich deiner nicht wert bin!« antwortete sie mit dem Tone der
Verzweiflung, indem sie sich loszureißen suchte.
Er lachte überlaut und hielt sie in seinen Armen fest. »Das ist mir eine
neue Sitte!« sagte er. »Sich selbst taxieren, gilt nirgends im Handel und
Wandel. Was du wert bist, hab' ich zu bestimmen. So ist der Brauch!
Ein anderes wär's, wenn du mir mit der Redensart hättest zu verstehen
geben wollen, du scheuest dich vor dem armseligen Mammon, den ich
dir mitbringe; aber das glaub' ich nicht von dir.«
Sie schüttelte den Kopf.
»Wie kannst du auf den Einfall kommen, du seiest meiner nicht wert?«
hob er wieder an, fort und fort in ihre Verschlossenheit hinein-
stürmend. »Was sind das für Weiberflausen? Wer dich hört, sollte
wahrhaftig meinen, du habest wunder was auf dem Gewissen.«
»Du hast's getroffen,« sagte sie leise, und ihr Kopf sank tiefer hinab.
Er trat bestürzt zurück, aber ohne sie loszulassen. »Ist's dein Ernst?«
fragte er, durch ihr Benehmen ein wenig in Verwirrung gebracht. »Es
kann nicht sein!«
Statt der Antwort suchte sie sich von ihm zu befreien; aber er ließ sie
nicht. Ihr Kopf sank noch tiefer über seine Schultern, und er hatte
Mühe, sie zu halten, so schwer lag sie in seinem starken Arm.
Er überwand die Bangigkeit, die in seinem Herzen aufsteigen wollte,
denn der felsenfeste Glaube an den inneren Wert des Mädchens, das er
unter seinen Augen hatte aufwachsen sehen, besiegte jedes Bedenken.
»Justine,« sagte er, »ich würde vergeblich herumraten, aber das weiß
ich gewiß, daß du nichts getan haben kannst, was dir nicht zu verzeihen
wär'. Der Mensch kommt selten grad' und eben durch die Welt, aber
wie viel ihm dabei anzurechnen ist, das hängt von den Umständen ab.

Was es auch sein mag, mein Wort hab' ich dir gegeben, und dabei bleib'
ich. Versteh mich wohl, ich sage: was es auch sein mag!«

Sie richtete sich auf und verbarg das Gesicht an seiner Brust. »Noch
einen Augenblick,« sagte sie, »laß mich hier liegen, und dann will ich
von dir gehen, denn du hast leichtsinnig in den Tag hinein
versprochen.«

»Du machst das Ding so arg, daß man Angst bekommen könnte,«
erwiderte er. »Wohl, so will ich eins ausnehmen, obwohl es zum
Lachen ist, bei dir an dergleichen zudenken, aber eben darum
verschlägt 's ja nichts. Den Fall einer Mordtat will ich ausnehmen, und
zwar bloß um dessentwillen, weil du mit einer solchen Last auf dem
Herzen weder in dir noch bei mir Ruhe hättest, bis sie abgebüßt wäre,
und dann wären wir ja doch getrennt. Denn der Mensch kommt über
vieles weg, aber so etwas überwindet er nicht, und auf meinen Reisen
hab' ich sogar einmal erlebt, daß eine sonst rohe und verwahrloste
Landstreicherin, die ihr Kind ausgesetzt hatte, sich selbst beim Richter
angab, weil sie die Gewissenspein nicht ertragen konnte. Aber, wie
gesagt, es ist zum Lachen —«

Er wollte weiter reden, als Justine in seinen Armen zusammenzuckend
sich gewaltsam losriß, die Hände vor das Gesicht schlug und mit einem
dumpfen Schrei in den Stuhl fiel, Erhard erschrak, wie wenn er vom
Blitze getroffen wäre, denn dieses auffallende Gebaren unmittelbar auf
die Anführung eines solchen Beispiels hin, schien ein furchtbares
Geständnis einzuschließen.

»Justine!« rief er angstvoll, »es ist nicht möglich! sag nein!«

»Ja! ja!« rief sie unter den bedeckenden Händen hervor.

»Barmherziger Gott!« rief er, »Du – ein Kind ausgesetzt?«

Sie gab keine Antwort, aber ihre Atemzüge folgten sich so rasch, daß
er fürchten mußte, sie werde ersticken.

Ein langes, beklemmendes Stillschweigen trat zwischen beiden ein.

Als Justine endlich die Hände sinken ließ, hatte sie ein totenähnliches,
vergeistertes Aussehen, Auch Erhard war blaß geworden und starrte,
den Kopf bis auf die Brust gesenkt, zu Boden.

Justine stand zitternd auf, um das Gemach zu verlassen.

»Das hätt' ich dir nicht zugetraut,« sagte er tonlos, bei dem Geräusch
aus seiner Betäubung erwachend. »Ein Kind umbringen und auf solche
Art! Nein,« rief er lebhafter, »es ist nicht wahr, so was hast du nicht
tun können.«

Sie sah ihn verwundert an, und die Empfindung einer unverdienten Anklage schien sie etwas zu beleben, »Wer sagt denn das?« erwiderte sie. »Mein Kind lebt.«

Er atmete auf, »Sagst du nicht selber,« fragte er, »du habest es gemacht wie jene Landstreicherin, die ihr Kind im öden Feld verschmachten ließ?«

Sie verneinte durch ein stummes Zeichen.

»Aber ausgesetzt hast du es, wie du sagst?«

»Leider Gottes, ja, aber keinen Augenblick verlassen.«

»Das ist mir ein Rätsel, doch kann ich's jetzt wenigstens eher glauben als vorhin. Gib dir selbst die Schuld, daß ich dir viel zu viel getan habe.«

»O lang' nicht genug!« entgegnete sie. »Meine Schuld spricht noch viel lauter zu mir, obgleich sie vor aller Welt verborgen ist.«

Erhard schwieg eine Weile, und eine geraume Weile, denn es war nicht mehr noch weniger als menschlich, daß eine Enthüllung der unerwartetsten Art, wie diese, ihm gewaltig zu schaffen machte. Aber die Liebe so vieler Jahre wurzelte zu fest in seinem Herzen, um sich von dem härtesten Schlage brechen zu lassen, und als Justine demütig und ohne aufzusehen sich wandte, um, wie sie gesagt hatte, von ihm zu gehen, rief er: »Nein, Justine, geh nicht fort. Laß mir nur ein wenig Zeit, meine Gedanken zu sammeln. Sieh, ich glaub' immer noch das Beste von dir. Es ist gewiß mehr dein Unglück als deine Schuld gewesen. Du magst gefehlt haben, aber etwas Schlechtes hast du gewiß nicht getan. Mein Wort —«

»Du wirst doch nicht glauben, ich nehm' dich beim Wort!« unterbrach sie ihn.

»Nein,« erwiderte er, »aber eben das ist mir der beste Beweis, daß ich recht von dir denke. Vertrau du auch mir, Justine, es kann noch alles zwischen uns gut werden.«

Sie schwieg und sah hoffnungslos zu Boden. Er aber ließ nicht nach, bis er ihren Widerstand erschöpft und sie dahin gebracht hatte, ihm ihr schon halb enthülltes Geheimnis vollends ganz anzuvertrauen. Sie holte tief Atem, indem sie sich dazu anschickte, und sah ihn mit einem unbeschreiblich zärtlichen und zugleich vorwurfsvollen Blicke an. »O Erhard« begann sie, »in diesem Augenblick, wo ich den Mund gegen dich auftue, bist du mir der nächste Mensch in der Welt, und doch weiß ich, daß du mir den Augenblick nachher der fernste und fremdeste sein wirst, denn wenn du alles weißt, so ist ein Berg zwischen uns geschoben. Dazu zwingst du mich!«

»Halt!« rief er, »ich will's lieber nicht wissen! Mein Glaube an dich «

»Nein,« unterbrach sie ihn, auf einmal ihren Entschluß ändernd, »jetzt muß ich's sagen. Du hast selbst gesagt, ich sei es dir und mir schuldig, und du hast recht gehabt. Ich mag dich nicht gehen lassen, ohne daß du weißt, warum, damit dein Herz nicht mehr mit mir hadert. Und deinen Glauben kann ich nicht annehmen, so lang' er blind ist.«

»So laß mich's hören,« versetzte er. »Ich kann mir's aber selbst zusammensetzen. Du hast nicht geglaubt, daß ich je wiederkommen würde, und da —«

»Du bist im Irrtum,« unterbrach sie ihn. »Meinst du denn, ich hätte vor sieben Jahren nein zu dir gesagt, wenn nicht damals schon das Hindernis zwischen uns gewesen wär'?«

»Höll' und Teufel!« rief er auffahrend, während ihm plötzlich ein grelles Licht aufging. »Also der Alex!«

»Ich hätt' den Namen nicht über die Lippen gebracht,« versetzte sie mit dem kalten Tone der völligen Entsagung. »Jetzt weißt du vollends ganz, warum du nichts von mir wollen kannst, zweimal nichts!«

Erhard ging mit wilden Schritten in dem Gemache auf und ab, und wiederum trat ein langes Stillschweigen ein, bis Justine mit leisen Schritten und gesenkten Augen, wie eine Verurteilte, sich nach der Tür wandte. Es kochte in ihm, und doch sah er nicht, wie er sein Herz, so sehr es ihr jetzt grollte, von ihr abziehen könne. »Justine!« rief er in zornigem Schmerz, »wie hast du mir das tun können, dich an den elenden Menschen wegzuwerfen?«

Sie blieb stehen, »Damals,« entgegnete sie sanft, »ist er dir nicht so vorkommen, und den anderen auch nicht. Ich habs zuerst unter allen herausgebracht, wie schlecht er ist, leider auf meine Unkosten.«

»So früh schon also!« rief er, und seine Stimme verriet den Riß, der ihm durch das Herz gegangen war. »Aber es ist wahr,« fuhr er, nach einer Weile einlenkend, fort, »ich hab' anfangs auch was auf ihn gehalten, sein einschmeichelndes Wesen hat mich verblendet, und die Verblendung hätte vielleicht noch länger gedauert, wenn nicht —. Aber,« unterbrach er sich, »wie ist mir denn? Wo hab' ich meine Augen gehabt? Oder tapp' ich jetzt erst recht im Dunkeln? Das Rätsel verwirrt sich immer mehr. Jene kurze, flüchtige Tändelei, die mir den Burschen zuerst verhaßt machte, die aber wie ein Schattenspiel vorüberging —«

»Ist ein förmliches, rechtes Verlöbnis gewesen, mit Eid und Ring,« fiel Justine ein.

»Jetzt begreif' ich alles! Und er hat seinen Schwur gebrochen?«

»Wie ein Gauner, der nichts von Ehr' und Treu' und Glauben weiß.«

»Und doch ist mir's wieder unbegreiflich! Wenn ich zurückdenke, wie er damals den ganzen Sommer und Herbst, ja bis Weihnachten, neben dir gelebt hat – er hat doch deine Hilflosigkeit, deine verzweiflungsvolle Lage kennen müssen, und hat so ganz gleichgültig dagegen sein können?«

»Gleichgültig, wie ein Klotz, der keine menschliche Regung kennt.«

»Jetzt weiß ich erst, wie recht ich hatte, ihn so tief zu hassen und zu verachten!« rief Erhard aus. »Mit diesen wenigen Worten weiß ich nun deine ganze Geschichte. Du armes Kind, gegen dich soll niemand einen Stein aufheben. In deiner unerfahrenen Jugend hast du nicht gewußt, wie schlecht ein Mensch sein kann, und keine Mutter, kein Bruder ist dir zur Seite gestanden.«

Sie sah ihn selbstvergessen mit dem vollen Blick der Liebe an.

»Und ich,« fuhr er fort, »ich, der dich hätte bewahren sollen!«

– Er schlug sich plötzlich vor den Kopf: »Justine!« rief er, »jetzt wird mir's auf einmal klar! Ich selber bin an deinem Unglück schuld gewesen. Durch mein dummes Betragen hab' ich dich dem – dem anderen in die Arme getrieben! Sag' nur: ›so ist's!‹ und gib mir die ganze Schuld.«

»Ich hab' damals durchaus nicht verstehen können, was du wider mich gehabt hast,« erwiderte sie ausweichend.

»Nichts!« rief er, »so wenig als du wider mich! Es war gar nichts, als die unreife Herbigkeit des Buben, der ein Mann werden soll und den Weg nicht finden kann. Wir haben einander doch von Anfang an lieb gehabt und sind wie füreinander bestimmt gewesen; wie aber nun die Zeit kam, daß wir uns hätten verstehen sollen, da war ich dir so borstig und trutzig, daß ich mich jetzt noch nicht mehr begreifen kann. Ich brauche dir nicht davon zu erzählen, dir wird's noch hinlänglich im Andenken sein. Es wollte mir eben gar nicht in den Kopf, daß ein bloßes Kind mir so zu schaffen machen sollte, und wiederum, so oft ich dich vor den Kopf stieß, hätt' ich mir hinterher alle Haare dafür ausraufen mögen. Das hätt' ich, jetzt vollends doppelt nötig, nun ich erst recht sehe, was du davon gehabt hast, daß du mich lieb hattest!«

»Ich bin mir's nicht recht klar bewußt gewesen,« sagte sie, »sonst wär's nie so weit kommen, sonst hätt' ich eher verstanden, was in dir vorgeht, und alles war' zwischen uns anders gangen. Du weißt, ich hab' an dir hinaufgesehen wie an einem älteren Bruder, und da hält's schwer und dauert lang', bis eine eigentliche Liebschaft draus wird. Es ist freilich eine Zeit kommen, wo ich mich selber besser verstanden hab', aber da ist's eben viel zu spät gewesen und alles verloren! Da hab ich mich dann als die schlechteste und verworfenste Kreatur auf Erden ansehen müssen!«

»Das bist du nicht!« rief er lebhaft. »Wer will dich verdammen, daß du dem Eidschwur eines Schurken Glauben geschenkt hast?«

»Daraus hätt' ich mir auch keinen so schweren Vorwurf gemacht,« erwiderte sie. »Aber daß ich an dir und nur einen Mord begangen hab', das hab' ich mir nie verzeihen können, und nie werd' ich mir's verzeihen.«

»Aber ich verzeih' dir's und nehm' den Mord auf mich!« rief er, indem er sie von neuem in die Arme schloß und ihren Mund mit Küssen bedeckte. Sie duldete sie, ohne sie zu erwidern.

»Ach Erhard!« sagte sie wehmütig, indem sie sich ihm entwand, »ich hab' mir nicht vorgestellt, daß ich dich je in diesem Leben wiedersehen sollt'.«

»Ich hab' keinen Tag eher kommen können,« erwiderte er und erzählte ihr in der Kürze seine Schicksale. »Nicht als ein reicher Mann,« setzte er hinzu, »aber doch wenigstens als ein gemachter Mann hab' ich wiederkehren wollen, und das hat nicht sein können in dem furchtbaren Strudel von Glückswechseln, wo mich jeder Tag zum Bettler machen konnte. Mit dem ersten Augenblick, der mich frei machte und mich meinen Besitz überschauen ließ, bin ich hierher geeilt.«

»Du wirst doch nicht glauben, ich hab' dir einen Vorwurf machen wollen,« sagte sie dazwischen.

»Und mit welchem Herzklopfen!« fuhr er fort. »Kaum hatte ich dir das Lebewohl gesagt, das auf Nimmerwiedersehen gelten sollte, so war mir's, als könnte es gar nicht so gemeint gewesen sein, und auch deine letzten Worte klangen mir im Ohr, als ob du eigentlich hättest ›Ja‹ sagen wollen, und ich hätte dich nur mißverstanden. Ich redete mir vor, du habest mir zu verstehen geben wollen, mein störrisches Wesen biete keine sichere Aussicht für unser Fortkommen; denn wahr ist's, wer arm ist, muß sich in vieles fügen, wozu ich vielleicht zu stolz gewesen wär'.

Dieser Stolz ist auch meiner Liebe oft in den Weg getreten, oft hab' ich mit dir getrutzt und hab' manchen Versuch gemacht, dich zu vergessen; denn da draußen in der Welt hat's nicht an Gelegenheiten dazu gefehlt, und wenn ich zurückdenke, so hab' ich just keine Ursache, dir ein strenger Richter zu sein; aber der bittere Nachgeschmack, den ich von solchen Versuchen hatte, führte mich nur um so stärker zu dir zurück, und ich konnte so wenig von dir lassen, daß ich mir endlich fest einbildete, du habest mich bloß auf einige Zeit in die Fremde schicken wollen, damit ich entweder geschlachter werde oder so viel erwerbe, um meinen Kopf aufrecht tragen zu können, und du wartest getreulich, bis ich wiederkomme. Freilich, je länger diese Zeit sich ausdehnte, desto schwerer wurde es mir, und als ich mich endlich auf den Weg machte, sank mir mit jedem Schritte, den ich näher kam, das Herz immer mehr; ich spottete mich aus und wollte wieder umkehren; aber es zog mich mit Gewalt; ich wollte dich wenigstens noch einmal sehen, auch wenn ein anderer ich heimgeführt hätte.«

»Dafür ist gesorgt gewesen,« versetzte sie schmerzlich lächelnd. »Weder du noch ein anderer.«

»Justine!« rief er.

»Bedenk' doch nur,« sagte sie, »daß einer zwischen uns steht, der ganz in der Nähe lebt. Für den Augenblick hörst du bloß auf deinen Edelmut, aber auf die Länge kannst du nicht über den Balken wegkommen, den du jetzt nicht sehen willst.«

»Ei was, wir gehen in die weite Welt!« rief er, »Anderswo ist auch gut leben. Aber halt! du sagst ja, dein Kind sei am Leben. Wo ist es denn? Und alles ist vor der Welt verborgen geblieben, sagst du? Freilich, ich hab' ja selber nichts davon gemerkt. Aber wie ist das möglich gewesen? Es ist mir doch noch vieles unklar. Warum bist du denn so unvorsichtig gewesen, das Verlöbnis geheim zu halten? Warum hast du deine Rechte nicht geltend gemacht? Mit dem Ring allein hättest du ihn ja geschlagen.«

»Es ist eben alles Lug und Trug gewesen,« erwiderte sie, »Er hat mir vorgespiegelt, er habe Verwandte, die er einmal erben werde und denen man die Sache langsam beibringen müsse, weil sie beim Heiraten aufs Geld sehen. Und der Ring dann, der ist so falsch gewesen wie sein Herz und sein Eid.«

»Da hast du freilich recht wie ein Kind gehandelt,« bemerkte er.

»Jawohl,« sagte sie, »aber gerade dadurch, daß er mich nicht wie ein Kind behandelt hat, hat er mich überlistet. Gleich vom ersten Augenblick an hat er eine Art gegen mich angenommen wie gegen eine Erwachsene, und wie wenn ich mehr war' als er; dann hat er bei jeder Gelegenheit davon geredet, wie er ein großes Geschäft einrichten wolle, wozu er eine gescheite Frau brauche, und dergleichen. Sieh, Erhard, ich will mich nicht besser machen, als ich bin. Sein Betragen hat mir eben geschmeichelt, denn der Mensch will etwas gelten; und noch mehr hat mir's geschmeichelt, daß ich aus einer armen Magd eine angesehene Frau im Städtle werden soll, und hab' immer dran denken müssen, wie du aufgucken werdest, wenn du sehest, daß ich doch noch zu etwas zu brauchen sei. Ich hab' gemeint, ich sei dir zu schlecht, denn du bist immer kalter und herber gegen mich worden.«

»Aus Eifersucht,« versetzte er. »Fürwahr, ich hätt's nicht besser einrichten können, um dem Schurken Gewalt über dich einzuräumen«

»Seine Mutter hat die Hauptschuld gehabt,« sagte Justine.

»Wie?« rief er, »seine Mutter hat um das Verlöbnis gewußt?«

»Ich bin bei ihr in der Visit' gewesen,« erwiderte sie.

»Du warst als Braut bei ihr?« rief er.

»Ich war Braut und war's nicht,« erwiderte sie, sich nach und nach seine gewandtere Redeweise aneignend, »Das heißt, es war schon zu einem stillen Einverständnis zwischen uns gekommen; aber mit Worten war die Brautschaft noch nicht ausgesprochen. Da – erinnerst du dich noch des Eierlesens an selbigem Ostermontag? Der Frühling war so schön und alles so vergnügt, ich hab' nie so viel Menschen auf dem Schießplatz gesehen.«

»Jawohl,« antwortete er. »Wir drei wurden ausgewählt, als Leser, Leserin und Läufer. Man wollte mich zum Leser machen, aber ich übernahm lieber den Lauf und überließ das Lesen und die Leserin schnöderweise meinem Nebenbuhler.«

»Ich weiß noch recht gut, wie weh mir das getan hat,« versetzte sie, »denn ich hab's trotz deiner Ausrede als eine öffentliche Verschmähung ansehen müssen.«

»Ich hab' mich eben nicht zwischen euch eindrängen wollen,« entgegnete er. »Auch hoffte ich in meiner Bosheit, er werde als Leser eher den kürzeren ziehen.«

»Da hast du dich aber verrechnet,« sagte sie. »In solcherlei Dingen hat's ihm nicht an Geschicklichkeit gefehlt. Auch warf er mir die Eier der Reihe nach auf seine zehn Schritt weit, ohne zu fehlen, in den Spreuerkorb, den ich ihm nachzutragen hatte. Dennoch hatte jedermann darauf gewettet, ein flinker Bursch' wie du müsse Sieger bleiben, und alles war verwundert, daß der Läufer, der doch ein wenig im Vorteil ist, diesmal zu spät kam.«

»Das ging mit ganz natürlichen Dingen zu,« erwiderte Erhard. »Wie ich durch den Wald nach dem Heidenschlößchen hinlief, um ein Ei an das verfallene Tor zu schleudern, zum Zeichen, daß ich dagewesen sei, blieb ich unterwegs in Gedanken stehen; denn jedesmal, wenn ich nicht bei dir war, mußte ich an dich denken, zum Ersatz für das, woran ich's in deiner Gegenwart fehlen ließ. Darüber verspätete ich mich, und bis ich zurückkam, waren die Eier alle vom Boden in den Korb gelesen, und den Preisrichtern war die Mühe erspart, an meinem Ziele nachzusehen.«

»Ach Gott!« rief sie, »wie sich doch der Mensch einen Wahn vorspiegeln kann. Ich nahm diesen Ausgang als ein Zeichen, daß ich dem Sieger angehören solle!«

»Und ich,« sagte er, »wurde wacker ausgelacht, und das mit Recht, denn ich hatte ja wie geflissentlich meinem Gegner in die Hände gearbeitet. Damals hab' ich das letzte Glas Wein mit ihm getrunken, ungern zwar, aber ich durfte keinen Verdruß blicken lassen.«

»Nach diesem Spiel,« fuhr Justine in ihrer Erzählung fort, »brachte er mich zu seiner Mutter. Wir hatten die Eier ins Wirtshaus zu tragen, um sie für das junge Volk sieden zu lassen, und das benutzte er schlau, denn der Gang hatte auf diese Art nichts Auffallendes, und wir konnten unbeachtet in sein Haus kommen, weil alles nach dem Eierlesen beim Schießen blieb. Er stellte uns als Sieger und Siegerin vor, was halb und halb wie Braut und Bräutigam klang. Nachdem er eine kleine Weile mit mir dagewesen war, sagte er, er müsse jetzt wieder auf den Festplatz zurück; aber seine Mutter würde es freuen, mich näher kennen zu lernen; ich solle nur nicht zu lang ausbleiben. So kam er ohne mich auf den Platz zurück, und auch nachher beim Tanz wußte er's so anzugreifen, daß eine undurchsichtige Decke über unserem Verhältnis blieb.«

»Und das hat dir keinen Verdacht eingeflößt?« fragte er.

»Nein,« antwortete sie, »es war mir vielmehr selber lieb, denn ich hatte eine Bangigkeit vor dem Kundwerden, vor dem Gerede der Leute über meinen Stand, und besonders vor den Verwandten, über die er nur von weitem her allerlei zu verstehen gegeben hatte. Zudem ließ der Empfang, den ich bei seiner Mutter fand, keinen Zweifel in mir aufkommen; denn sie behandelte mich, wie wenn ich schon ihre Schwiegertochter gewesen war', machte mir einen Kaffee, denk' dir, die reiche Frau einer Magd, redete davon, wie ich künftig meine Haushaltung einrichten sollte, und ließ dazwischen Neckereien einfließen, aber alles das ganz im allgemeinen, verstehst du, sodaß kein Wort vorkam, bei dem man sie nachher hätte fassen können. Eben so ging es bei den folgenden Besuchen, denn ich war noch mehrmals bei ihr, aber wie durch Zufall traf sich's immer so, daß ich allein zu ihr kam und daß sie in ihrem Haus allein war, und immer blieb's bei allgemeinen Redensarten ohne Handhabe. Ich bin eben kindisch dumm gewesen und viel zu bescheiden, sonst hätt' ich das Spiel bald durchschauen müssen. Aber diese alte Frau hat am meisten zu meinem Unglück beigetragen, denn sie hat mich zutraulich gemacht. Auch ist mir's wahrscheinlich, daß sie ihrem Sohn bloß darum zu Willen gewesen ist, um ihn nachher desto leichter davon abzubringen. Ich glaub' nämlich, daß ihm's anfangs Ernst gewesen ist und daß er nicht die Absicht gehabt hat, mich zu betrügen. Erst nach und nach, wie er in seiner Probezeit allmählich einsah, daß er nicht der Mann sei, durch Fleiß und Verstand sein Vermögen zu vergrößern, erst da ist er schlecht geworden, hat auf eine wohlfeilere Weise nach Geld getrachtet, um das Leben nach seiner Art zu genießen, und dann hat ihm die Alte, wo nicht zu seiner nachherigen Heirat, doch ganz gewiß zum Meineid gegen mich zugeredet.«

»Nimm mir nur den schlechten Kerl nicht noch in Schutz!« rief Erhard mit einiger Bitterkeit.

»Ich kann's eben nicht für möglich halten,« erwiderte sie, »daß ein Mensch in seiner Jugend, wo doch das Herz offen ist, schon von Anfang an so im Kern schlecht sein kann. Das mag aber sein, wie es will, die Schlechtigkeit, zu der er sich nachher verstiegen hat, ist so grenzenlos, daß du selber, sein geschworner Feind, meiner Erzählung kaum Glauben schenken wirst. Etliche Tage nach dem ersten Besuch bei seiner Mutter wurde ich in die Stadt geschickt, um dies und das zu besorgen. Zufällig war's am ersten April. Vor meinem Weggehen fand er Gelegenheit, mir im stillen einen Auftrag an seine Mutter zu geben und mich zu bitten, ich mochte den Rückweg durchs Forchenholz machen, wo er mir zum Steinkreuz entgegen kommen wolle, um mit mir zu reden. Seine Mutter empfing mich aufs liebreichste und ließ sich durch keine Einwendung abhalten, mir gleich wieder einen Kaffee zu machen, der mir zwar im Mund nicht besonders schmeckte, aber desto wohler im Herzen tat. Sie redete immer von ihrem Sohn, konnte ihn nicht genug loben und ließ dabei ein Wort davon fallen, daß sie ihn bei der Wahl seiner Frau in keinerlei Weise entgegentreten und weder auf Stand noch Reichtum ein Gewicht legen werde. Beim Abschied gab mir die alte Kupplerin einen zärtlichen Kuß und sagte lachend, den könne ich ihrem lieben Sohn bringen. Ich war wie berauscht, als ich auf dem Heimweg den Waldsteig einschlug. Das junge Laub drang schon mit seinem hellen Grün aus den Buchen und Birken, das finstere Nadelholz trieb frische lichte Spitzen, und ins Walddunkel jubelte vom nahen Feld der lustige Lerchenschlag herein. Sonst aber war's im Wald so still wie in einer Kirche. Er wartete meiner am steinernen Kreuz, Sein erstes war, daß er mir einen Ring an den Finger steckte, was ich stillschweigend geschehen ließ; dann bot er mir Herz und Hand und fragte mich, ob ich seine Frau werden wolle. Er gab den Grund an, warum das Verlöbnis vorläufig noch nicht öffentlich gemacht werden dürfe, sagte aber, seine Mutter sei mit uns einverstanden, obgleich sie aus Rücksicht auf die Verwandtschaft für jetzt noch ein wenig zurückhalten müsse. Diese Versicherung konnte ich nicht bezweifeln, denn die Alte hatte, freilich in verblümter Weise, eigentlich das nämliche gesagt. Er war mir dem Äußeren nach nicht mißfällig, und sein Inneres mußte ich für gut halten, weil er eine arme Waise nicht verachtete; ich meinte, es sei eine himmlische Fügung, der ich nicht widerstreben dürfe. So kam es, daß ich ihm mein Jawort gab. Ich hatte ihn damals lieb, ich meinte wenigstens, ihn lieb zu haben.« »Ich hab's nicht anders verdient,« sagte Erhard düster, als Justine schmerzlich inne hielt. Sie rang eine Weile nach Worten, dann nahm sie die Bibel, die nach alter Sitte auf dem Schranke lag, falls ein Gast darin zu lesen begehren würde, schlug sie auf und deutete mit dem Finger auf eine Stelle. Erhard las. Es war die Stelle, wo Sara, Raguels Tochter, ihre Seele vor Gott rechtfertigt, daß sie in seiner Furcht und nicht aus Vorwitz einen Mann zu nehmen gewilligt habe.

»Ich kenne dich ja,« erwiderte er. »Vor Gott und meinen Augen bist du wie eine, die ihr Mann nach der Hochzeit verraten und verlassen hat. Was du bist, das bist du mit Leib und See!', und wem du traust,

dem vertraust du dich nicht bloß halb. Dein Vertrauen allein hat dich
gestürzt.«

Sie sah ihn mit einem freudigen und dankbaren Blicke an, welcher ihm
sagte, daß er sie verstanden habe, »Und doch,« erwiderte sie, »hat mich
eine innere Stimme gewarnt; aber er brachte sie zum Schweigen mit
den Worten, wo kein Vertrauen sei, da sei auch keine Liebe.«

»Die Worte sind wahr!« rief Erhard, »und wenn sein Herz noch so
schnöd gelogen hat, sein Mund hat die Wahrheit gesprochen.«

»Und doch,« erwiderte sie, »wie ich mit ihm vom Steinkreuz heimging,
hatte ich ihn nicht mehr so lieb, wie zuvor, statt daß ich ihn doch jetzt
noch hatte viel lieber haben sollen. Es überkam mich ein Gefühl von
Fremdheit, das mir wie ein kalter Schauer durchs Herz fuhr, und von
Stund an erwachte eine Abneigung in mir, die mir erst nach und nach
recht klar wurde. Freilich fand sich gleich ein Anlaß dazu. Ich hatte mit
meinem vollen Herzen nicht daran gedacht, daß einmal am Steinkreuz
ein Mord verübt worden sein sollte; er aber hatte daran gedacht, und
im Heimgehen, wo wir eine Strecke weit zusammengingen, spottete er
darüber, wobei ein kalter, frecher Zug in seinem Gesicht zum
Vorschein kam, den ich sonst nie gesehen hatte und der mir das Herz
zuschnürte. Aber es war zu spät. Ich bekämpfte diese Abneigung mit
aller Kraft, aber es ist leicht zu denken, daß mein Widerwille nicht
vermindert wurde, wie sich's um die Zeit, wo die Arbeiten zunehmen,
immer deutlicher zeigte, daß es außer dem Herzen auch noch am Kopf,
an den Händen und Füßen fehlte. Ich hatte mich nun schon ganz an den
Gedanken gewöhnt, daß mir das Los beschieden sei, das so viele
Frauen haben: mit einem Manne leben zu müssen, den man nicht mag.
Aber so kam es nicht. Ich wurde allmählich gewahr, daß ich noch durch
etwas ganz anderes als durch Eid und Ring an ihn gebunden sei, und
sagte ihm dies bei einer Gelegenheit, wo ich unbemerkt mit ihm reden
konnte. Er hatte damals, wie es sich später herausstellte, seine Augen
bereits auf seine jetzige Frau geworfen. Anfangs wollte er mich nicht
verstehen, dann brauchte er jämmerliche Ausflüchte; als ich mich aber
auf das Geschwätz gar nicht einließ, sondern geradeaus ging und ihm
sein Gelöbnis vorhielt, da – o Erhard, du würdest 's keinem Menschen,
du würdest's dem Teufel kaum zutrauen – aber der Teufel hat ihm auch
in jener Stunde leibhaftig aus den Augen gesehen – da faßte er auf
einmal seinen Entschluß, stieß ein höhnisches Gelächter aus und sagte,
ob ich denn nicht wisse, daß, was man am ersten April verspreche,

nichts gelte, ich hätte mir's den andern Tag noch einmal versprechen lassen sollen.«

Erhard prallte sprachlos zurück. Die freche Niederträchtigkeit, die sich in dieser Art und Weise eines Wortbruchs aussprach, und dazu an einem von ihm so geliebten Wesen verübt, machte ihn so bestürzt, daß er keines Wortes fähig war. Er ballte beide Hände, die Ader an der Stirn schwoll ihm an, und mit weit offenen Augen suchte er nach einem Gegenstande, den er, wenn er dagewesen wäre, zermalmt haben würde.

»O Erhard, Erhard!« rief Justine, »nicht wahr, dazu war ich doch zu gut, um so unter die Füße getreten zu werden? So feile Ware ist mein Herz doch nicht gewesen, um – in den April geschickt zu werden?«

»Sei ruhig,« sagte er, sich nach und nach von der Erregung erholend. »Wenn man das Gold auch über und über mit Kot besudelt, es bleibt doch Gold, aber gefallen hättest du dir's nicht lassen sollen.«

»Hätt' ich ein Messer bei der Hand gehabt,« erwiderte sie, »wer weiß, was geschehen wär'! Ich kehrte ihm den Rücken und ging in der ersten freien Stunde zu seiner Mutter. Da war ich vom Teufel zu seiner Großmutter gekommen. Sie stellte sich sehr erstaunt und voll Unwillens. Sie hätte nie geglaubt, sagte sie, daß ich ein solches Ärgernis geben würde, sie habe mich für eine ganz andere Person gehalten; aber noch empörender sei es, daß ich ihren Sohn beschuldige; ihr Sohn habe immer gesittet und eingezogen gelebt; ich solle mich wohl 'in acht nehmen, es werde ihm ein leichtes sein, wider mich zu schwören, und niemand werde meine Aussage Hellers wert achten. Ich zeigte ihr den Ring. Sie besah ihn und lachte mich aus: ich solle nur den Goldschmied fragen, was er von einem Treuring solcher Art halte, dessen Erlös nicht zu einem Stück Brot hinreiche. Wenn es je wahr sei, was sie nicht einmal glaube, daß ihr Sohn nur diesen Ring geschenkt habe, so sei das der beste Beweis, wie sehr er von seiner anfänglichen guten Meinung zurückgekommen und wie wenig ich ihm wert gewesen sei. Nach seinen Reden über mich zu schließen, habe ich das durch meine Aufführung verschuldet. Ihr Sohn habe nämlich schon seit einiger Zeit Verdacht auf mich, und dieser Verdacht sei ihr auch anderswoher bestätigt worden, daß ich mich sehr stark mit einem andern eingelassen habe. Und jetzt – sie hätte es nicht meisterhafter machen können, mich stumm zu Boden zu schlagen – jetzt nannte sie – wen meinst du?«

»Mich.«

»Ja dich. Die schreckliche Bestürzung, in die mich diese grausame Gegenbeschuldigung versetzte, gab ihr leichtes Spiel, und während ich den Mund nicht aufzutun vermochte, redete sie in mich hinein, ich solle nicht glauben, daß mit einer solchen abgekarteten Geschichte gegen ihren Sohn so leicht durchzudringen sein werde; freilich wär's bequem, einen Fehltritt mit dem Mantel einer honetten Familie zu bedecken, aber es gäbe einen Gott im Himmel und einen Richter aus Erden, und die Welt sei so eingerichtet, daß man eine honette Familie nicht so leicht im Stich lassen werde. Endlich, als sie mich ganz vernichtet und darniedergeschmettert sah, wurde sie wieder ein wenig freundlicher, hieß mich ein unerfahrenes junges Ding und sprach mir gütlich zu. Aber ich bin nicht imstand, ihre Worte zu wiederholen, denn ich hörte sie nur halb, obgleich ich sie wohl verstand. Beweisen kann ich ihr nichts, aber ich hab' gar keinen Zweifel, daß sie mich in versteckter Art zu einem Verbrechen hat anreizen wollen, denn sie hat mich fortwährend mit verdächtigen Redensarten ihrer völligen Verschwiegenheit versichert. Nachher wenigstens hab' ich's so ansetzen müssen. Damals freilich bin ich ohne ein Wort zu ihrer Tür' hinausgeschwankt und bin keines Gedankens mächtig gewesen.«

»Das sind Teufel!« rief er.

»Und vorher sind sie gewesen wie die Engel des Lichts. Ja, ich Hab' wohl in meiner zarten Jugend schon lernen müssen, daß man die Menschen nicht nach ihren Worten und Gebärden, sondern nach ihren Handlungen schätzen soll.« »Und in dieser fürchterlichen Lage hast du keinen einzigen menschlichen Berater gehabt? Ach, hättest du dich doch mir anvertraut!«

»Dir?« rief sie leidenschaftlich, »an dem ich gesündigt hatte, dir, den man in meine Schande mit hineinzuziehen drohte, wenn sie nicht verschwiegen blieb? Dir unter allen Menschen zuletzt! O, hättest du's ahnen können, als du in deiner Arglosigkeit mir wieder näher tratst und so lieb gegen mich wurdest, mir immer deine Hand antragen wolltest – hättest du's ahnen können, welche Folterqual das für mich war und wie ich Tag und Nacht in mich hineinschrie: Zu spät, zu spät!'«

»Arme Justine,« sagte er, »hättest du mir nur vertraut, du wärst nicht fehlgegangen.«

»Ich hätte dich doch auf eine harte Probe gestellt,« erwiderte sie, »wenn ich dir an unserem letzten Morgen, wo du mir so bös wurdest – morgen früh sind's sieben Jahr' – wenn ich dir da auf deine Werbung geantwortet hätte: ›Ja, aber du darfst dich nicht daran stoßen, daß ich heut nacht ein Kind geboren habe, das einen andern zum Vater hat‹.« »In jener Nacht?« rief Erhard. »Sind wir denn alle mit Blindheit geschlagen gewesen? Wie war dir's möglich, uns so die Augen zu verkleben?«

»Auch mir,« versetzte sie, »ist's oft gewesen, als war' eine Wolke zwischen mir und den andern Menschen, aber ich hab' nichts dazu getan. Was ich von der Welt zu erwarten hatte, wenn sich mein Geheimnis nicht mehr verbergen ließ, das wußte ich nur allzu gut, und selten möcht' ich einer raten, in solchem Unglück auf menschliche Hilfe und Milde zu bauen. Ich verzichtete darauf, hielt mich an den Vater im Himmel und sagte zu ihm: ›in deine Hände geb' ich mich ganz, dir stell' ich's anheim, wie du's mit mir hinausführen willst; hast du Erbarmen mit mir, so zeige mir einen Weg aus der Not, willst du mich aber noch tiefer hinunterstoßen, so möge es geschehen.‹ Wie die Rettung beschaffen sein sollte, davon konnte ich mir freilich kein klares Bild machen, und mit eiskaltem Herzen, an Gott und Menschen verzagend, sah ich die Zeit immer näher rücken, wo das Blendwerk, das sich die Leute über mich machten, plötzlich vor ihren – und vor deinen Augen, Erhard! –»zerreißen und ihr Abscheu gegen mich um so größer werden mußte, je größer vorher ihre Meinung von mir gewesen war. So brach die letzte Nacht an und ich fühlte, wie meine Stunde kam, aber Gott half mir und ließ sie verziehen, bis ich allein im Haus und alles zum Nachtgottesdienst ausgezogen war. Niemand sah, was mit mir vorging, und doch hatte ich unter den Lustbarkeiten, in die ich hineingezogen wurde, schon den schweren Kampf zu kämpfen begonnen, worin auch das ärmste Weib nicht leicht ohne Trost und Beistand gelassen wird; mit Mühe stieg ich noch die Treppe hinab, um euch beim Fortgehen zu leuchten; mit Aufbietung aller meiner Lebensgeister kroch ich wieder herauf und sah nach den schlafenden Kindern, um keine Pflicht zu versäumen; dann schleppte ich mich auf mein Kämmerlein, und ihr wäret noch nicht bei der Kirche angekommen, so hielt ich schon, wie eine zweite Genoveva, meinen Schmerzenreich in den Armen.«

»Guter Gott!« rief Erhard, »so hab' ich doch damals richtig geahnt, daß etwas Ungewöhnliches vergehe, denn ich hatte beständig ein dunkles Gefühl davon und wollte dich fragen, ob dir etwas zugestoßen sei.«

»Es ist besser, daß du unwissend geblieben bist,« versetzte sie. »In jener Nacht erfuhr ich, daß dem Menschen eine Kraft gegeben ist, die er selbst nicht kennt, und daß sie mit der Not und mit dem Leiden wächst. In meiner nagenden Angst und tiefen Verzweiflung hatte ich doch schon seit Monaten nicht vergessen, die Zurüstungen zu machen, die für alle Fälle dem Ankömmling nötig waren, und wie ich ihn nun mit meinen hilflosen Händen warm eingehüllt an meine Brust drückte, da hab' ich mich in all meinem Elend freuen und mir sagen müssen, ich sei doch keine ganz schlechte Mutter, und es sei schad um mich, daß ich meinem Beruf nicht besser nachkommen dürfe. Aber es war keine Zeit zum Weinen. Ich ruhte ein wenig und sammelte meine Kräfte für den Rest der Nacht. Mein armes Kind schlief bald beschwichtigt ein, als ob es wüßte, was es mir schuldig sei und wie es sich betragen müsse, um mich und sich vor Schmach zu bewahren. Wie es Zeit wurde, daß ich euch aus der Kirche erwarten mußte, stand ich auf, was mich wahrlich sauer ankam, und sah zuerst nach den Kindern. Sie vergalten mir die Treue, die ich ihnen, zum Teil von ihrer ersten Lebensstunde an, bewiesen hatte und schliefen ganz ruhig. Nun hörte ich euch kommen und ging euch mit dem Licht entgegen. An meinem Auftreten hing nicht weniger als Leben oder Tod – das wußte ich, aber ich nahm mich auch so zusammen, daß niemand einen Argwohn schöpfte.« »Mein Gott, mein Gott!« rief Erhard, »also hab' ich mich doch nicht ganz geirrt – aber wie weit war ich von der Wahrheit entfernt!«

»Und jetzt kam erst noch das Schwerste!« fuhr Justine fort. »Ich wartete in meinem Bett, bis alles eingeschlafen war, dann stand ich abermals auf, raffte alles mögliche zusammen, um mein schlafendes Kind recht gut zu verwahren, und nachdem ich vorher überall umhergelauscht hatte, stahl ich mich mit ihm aus dem Haus. Die Straße mußte ich vermeiden, weil mir da zu jeder Stunde Menschen aufstoßen konnten. Daher schlug ich hinten hinaus übers Feld – ach, mit bittrem Widerstreben! – den Weg nach dem Steinkreuz ein. Der Waldpfad ist nur wenig betreten, da sogar bei Tag nur selten jemand von den Höfen über den dicht verwachsenen Kreuzweg kommt. Die Kälte war mäßig, und im Wald lag der Schnee nicht tief. Ich hielt mein Kind hoch herauf an die Brust und deckte es so viel als möglich mit dem Gesicht, so daß es meinen warmen Atem hatte. Aber die Anstrengung war übermenschlich, und mehr als hundertmal gab ich die Hoffnung auf, einen Schritt weiter zu kommen. Ach, damals hab' ich Mitleid mit mir selbst gehabt. Dazu kam eine entsetzliche Angst, wie ich sie noch nie gekannt hatte, vor den Gespenstern der Nacht. Es klang mir nur wie entferntes Läuten im Ohr, daß kurz vorher von dem Jäger ohne Kopf, von dem wilden Heer auf dem Kreuzweg und von einem feurigen Hund am Steinkreuz die Rede gewesen war. Aber ich überwand mich, obgleich ich's beständig vor mir und hinter mir rauschen zu hören meinte. Das Feld war vom Schnee erhellt gewesen, aber unter den Föhren wurde es immer dunkler, und es war mir grauenhaft zu Mut, als ich endlich am Steinkreuz ankam. Ich verdoppelte meine Schritte, um dort, wo es am finstersten war, eilig hindurchzukommen – da fällt mir neben dem Kreuz eine Gestalt in die Augen! Ich sinke schier zu Boden, all mein Blut stockt, und es rieselt mir wie ein Eisstrom durch die Glieder. Aber in dem Augenblick steigt der Mond hell wie eine Fackel über die Föhren herauf, ich erkenne Fleisch und Blut, und auf den ersten Blick seh' ich, wen ich vor mir habe, und wer noch weit ärger erschrocken ist, als ich. Es war mein Mörder. Ich wußte nicht, was er da tat –«

»Einen Schatz wollte er heben!« unterbrach sie Erhard. »Ei sieh! So feig man ihn glaubte, so war er doch draußen, und seine Habgier schauderte nicht vor dem Ort zurück, der ihm so laut seinen Meineid predigte!«

»Nachher,« sagte Justine, »Hab' ich alles zusammensetzen und begreifen können, damals aber wußte ich noch nicht, was ihn hinausgeführt hatte, denn während der Vormittnacht, wo sich mir der Kopf beständig drehte und ich nur auf Augenblicke meiner Sinne mächtig war, hatte ich auf eure Reden noch viel weniger geachtet, als ihr auf mich, und hatte bloß von allerlei unheimlichem Wesen, aber nichts von der Schatzgräberei gehört. Wie ich seiner ansichtig wurde, hatte ich eine verworrene Vorstellung, er wolle Holz stehlen, oder irgend etwas dergleichen, was mir nur in dem verrückten Zustand meines Kopfes einfallen konnte. Soviel aber sah ich deutlich und mit guter Vernunft, daß er kein Geist war, wohl aber, daß er mich für einen hielt, und bei meinem Aussehen hatte das vielleicht auch einem Beherzteren geschehen können. Es war mir gleich ganz klar: er meinte, ich habe zu dieser Stunde mir und meinem Kinde ein Leid angetan und erscheine ihm nun nach meinem Tod, um ihn zur Rechenschaft zu ziehen; denn er war in die Kniee gestürzt und streckte die Hände wie abwehrend und um Gnade flehend gegen mich aus. Wie ich das sah, ging ich, als ob etwas meinen Fuß vom Boden aufhübe, stracks an ihm vorüber und warf einen Blick auf ihn herab, nur einen einzigen Blick! Kaum war ich vorbei, so hörte ich, wie er hinter mir vom Boden aufsprang und in verzweiflungsvoller Angst seitwärts ohne Weg und Steg in den Wald entrannt«.«

»Das also war der Geist, den er in jener Nacht gesehen hat!« rief Erhard.

»Von Stund an war meine Schwäche von mir genommen,« erzählte Justine weiter, »es war mir, als ob ich die Angst auf den abgeladen hätte, dem sie gebührte, alle meine Lebenskraft hatte ich wieder und kam mit großen, leichten Schritten vorwärts. Der Wald wurde lichter, das entblätterte Laubholz ließ den Mondschein eher durch, und bald war ich im freien Feld, wo nur gar zu viel Licht war, denn hell wie am Tag lag die Stadt vor mir.«

»Dahin also bist du gegangen?« fragte Erhard. »Wie kamst du aber in der Nacht hinein?«

»Das hab' ich niemand als dir verdankt,« erwiderte sie. »Du wurdest einmal bei Nacht hineingeschickt zu einer Verrichtung in der Pfaffenmühle und erzähltest nachher, du habest dem Torwächter das Aufstehen erspart und ein Seitenpförtlein benutzt, das immer offen sei. Deine Beschreibung war an mir hängen blieben, wie man oft zufällig etwas auffaßt, das man für gleichgültig hält und nachher fehl gut brauchen kann. Ich fand das kleine Gatter, griff hinein, zog den Schieber zurück, und drin war ich. Aber nun begann erst die rechte Not. Bis dahin hatte ich gar keinen anderen Gedanken gehabt, als das Kind, wenn alles gut ginge, seinem unnatürlichen Vater und dessen Mutter vors Haus zu legen; denn so lang es noch nicht auf der Welt war, hatte ich kein rechtes Herz für es und dachte, die müssen's haben, die's angeht. Aber von dem Augenblick an, wo ich's als ein lebendes Wesen an meine Brust gedrückt hatte, war mein Gemüt verwandelt. Zwar wirkte der alte Entschluß noch in den Gliedern fort, so daß ich gleichsam mechanisch in die Stadt und vor das Haus kam, aber wie ich mich nun von meinem Herzblatt trennen sollte, da fiel mir's wie Schuppen von den Augen, und die Mutterliebe entbrannte in mir, wie wenn mich ein feuriger Pfeil durchfahren hatte. ›Was!‹ – sagte ich zu mir, ›diesen herzlosen Menschen willst du dein Kind anvertrauen? Umbringen werden sie's freilich nicht, aus Furcht vor der Strafe, aber sie werden's liegen lassen, oder wenn du dafür sorgst, daß sie sich nicht taub stellen können, so werden sie es auf jede Art von sich abzuwälzen suchen, es wird im Abstreich beim Wenigstnehmenden untergebracht werden und wird vor deinen Augen verkommen. Sein Vater kann zwar keinen Zweifel haben, wo es herkommt, aber wird er dem Kinde mehr Treue beweisen als der Mutter, die er ins Elend gebracht und im Elend nicht einmal angesehen hat?‹ – Nun fiel mir ein, daß er vielleicht noch draußen umherschweife und jeden Augenblick nach Haus kommen könne. Wenn er mich hier antraf und mein Vorhaben entdeckte, so war's ihm zuzutrauen, daß er gleich Lärm machte und die alten Beschuldigungen wider mich erneuerte. Ich floh von dem Hause weg, wie wenn mir die Hölle auf den Fersen wäre, und schleppte mein Kind in den taghellen Straßen hin und her. Der schwärzeste Waldgrund mit allen seinen Schrecknissen wäre mir jetzt eine Wohltat gewesen, denn jeden Augenblick konnte ich dem Wächter in die Hände fallen oder von einem Fenster aus bemerkt werden. Aber weil die Leute erst nach Mitternacht ins Bett gekommen waren, so schlief alles fest und sorglos in den Christmorgen hinein, und man hätte selbige Nacht die ganze Stadt forttragen können. Ich suchte und suchte, wem ich mein Kind anvertrauen könnte, aber niemand war mir barmherzig genug dazu; ich irrte wie ein Geist von Haus zu Haus, aber an keinem fand ich das Zeichen angeschrieben, das meinem Findling Aufnahme verhieß. Ich war an Leib und Seel' ermattet, der Tod saß mir im Herzen, und schon gedachte ich mich in den Schatten der Kirche zu legen und dort mit meinem Kind zu sterben, da führte mich der Zufall, der sicher mehr als ein Zufall war, vor das rechte Haus. Du kennst's: am scharfen Eck, dem Pfleghof gegenüber, das kleine Haus mit dem halben Giebel –«

»Wie?« rief Erhard, »das Schustershäuslein, das überhängende, von Alter schwarzbraune? Es ist freilich wahr, die Leute sind kreuzbrav aber –« Er schüttelte den Kopf und sah sie ungewiß an.

»Ich weiß, was du sagen willst,« erwiderte sie, »Bei gewöhnlichem Nachdenken hätt' ich wohl auch anders gehandelt, aber es war wie eine Eingebung über mich gekommen, Zeit zum Überlegen hatte ich ohnehin keine mehr, und so legte ich meine Bürde sacht auf die Hausstaffel, zog an der Schnur, die dort herabhängt, und sprang hinter einen Mauerpfeiler, der mich mit seinem Schatten deckte. Auf das Klingeln erschien der Hausherr bald am Fenster und rief: ›Wer ist da?‹ Wie er aber niemand bemerkte, schlug er mit einem Brummen das

Fenster zu, und im Hause blieb es still. Ich war in Verzweiflung, die Morgenkälte schauerte mir durch die Glieder und ergriff auch das Kind, das bis dahin ruhig geschlafen hatte. Es begann zu schreien, und seine klägliche Stimme drang mir durch Mark und Bein. Ich wagte mich auf jede Gefahr hin hervor, hauchte es an, um ihm ein wenig Warme zu geben, riß an der Klingel, als ob ich Sturm läuten müßte, und flüchtete mich wieder in mein Versteck. Gleich fuhr er wieder heraus und fluchte greulich, denn das ist eine Kunst, worin er seinen Meister sucht, der Meister Christoph. Nachdem er seinen Fluch ausgestoßen hatte, fiel das Kind ein und antwortete ihm mit einer Stimme, die mir bei aller Angst das Herz im Leib erfreute, denn sie klang gar nicht schwächlich, sondern kerngesund. Wie er hörte, daß ein Kind auf seiner Staffel schrie, fluchte er noch viel ärger und rief nach seiner Frau. Es dauerte nicht lang, so kamen sie beide mit Licht herunter. Ich drückte mich hinter meinen Pfeiler und hörte mit an, wie sie sich miteinander über ihren Fund besprachen. Ich konnte ihnen nicht zumuten, daß sie eine übermäßige Freude daran haben sollten, und es fielen Reden, die mich in Angst setzten, aber das Ende war doch, daß sie das Kind mit sich ins Haus nahmen und daß ich allein auf der Gasse blieb. Als es nach und nach still wurde, wagte ich mich hervor, lief die Mauer entlang und kam aus der Stadt hinaus, ich weiß nicht wie, denn ich war vor Freude außer mir und hätte mitten im Winter auffliegen und jauchzen mögen wie eine Lerche, daß mir das Rechte eingegeben worden war. Meine Eingebung aber, Erhard, war die: die Leute sind freilich arm, aber sie sind reicher als ich, denn sie sind Vater und Mutter vor Gott und den Menschen, sie haben freilich neun Kinder, aber sie haben auch ein Herz für ihre Kinder, und diesen Leuten will ich mein Kind anvertrauen, da wächst's im Segen der Armut auf, und wenn je etwas von seines Vaters Herzlosigkeit in ihm ist, so wird das in dieser Schule erstickt. Dieser Gedanke war schneller gefaßt und ausgeführt, als ich mit Worten ausdrücken kann, aber ich hab' ihn bis zu dieser Stunde nie zu bereuen gehabt.«

»Du magst Recht gehabt haben,« sagte Erhard, der ihre Geschichte mit inniger Teilnahme angehört und hie und da durch einen Ausruf der Bewegung unterbrochen hatte. »Aber obgleich es lang her ist und ich dich gesund vor mir sehe, bin ich doch nicht eher ruhig, als bis ich dich in deiner Erzählung zu Haus und im Bette weiß.«

»Das war bald geschehen,« versetzte sie. »Ich war auf die Straße geraten und flog dahin, wie wenn ich vom Tanze käme. Keine Sorge schreckte mich mehr, nur den Waldweg am Steinkreuz vorbei hätt' ich um keinen Preis mehr einschlagen können. Es war leichtsinnig oder vielmehr im Taumel gehandelt: doch begegnete mir keine Seele, obschon es stark gegen den Morgen ging. Alles schlief noch bei meiner Heimkunft. Ich umschlich das Haus, kam herein, wie ich hinaus gekommen war, und war im nu auf meiner Kammer und im Bett. Kaum hatte ich mich niedergelegt, so hörte ich von der Stadt her die Frühglocke, mit der der Christtagsmorgen eingeläutet wird. Du weißt, man heißt's: das Kindle wiegen. Bei diesem Ton löste sich die unnatürliche Aufregung und Spannung, in der ich mich befand, und ich brach in einen Strom von Tränen aus. Ich weiß nicht, wie ich darauf kam, denn es ist ja bei unserer Religion nicht bräuchlich, aber ich flehte zur schmerzensreichen Mutter, daß sie beim ewigen Vater für mich bitte, er möge mein Kind in seine Arme nehmen an meiner Statt, weil ich nur noch wenige Tage zu leben habe in meiner großen Schwäche, und möge es im niedrigen Stande rechtschaffen aufwachsen lassen; sollte ich aber je das Leben davontragen, so möge er mich noch in den Stand setzen, seinen Pflegeeltern die Last wieder abzunehmen und ihnen zu vergelten, was ich an ihnen verschuldet habe. Nachdem ich mir auf diese Weise das Herz erleichtert hatte, legte ich mich auf die Seite; schlafen konnte ich nicht, aber wenigstens ruhen und erwärmen. Eine einzige Sorge quälte mich noch, daß man meine Fußstapfen durch Feld und Wald bis zur Stadt hin entdecken konnte, und in meinem krankhaften Eifer fiel es mir sogar ein, ich solle noch einmal hinaus, um sie mit dem Kehrbesen zu ebnen, aber ich wäre zu schwach gewesen zu dem Torenwerk, und der anbrechende Morgen machte auch diese Sorge überflüssig, denn er ließ reichlichen Schnee herabrieseln, der in solchen Flocken an meinem Kammerfenster vorbeizog, daß meine Fußstapfen in einer halben Stunde völlig verwischt sein mußten. Du kannst mich auslachen, aber wie ich alles so überdachte, so konnte ich nicht anders glauben, als daß ein Engel auf allen meinen Wegen mit mir gewesen sei, der mich wunderbar behütet habe. Und diese Überzeugung gab mir die Kraft, dem stillen Kampf mit den Menschen entgegen zu gehen, von dem ich wußte, daß er mir in der kurzen Spanne Zeit, die ich mir noch eingeräumt glaubte, beschieden sei. Es war freilich ein stiller Kampf, aber ein schwerer, und er dauerte länger, als ich damals in meinen Todesgedanken meinte.«

»Und auch ich,« sagte Erhard, »hab' mein Mögliches getan, dich zu peinigen. Ich will jetzt nicht untersuchen, ob ich damals fähig gewesen wäre, die Wahrheit zu ertragen, aber das ist mir jedenfalls klar, daß ich meine Anträge sehr zur Unzeit angebracht und dir dadurch nur bittere Stunden bereitet habe.«

»Der Kampf mit dir, Erhard,« erwiderte sie, »war zwar auf der einen Seite freilich der schwerste, aber auf der anderen doch auch wieder der leichteste von allen Kämpfen, die ich zu bestehen hatte; denn er war mit Weinen und Schluchzen und zerreißendem Herzweh abgemacht. O hättest du sehen können, welche Tränen es mich kostete, als ich dich vor sieben Jahren von mir ziehen lassen mußte, den einzigen, dem ich in dieser Welt noch vertrauen konnte und dem ich mich doch nicht anvertrauen durfte! wie ich dir trotz meiner Körperschwäche nachsah, als du unter dem Peitschenknallen deiner Kameraden auf die Wanderschaft gingst, und wie ich mich freute, daß du so in Ehre und Achtung bei ihnen standest! Es war wohl traurig, aber es war auch schön, dagegen der Kampf mit der Welt war nicht schön, und es wäre kein Wunder, wenn er mich aufgerieben hätte, denn Verstellung ist nicht von Haus aus mein Element. Darum war es auch ein Glück, daß du noch zu rechter Zeit fortkamst, denn vor dir hätt' ich mich, wie du ja jetzt gesehen hast, nicht auf die Länge verstellen können, und du selbst, wenn du vor deinem Fortgehen noch von dem Fund erfahren hättest, der dem Meister Christoph am Weihnachtmorgen beschert wurde, du wärest mit dem Scharfsinn, den das Herz gibt, der Wahrheit bald auf die Spur gekommen, während die andern alle blind blieben.«

»Es ist wahr,« sagte Erhard, »wenn ich die Umstände zusammenhalte, so lag die Entdeckung nah genug. Bei meinem Fortgehen war freilich von dem Findling noch nichts bekannt, aber wohl ist mir damals ein Umstand aufgefallen, der dich schnell bei mir verraten haben würde. Wie ich nämlich an jenem Morgen zu dir kam, um ein letztes Wort mit dir zu reden, da sah ich den Menschen bei dir stehen, den wir beide nicht mehr mit Namen nennen, und aus deinem Munde erfuhr ich nachher, daß er dir von seiner verunglückten Schatzgräberei erzählt habe. Den andern mag es nicht sehr verwunderlich vorgekommen sein, wenn sie es bemerkt haben, daß er in der Verwirrung dir so gut wie dem Roßbuben seine Geschichte beichtete; auch ich achtete damals in der Aufregung des Abschiedes nicht allzu hoch darauf, aber unterwegs schon, wie ich mich im Wandern an dieses und jenes erinnerte, war ich von dem, was ich zuletzt gesehen hatte, einigermaßen befremdet und konnte mir nach deinem Betragen gegen ihn nicht erklären, was ihm den Mut zu seiner Vertraulichkeit gegen dich gegeben haben könne. Da ich nicht wußte, was für Geister in jener Nacht tätig gewesen waren, so schlief dieses Befremden über dem Andenken an dich selbst wieder ein. Hätte ich aber damals alle Fäden in der Hand gehabt, so würde ich der Sache, die mir freilich jetzt klar ist, vielleicht auch ohne Nachhilfe auf den Grund gekommen sein.«

»Gewiß!« versetzte sie, »und das wär' mein Tod gewesen. Jetzt weißt du, was ihn zu mir trieb, oder vielmehr, du weißt es nicht. Es war nicht Teilnahme, nicht Reue oder irgend etwas der Art, nein, es war bloß die gemeine Angst und Sorge, wen man wohl für die Ursache meines jämmerlichen Todes halte, und ob er nicht imstande sei, einen etwaigen Verdacht von sich abzuwälzen. Wie er mich aber am Leben sah und erfuhr, daß ich kein Gespenst gewesen sei, da mußt du nicht glauben, daß er eine Spur von Freude bezeugt und sein Herz von einer Blutschuld erledigt gefühlt habe; im Gegenteil, er war außer sich vor Zorn und machte mir die größten Vorwürfe, daß ich ihn mit meinem dummen Geläuf, wie er's betitelte, in seinem Glück gestört und beinahe ums Leben gebracht habe; denn der Schreck, gestand er mir, habe ihn ganz sinnlos gemacht, er sei blindlings durch Dick und Dünn gebrochen, habe keinen Weg mehr gefunden, und wenig hätte gefehlt, so hätte er den Hals gebrochen.«

»Ich muß lachen!« sagte Erhard. »Es war doch sonst keiner von den dümmsten. Aber so kann der Mensch durch die Faulheit in die Habsucht und in den Aberglauben stürzen. Dann gehen alle andere Schlechtigkeiten von selbst mit in den Kauf.«

»Er ist so giftig gegen mich gewesen,« fuhr Justine fort, »daß, er mir gedroht hat, er wolle mich als Kindesmörderin bei der Obrigkeit angeben; denn jetzt hat er gleichfalls gemeint, ich habe mein Kind im Wald ausgesetzt, um es dort umkommen zu lassen.«

»Das ist der Gipfel der Schändlichkeit!« rief Erhard. »Aber hierin liegt auch für mich selbst eine scharfe Züchtigung, denn wenn ich dich auch nicht verraten hätte, so hab' ich doch das nämliche von dir denken können und bin ihm also wenigstens in einem Punkte gleich.«

»O nein,« erwiderte Justine, »du hast den Verdacht aus meinen Worten geschöpft, er aber aus seinem Herzen, und du hast's nicht glauben wollen, er aber hat's geglaubt. Das ist ein Unterschied wie Himmel und Hölle. Ich hab' ihm darauf mit wenigen Worten gesagt, mein Kind sei wohl aufgehoben bei guten Leuten, und er solle sich nur, wenn er wolle, bei der Obrigkeit melden, um seine Schuldigkeit zu tun; wo nicht, so stehe es ihm von mir aus frei, in seinem Reichtum von den Almosen eines armen Schuhmachers zu leben. Da kamst du dazwischen, und er zog ab. Aber ich hatte ihn richtig beurteilt und an der rechten Seite gefaßt: er weiß natürlich ganz gut, wer und wo das Kind ist, aber er hat sich noch mit keinem Auge darnach umgesehen und bis auf diesen Tag hat er's geschehen lassen, daß seine Pflicht mit dem Almosen des Schuhmachers zugedeckt wird. Freilich muß ich zu seiner Entschuldigung sagen, daß er nicht sein eigener Herr ist, denn sein Weib führt ein Regiment über ihn, daß man buchstäblich sagen kann, er habe die Hölle auf Erden, und wenn sie ihm vollends über ein Geheimnis käme, das Geld kostet, so wäre es aus mit ihm!«

»Das ist noch nicht Strafe genug!« rief Erhard mit einem flammenden Blick der Rache.

»Ganz ungestraft ist er doch nicht durchgekommen,« versetzte sie und erzählte ihm die gerichtliche Untersuchung gegen das verhaßte Paar, welche zwar den einen Teil desselben mit vollem Rechte, den andern aber, wenigstens in dem angeschuldigten Punkte, mit um so größerem Unrecht betroffen hatte. Erhard, so aufgebracht er war, mußte doch hell auflachen und fand besonders das dabei ergötzlich, daß der schuldige Teil so ritterlich geschwiegen habe, um die Ehre eines armen Mädchens auf Kosten der Ehre seiner eigenen, freilich reichen Braut zu retten! Aber bald legte sich sein Gesicht wieder in ernste Falten, und es war ihm wohl anzusehen, daß er über einem Plan gegen den Verräter brütete, wobei er freilich als besonnener Mann zu bedenken hatte, daß, wenn das Opfer des Verrates glücklich, wie bisher, aus dem Spiele bleiben sollte, die Strafe nicht übereilt, sondern mit großer Überlegung vorbereitet werden müsse.

»So hart ist die Entdeckung an mir vorbeigestreift,« fuhr Justine fort, indem sie ihre Erzählung beschloß. »Jenes eine Mal, da ich mir sagen lassen mußte, daß eine andere statt meiner habe büßen müssen, hab' ich mich um ein Haar verraten, aber sonst war ich auf alles gefaßt. Ja, wenn ein Gelehrter seine Bücher so studiert, wie ich jedes mögliche Ereignis, jedes zufällige Wort, das die Menschen sprechen, voraus studiert habe, dann kann er's zu etwas bringen! Ich hab' mir gesagt: du darfst nicht rot werden, darfst keinen Augenblick betreten sein, sonst ist alles am Tag. Nächte hindurch hab' ich, unter beständigem Weinen, alle erdenklichen Schimpfreden bei mir so lang wiederholt, bis ich dagegen abgestumpft gewesen bin; denn nicht das kleinste Wörtlein durfte mir unerwartet kommen, wenn nicht alle meine Mühe vergebens sein sollte. Dadurch hab' ich mich in den Stand gesetzt, mit eiserner Stirne alles anzuhören, was den Tag über unbekannterweise von mir geredet wurde. Diese Anstrengung war noch schrecklicher als die körperliche, und meine Natur wollte ihr unterliegen. Aber auch die Krankheit brachte mir eine neue Angst und nötigte mich, meine Kraft noch höher zu spannen, denn im Fieber hätt' ich ja leicht mein Geheimnis ausgeschwatzt. Ich biß die Zähne übereinander und zwang das Fieber ab, soweit wenigstens, daß ich die Besinnung nicht verlor. Ich hab' es stets als ein Wunder angesehen, daß ich meinem Kind erhalten wurde. Und welche Überwindung kostete es mich, beim ersten Besuch, den ich ihm machte, die Mutter zu verleugnen und mich als eine Fremde zu stellen, die, wie alle die anderen Besuche, von der Neugier hergeführt wurde! Du wirst mich eine Heuchlerin nennen –«

»Nein!« unterbrach sie Erhard.

»Das Heucheln ist mir verhaßt, aber ich bin es mir und noch mehr meinem Kind schuldig gewesen, die Wahrheit vor den Menschen zu verheimlichen. Die Menschen richten ihresgleichen strenger als sich selbst, auch die Besten machen selten eine Ausnahme davon. Aber wenn ich mich auch ihrem Gericht übergeben hätte, so wäre ja mein Kind mit mir verloren gewesen. Als ein namenloser Findling konnte es weit eher auf Barmherzigkeit rechnen, aber wenn bekannt geworden wäre, daß ich seine Mutter sei, ich, die man als das Muster der Tugend ansah, weil es der Löwenwirtin beliebte, mich zu meiner Strafe immer so zu heißen – dann hatten gerade die Besten und Edelsten sich zuerst von ihm abgewendet und meine Schmach auf das unschuldige Kind übertragen.«

»Du hast recht!« fiel Erhard ein. »So sind die Menschen.«

»Sieben Jahre lang hab' ich nun diesen beständingen heimlichen Kampf mit ihnen gekämpft. Selten ist ein Tag vergangen, wo mir nicht Stich auf Stich durchs Herz fuhr. Aber das gröbste Schimpfwort hat mir nicht so weh getan, wie die Rede, die ich immer und immer wieder hören mußte, daß ich eine schlechte Mutter sei. So oft mir das angetan wurde, war ich zum Lügen gezwungen, weil ich jedesmal einen Vorwand für meine Tränen brauchte. Ich soll meinem Kind keine rechte Mutter sein? Hab' ich mich doch bei seinen Pflegeeltern eingenistet, daß ich jetzt gleichsam zu ihrer Familie gehöre! Bin ich doch bei allem Unglück des Hauses in diesem Dienst geblieben, um mein Kind immer in der Nähe zu haben. Tut eine schlechte Mutter das? Ich habe seinen Versorgern bei seiner Pflege und Erziehung geholfen, so viel mir's nur möglich war. Hab' ihm und ihnen zugetragen, was ich mir am Mund absparen konnte, und hab' ihnen jede Vergeltung geleistet, die in meinen Kräften stand. Es drückt mir freilich das Herz ab, daß sie mich als ihre Wohltäterin ansehen, aber ich kann ja keinen offeneren Weg finden, um ihnen etwas von meiner schweren Schuld abzuzahlen! So macht mir auch die Löwenwirtin eine unerträgliche Tugend daraus, daß ich ihre unverdiente gute Meinung bei ihr abverdiene. Und doch begehre ich kein anderes Lob, als das einzige, das mir versagt wird, nämlich daß ich keine schlechte Mutter bin. Nicht einmal mein Sohn kennt mich als seine Mutter, aber die Freude, die er an mir hat, ist mir doch eine Art von Anerkennung. Ich komme mir oft wie ein Geist vor, wenn ich um ihn bin; doch kann ich ihm etwas sein und mein Herz an seinem blühenden Wachstum laben. Auch unter den Menschen bin ich diese sieben Jahre wie ein Geist umgegangen; darum ist mir's jetzt, wie wenn ich erlöst war', nachdem ich endlich einem habe mein Herz ausschütten können, der mich da nicht mit Lobreden beschämt, wo mich die andern loben, und mich da nicht schilt, wo mich die andern mit Schimpf und Schmach überhäufen.«

Mit dem letzten Wort ihrer Rede hielt ihr Erhard die Rechte hin und rief: »Schlag' ein, Justine! Mit sehenden Augen biet' ich dir jetzt, was ich dir blindlings bieten wollte, mein Herz und meine Hand. An dir ist keine Schuld, und wenn je eine wäre, über die ich nicht zu richten berufen bin, so hast du sie mehr als tausendfach abgebüßt. Eine Überraschung hast du mir bereitet, und weißt du, was für eine? Ich habe nicht wenig von dir gehalten, denn ich wußte, daß von jeher etwas Tüchtiges in dir war, aber zu meiner Beschämung muß ich sagen: aus dir ist noch weit mehr geworden, als ich erwartet hatte. Du bist ein ganzes Weib, und in deinem weiblichen Heizen wohnt ein männlicher Geist. Justine, nicht um dir zu vergüten, was halb durch meine Schuld an dir verbrochen worden ist, nein, lediglich weil ich an mich selber denke und auf mein eigen Glück bedacht bin, trag' ich dir die Ehe an. Mein Leben war ein halbes ohne dich, und doch hab' ich dich nur halb gekannt: jetzt, wo ich dich ganz kenne, war' es ohne dich gar nichts mehr. Schlag' ein und sei mein Weib.«

»Mein Erhard!« antwortete sie, und Tränen strömten aus ihren klaren Augen, ohne jedoch die Festigkeit ihrer Stimme zu erschüttern, »daß ich dich lieb habe, weißt du jetzt, und auch das ist mir eine Genugtuung, daß ich dir's sagen kann, ohne eine Witzdeutung besorgen zu müssen. Denn was du wünschest, kann nicht geschehen. Darum, wenn es wahr ist, was du sagst, daß etwas Starkes in meinem Herzen wohnt, so muß ich nicht bloß mich überwinden, sondern muß auch deinen Vormund machen und in deinem Namen nein sagen.«

»Ich lass' mich nicht bevormunden, nicht einmal von dir!« rief er. »Über das muß ich dir sagen, daß ich dich nicht begreife. Du hast mir Dinge anvertraut, die nur zwischen Mann und Weib zur Sprache kommen können. Du bist mir hiermit bereits angetraut –«

Er konnte nicht vollenden, denn es klopfte. »Darf man endlich kommen?« rief die Löwenwirtin, die mit ihrem Manne in der halb offenen Türe erschien. Ihre volle Gestalt und ihre gute Farbe war in Kummer und Krankheit geschwunden, aber der Glanz der Freude belebte ihr abgezehrtes Gesicht, Erhard eilte ihr entgegen, und ein liebreicher Willkomm wurde gefeiert, »Darf man gratulieren?« fragte sie nach den ersten Begrüßungen.

»Noch nicht eigentlich!« antwortete Erhard, der sich weltgewandt zusammennahm; »sie hat sich Bedenkzeit bis morgen früh ausbedungen, sie will mir den zweiten Korb zur nämlichen Stunde geben, in der sie mir den ersten gab.«

»Nun, das heiß' ich aber eine übertriebene Ziererei!« rief die Löwenwirtin ihrer Magd verweisend zu.

»Lasset sie!« sagte Erhard. »Überlasset sie ihrem eigenen Geist. Ich denk', es wird alles recht werden.«

»Das will ich hoffen!« riefen Löwenwirt und Löwenwirtin aus einem Munde.

Hierauf kehrte das Gespräch, wie es sich bei dem Wiedersehen alter Freunde gebührt, zu den vergangenen Zeiten zurück, welche diesmal wenigstens mit Recht von den Besitzern des Hauses als die besseren gepriesen' werden konnten, und unter reichlichen Tränen schilderte die Frau besonders das Hinsterben ihrer Kinder, die einst dem Gaste so viele Anhänglichkeit bewiesen hatten. Doch wurde der Kummer gemildert durch sein unerwartetes Wiedererscheinen bei seiner vormaligen Herrschaft, durch seine aufrichtige Teilnahme an ihren Unglücksfällen und durch ihre Teilnahme an seinem jetzigen Glück. Heiterkeit und Wehmut wechselten mit einander ab, und auf die Tränen, die soeben geflossen waren, folgte im nächsten Augenblick ein unwillkürliches Lachen über irgend einen Schwank, den der alte Philipp in seinen Tagen angestellt hatte, um sich seinen Platz in der Erinnerung der Überlebenden zu sichern. Aus den mancherlei Zügen aber, die ihm aus der Zeit vor und nach seiner Abreise erzählt wurden, entnahm Erhard mit Verwunderung, wie nahe die Menschen an einer ihnen vor Augen liegenden Tatsache vorübergehen können, ohne sie in ihrer wahren Gestalt zu erblicken. Im Verlaufe der Unterhaltung wurde er jedoch immer zerstreuter und einsilbiger, und sobald er dieselbe schicklicherweise abbrechen konnte, erklärte er, er habe diesen Abend noch dringende Geschäfte in der Stadt zu besorgen. Der Löwenwirt wollte sich diesem Vorhaben widersetzen, aber seine Frau schlug sich auf die Seite des Gastes. Es sei noch gar nicht so spät, sagte sie, mit dem Abend ziehe es an, daß man auf der gefrorenen Straße leicht gehen könne, er solle nur machen, daß er in einer Stunde zum Essen heimkomme. Er versprach 's und machte sich eilig zu Fuße auf den Weg, nachdem er noch im Stall nach seinem Pferd gesehen hatte. Die Löwenwirtin aber schalt ihren Mann und erläuterte ihm, daß man froh sein müsse, einige Zeit zum Zurüsten des Essens gewonnen zu haben; dann raffte sie ihre Sparpfennige zusammen und schickte den kleinen Knecht in die Stadt, um die nötigen Einkäufe zu besorgen. »Lauf, was du kannst,« rief sie ihm nach, »aber nimm den Weg durchs Forchenhölzle, daß du ihm nicht begegnest.« Sie schämte sich, den Gast sehen zu lassen, daß sie jetzt Vorräte, die sonst in ihrer Speisekammer im Überfluß vorhanden gewesen waren, für die Stunde des Bedürfnisses einzeln herbeischaffen mußte. Aber sie vergaß alles über dem Eifer, womit sie ihre Küche in die ungewohnte Bewegung setzte, bis auf eins, nämlich der glücklichen Braut, wie sie sie nannte, immer wieder zu ihrer unverhofften Weihnachtbescherung zu gratulieren und ihr jede fernere Ziererei als eine Todsünde auszureden. Justine ging ihr fleißig an die Hand, blieb aber still und' in sich gekehrt. Nach einer kleinen Stunde kam Erhard aus dem Städtchen zurück. Justine sah ihm sogleich an, daß er nicht in der heiteren Stimmung war, in welcher er das Haus verlassen hatte. Hatte ihn sein gegebenes Wort bei einsamem, kühlem Nachdenken wieder gereut? War ihm etwas Unangenehmes widerfahren? Hatte er gar etwa mit dem Menschen, den er haßte, eine verhängnisvolle Begegnung gehabt? Sie zitterte, aber sie schwieg, wie er, denn sie hätte keine Gelegenheit zum Fragen, auch wenn sie Lust dazu gehabt haben würde. Der Löwenwirt nahm ihn gleich in Beschlag, und die Löwenwirtin eilte, das Essen aufzutragen. Erhard mußte seine Erlebnisse ausführlicher erzählen, die diesen stillen Kreis mit einem bunten Bilde des Weltlaufes erfüllten. Auch redete er willig und viel, so daß seine frühere Herrschaft sich insgeheim über sein bewegliches, abgeschliffenes Wesen verwunderte. Justine aber, fühlte, daß er nicht ganz bei dem Gespräche war, und wurde immer beklommener. Auch Erhard ließ allmählich im Reden nach, so daß der Löwenwirt mehrmals scherzend bemerkte, es sei ein Engel durch die Stube gegangen. Als das Essen zu Ende war, bat der Gast, man möge Nachsicht mit ihm haben, da er von der Reise müde sei. Die Löwenwirtin forderte Justinen auf, ihm in sein Zimmer zu leuchten.

»Wie kommst du mir vor?« fragte er erstaunt, als sie dort angekommen waren und Justine, nachdem sie das Licht auf den Tisch gestellt hatte, Miene machte, sich wieder zu entfernen. »Ich danke Gott, daß wir endlich allein miteinander reden können. Ich hab' schlechte Geschäfte gemacht in der Stadt.«

»Um Gotteswillen, es wird doch kein Unglück geschehen sein?« fragte sie angstvoll.

Er sah sie einen Augenblick an und erwiderte hierauf: »Sei ganz ruhig, du hast keine Dummheit von mir zu fürchten. Nein, es ist etwas ganz anderes. Ich hab' meinen Sohn holen wollen und Hab' ihn nicht bekommen.«

»Deinen Sohn?« fragte sie.

»Ist dein Sohn nicht auch der meine?« fragte er dagegen.

»Erhard!« rief sie mit einem Tone, der aus der innersten Tiefe ihres Herzens klang, fiel ihm um den Hals und drückte ihm einen langen, innigen Kuß auf den Mund. »Jetzt hast du mich ganz,« sagte sie, nachdem sie in ihrer Bewegung endlich die Sprache wiedergefunden hatte. »Führ' mich, so weit du willst, ich bin dein Eigentum, Ohne mein Kind hält' ich dir nicht folgen können, und wenn's mich das Leben gekostet hätte.«

»Man sieht wohl, daß du eine rechte Mutter bist,« sagte er, in seiner Rührung lächelnd, und zog sie zu sich auf den Sitz nieder. »Aber das verstand sich doch von selber, daß auch ich unserem Kind ein rechter Vater sein werde. Hast du einen Augenblick daran zweifeln können? Ich hab' doch an dich geglaubt und du nicht an mich?«

»Ach,« erwiderte sie, sich fest an ihn anschmiegend, »ich hab' freilich wohl ein wenig Glauben gehabt, aber —«

»Zweifel, Furcht und Kleinmütigkeit dabei?« rief er und strafte sie für diese Vergehen an seiner Liebe mit Küssen, deren es allerdings viele nachzuholen gab. »Wenn er dir nur auch gefällt!« sagte sie nach einer Weile schüchtern. »Er hat seine Fehler, wie's eben die Kinder haben, aber ich glaub', es ist ein guter Kern in ihm.«

»Von dir kann nichts Schlechtes kommen,« erwiderte Erhard. »Und seine Pflegeeltern tun ja so kostbar mit ihm, daß er ein wahres Kleinod sein muß.«

»Du bist also bei ihnen gewesen?« fragte sie gespannt.

»Freilich,« sagte er, »und wenn du mich nicht auf die Meisterschaft vorbereitet hattest, die dein Meister Christoph im Fluchen hat, so hätt' ich einen braven Schrecken davontragen können, denn er ließ eine Legion Donnerwetter über mich hinspazieren, wie sie mir selten vorgekommen sind, und sagte, ich solle mich zum Teufel packen, so könnt' ihm ein jeder kommen. Auch seine Frau, die du mir als die gute Stunde selbst geschildert hast, zog mir ein sehr krauses Gesicht und sagte, das Kind sei ihnen ans Herz gewachsen, und davon könne gar nicht die Rede sein, es fremden Leuten anzuvertrauen, von denen man nicht wisse, woher sie kommen und wohin sie gehen.«

»Haben sie dich denn nicht erkannt?« fragte Justine, die zu gleicher Zeit lachte und weinte.

»Nein,« antwortete er, »und das ist vielleicht noch das Beste dabei. Da sie mich aber für einen Landstreicher anzusehen schienen, so sagte ich ihnen, das Kind werde den Tausch nicht zu bereuen haben, und auch sie dürfen für die Last, die sie mit ihm gehabt, eines vollwichtigen Dankes gewärtig sein. Nun kam ich vollends aus dem Regen in die Traufe —«

»Das glaub' ich,« unterbrach ihn Justine. »Ach, Erhard, das hättest du nicht tun sollen. Sieh, die Leute sind arm, aber ehrenhaft, und haben ihren Stolz. Nichts kränkt diese Leute mehr, als wenn man ihnen ein gutes Werk ohne weiteres mit Geld abzahlen will.«

»Da hab' ich nun gleich einen Vorschmack von deinen Gardinenpredigten,« sagte er scherzend. »Übrigens will ich dir zugestehen, daß ich die Sache recht ungeschickt angegriffen habe. Nur hat mir nicht sowohl der Mammon, wie du mir zu verstehen geben willst, einen Streich gespielt, als vielmehr der Wunsch, dir ohne allen Aufenthalt zu zeigen, wie ich's mit dir meine, und das Kind auf eine Weise in Empfang zu nehmen, daß es ohne Aufsehen erst von mir auf dich übergegangen wäre. Freilich hab' ich mich dabei übereilt und die Rechnung ohne den Wirt gemacht oder vielmehr ohne den Schuhmacher; denn der ist so ausbündig grob gegen mich gewesen, wie ich's mit meiner guten Absicht in keinem Fall verdient habe.«

»Ach verzeih!« rief sie an seinem Halse, »Verzeih' mir und ihm!«

»Meine größte Sorge,« fuhr er fort, »ist jetzt die, daß sie aus der Schule schwatzen; denn ich weiß nicht, ob ich das kräftig genug hintertrieben habe. Ich war so verblüfft, daß mir kein vernünftiger Einfall in den Kopf kommen wollte. Das Gescheiteste wäre ohne Zweifel gewesen, mich ihnen zu erkennen zu geben und einen Spatz aus der Sache zu machen, dann hätt' ich vielleicht meinen Versuch offen wiederholen können. Aber die Schusterin brachte mich auf eine andere Spur. Sie sagte nämlich, wenn von unbekannten Leuten Geld für das Kind geboten werde, so sei ihr das eine verdächtige Geschichte und lege ihr die Pflicht auf, das Kind sorgfältig zu hüten. Dies griff ich auf, um die beiden einzuschüchtern und ihres Stillschweigens wenigstens einigermaßen sicher zu sein. Ich redete ihnen allerlei wunderliches Zeug vor, ließ halbe Winke und dunkle Drohungen fallen, war aber über diese Lügen so beschämt und bestürzt, daß ich eilig abzog und im Fortgehen beinahe die schmale steile Treppe hinabgefallen wäre. Nun gebe Gott, daß sie wenigstens schweigen, bis wir ein anderes Mittel ausgedacht haben.«

»Wenn's die Kinder mit angehört haben,« bemerkte Justine, »so wird's nicht lang geheim bleiben.«

»Es war kein Kind da. Die beiden Alten waren allein und richteten den Christbaum her.«

»Dann sind die Kinder schon im Bett gewesen,« sagte sie. »Du hast ihn also noch gar nicht gesehen?«

»Wen? Ja so!« erwiderte er lächelnd. »Nein, meine Neugierde muß sich noch ein wenig gedulden.«

»Heut nacht sehen sie keinen Menschen mehr,« sagte Justine, zu dem Gegenstande des Gespräches zurückkehrend. »Aber morgen muß ich mit dem frühesten hinein. Es ist ein schwerer Gang, aber hast du meinen Mitschuldigen gemacht und dich dem Argwohn ausgesetzt, so ist's nun auch an mir, daß ich in den sauren Apfel beiße.«

»Ich gehe mit,« sagte Erhard, »um meinen dummen Streich gut zu machen.«

»Seit es so zwischen uns steht,« rief sie, »hätt' ich den Mut, alle ganze Welt zu Vertrauten zu machen.«

»Ei nein!« rief er verwerfend. »Man muß den Menschen nicht mehr sagen, als sie vertragen können. Wir wollen ja ihre Geheimnisse auch nicht aufspüren, noch darüber zu Gericht sitzen. Selbst dem Schuster wollen wir, wenn's irgend möglich ist, seine Pechblitzenden Donnerwetter ersparen. Nach dem, was du mir von seiner Frau gesagt hast, hielt' ich's im äußersten Notfall für das geeignetste, uns ihr allein anzuvertrauen.«

»Das geht nicht,« erwiderte Justine. »Sie hat kein Geheimnis vor ihrem Mann, wiewohl sie sonst nichts weniger als schwatzhaft ist. Du wirst sehen, wir kommen bei diesen Menschen nicht ohne die Wahrheit durch, und sie haben's auch verdient, daß man ihnen die Wahrheit sagt. Hart kommt's mich freilich an, und weißt du, was mir das härteste ist? Du hast mir nur eines nicht erlassen wollen, den Mord, aber das andere hast du auszunehmen vergessen – den Diebstahl!

»Nun, nun!« sagte er. »Man kann sich auch zu viel tun. Wenn du deinen Nebenmenschen so messen wolltest, wie dir selbst, so würde jedem sein Maß überlaufen. In diesem Punkt, glaub' ich, würde dich sogar der Richter höchstens zu Schadenersatz verurteilen. Den hast du, wie du selbst erzählt, nach Kräften geleistet. Das Übrige kannst du mit Wucher nachholen, denn was ich habe, ist dein, und du gibst mir ja zu verstehen, du habest wenig Respekt vor meinem Geld.«

»Nein!« rief sie, mit fröhlicher Gier ihm beide Hände darstreckend, »du sollst sehen, ich bin habsüchtig wie ein Drach'.«

Er griff in den Mantelsack und legte ihr eine Geldrolle nach der anderen in die Hände. »So reich bist du?« rief sie mit Verwunderung. »Aber jetzt wird mir's zu schwer,« sagte sie nach einer Weile, »schließ' nur alles wieder ein, es pressiert ohnehin nicht, denn das sind Ehrenleute, denen man nicht so geradezu kommen darf! ich muß ihnen wahrhaftig hinterrücks beizukommen suchen, wie mit einem

Schelmenstreich. Auch ist keine Not im Haus, und es ist wunderbar, die elf Kinder anzusehen, wenn sie beieinander sind, denn vor ein paar Jahren hat der Storch zu den zehnen noch eins gebracht. Der Christoph schiebt den Segen auf die unruhigen Zeiten, wo die Leute freilich mehr Sohlen zerrissen haben, als sonst; aber seine Frau läßt sich's nicht nehmen, er sei vom Himmel beschert.«

»Das ist freilich ein starker Glaube,« bemerkte Erhard lächelnd.

»Gott verzeih' mir's,« sagte Justine zutraulich zu ihm, »manchmal muß ich schier lachen, wenn sie jeden Kreuzer für eine himmlische Bescherung nimmt, und doch ist mir's oft wieder, als ob sie recht hätte; denn es ist ihr so ernst, obgleich sie gar nicht fromm tut, und wenn man ihr dabei in die Augen sieht, so sollte man meinen, man sehe in den Himmel selber hinein.«

»Jedenfalls wäre der Segen ein wohlverdienter,« bemerkte Erhard nachdenklich. »In der Welt draußen,« fuhr er fort, »ist dieser Glaube längst zu Spott geworden, und die offenen Spötter sind noch die ehrlichsten, denn mancher, der ihn auf der Zunge trägt, lacht im Herzen selbst darüber. Da heißt es, bei den einen laut und bei den andern leise, überall: ›Steig vom Kreuz und hilf dir selber.‹ Ich hab' auch diesem Grundsatz nachleben müssen, und Hand' und Füße sagen mir, daß etwas Wahres dran ist. Über den Glauben nachzudenken, hab' ich im Getriebe des täglichen Lebens wenig Zeit gehabt, weiß auch im voraus, daß ich mich wunderlich anstellen und vergeblich abmühen würde, wenn ich etwas in den Kopf bringen wollte, was über meine fünf Sinne geht. Wenn ich aber gute Menschen sehe, und die gibt's immer noch in der Welt, Menschen von echtem Schrot und Korn, die felsenfest an diesem Glauben halten und ihn für die Quelle ihrer Handlungsweise erklären, dann kann ich ihn, bei allem Mißbrauch, der damit getrieben wird, nicht über ein Haus hinaus werfen. Soviel aber ist ganz gewiß: wenn die Welt, abgesehen vom Glauben, in ihren Werken auch nur zwei der drei Sprüche befolgen würde, die sie schon im Kindesalter aus dem Spruchbuch lernt, so wär' Treu' und Glauben bei den Menschen im Handel und Wandel, im kleinen und großen, und jedem wär's wohl dabei. – Was übrigens die Bescherung betrifft,« setzte er nach einer Weile hinzu, »so steht deiner gläubigen Freundin diesmal eine bevor, die in allen Christenlanden bei Gläubigen und Ungläubigen gleich gut angeschrieben ist und die auch ihr rauhhäriger Mann hoffentlich nicht zum Haus hinaus fluchen wird. Ich hatte sie für die

Löwenkinder mitgebracht, die sie leider nicht genießen sollen, und zum guten Glück für jedes einige Stücke, denn jetzt mußt du mir raten helfen, wie wir's anfangen, daß das, was für viere bestimmt war, nun für elfe ausreicht.«

Er öffnete den Mantelsack und brachte eine Weihnachtbescherung zum Vorschein, über welche Justine vor Erstaunen die Hände zusammenschlug. Es waren Erzeugnisse auswärtigen Gewerbfleißes, in den Stoffen und in der Behandlung so beschaffen, daß man in der zurückgebliebenen Gegend noch nichts dergleichen gesehen hatte, Justine musterte sie, wie sie auf dem Tisch vor ihr ausgebreitet lagen, mit mädchenhafter Neugier und Bewunderung.

»Auch für dich hab' ich allerlei bestellt, was aber mit dem anderen Gepäck erst nachkommen wird. Ich bin begierig, wie dir die Kleider stehen.«

»Mach' mich nur nicht vornehm,« bat sie schüchtern, »laß mich lieber bleiben, wie ich bin.«

»Du kannst das halten, wie du willst,« erwiderte er ruhig. »Wenn wir in ein fremdes Land ziehen, so wirst du dort schwerlich in der Tracht eine Ausnahme machen wollen. Gefallen dir aber die Sachen nicht, so sind sie deswegen nicht verloren, denn ich kann's nun einmal nicht mehr lassen, ein wenig Handelschaft zu treiben. Ich hab' mich auf manches gelegt, und es soll mich freuen, wenn ich im Land einen und den anderen Artikel einführen kann, der ihm vielleicht nützlich ist. Auch für den Meister Christoph hab' ich einen Zweig, der zu seinem Metier taugt und mit dem ihm noch mehr geholfen ist als mit Geld.«

Sie setzten sich zusammen an den Tisch und ordneten die Geschenke nach den Angaben Justinens, welche sich dabei gegen die leiblichen Kinder des Schusters keineswegs stiefmütterlich bewies, in der Weise, wie sie den anderen Tag ausgeteilt werden sollten. Da die Verteilung manche Schwierigkeiten hatte, indem besonders für die erwachseneren Kinder nicht recht gesorgt war und auf Zubußen aus der Gegend, gedacht werden mußte, die wiederum nicht ganz zu dem Vorhandenen passen wollten, so verursachte dies den beiden eine lange Beratung, bis sie einander endlich mit Lachen die Bemerkung mitteilten, daß sie schon recht wie Vater und Mutter beisammen sitzen, die für ihre Familie den Christbaum rüsten.

Als sie endlich über die Bescherung einig waren, sagte Justine: »Jetzt ist's hohe Zeit, daß ich gehe; die Löwenwirtin wird entweder zanken oder spotten, Gut' Nacht, und schlaf' morgen früh nicht zu lang.«

»Sehen wir uns denn nicht heut nacht beim Schreckenläuten?« fragte er.

»Das ist in den Kriegsläuften außer Brauch gekommen,« entgegnete sie.

»Ei,« rief er, »so bin ich also nicht einmal vor Geistern sicher? Und du, was wirst du machen, wenn dir heut nacht ein Tritt vor der Türe schlurft, wenn sich die Klinke leis bewegt und ein Gespenst zu dir ins Kämmerlein geschlichen kommt? – Wirst du den Riegel vorschieben, Justine?« fragte er, da sie schwieg. »Oder hast du Vertrauen zu mir?«

Sie wendete sich gegen ihn, und ihr Gesicht war von jener Röte überflossen, die ihm einen so eigentümlichen Ausdruck gab. »Erhard,« erwiderte sie, »muß ich dir noch sagen, wie ich dir vertraue? Heiß' mich ins Feuer oder ins Wasser springen, und ich springe, denn ich weiß, du folgst mir nach. Heiß' mich tun, was du willst und ich tu's; denn ich weiß, daß ich mich auf dich verlassen kann. Wenn dir's nicht genug ist, daß ich dir das sage, so steht es dir frei, mein Vertrauen auf jede Probe zu setzen. Und jetzt schlaf wohl, denn es ist spät, und morgen haben wir zeitig zu tun.«

»Gute Nacht!« sagte er. Sie trat zu ihm, schaute ihn mit einem innigen Blicke an, gab ihm noch einen Kuß und verließ das Gemach.

Es war noch nicht recht Tag, als sie der Verabredung gemäß an seine Tür klopfte, um ihn zu wecken. Er stand eilig auf und kleidete sich an. Dann suchte er sie auf. Ihre ehemalige Dienstherrschaft lag noch zu Bette, als sie sich zum Aufbruch rüsteten. »Sie wissen, daß es zwischen uns richtig ist,« sagte Justine, »und werden in die Kirche nachkommen; denn ich hab' ihnen gesagt, wir gehen gleich jetzt voraus in die Stadt, wo du Bekannte sprechen müssest.«

Der Christtagmorgen war nebelig und verhieß Regen oder Schnee. Erhard zog Justinen auf sein Zimmer. »Da sieh einmal her,« rief er mit der Selbstgefälligkeit eines Kaufmanns, der seine Ware anpreist, »das ist das neuste, das ich, noch in der Stunde meiner Abreise, aus erster Hand bekommen habe.« Er schnallte ein längliches Gepäckstück von dem Mantelsacke los, an dem es befestigt war, und zog aus der Umhüllung einen Schirm hervor, der neben den herkömmlichen plumpen Regendächern wie ein Wunderding erschien und Justinen, da sie ihn auf sein Geheiß entfaltete, durch sein schwerseidenes, in den schönsten Farben spielendes Dach und sein kunstvoll gearbeitetes Gestell einen Ausruf der Bewunderung entriß. Er wies ihr die Einrichtung, belehrte sie über die Verbesserungen und Fortschritte der Arbeit, die Verdienste der Schnitzkunst, die den Griff verziert hatte, und zeigte ihr, wie wenig das Geräte ungeachtet seiner Große ins Gewicht falle und wie leicht es zu öffnen und zu schließen sei. Dabei erfreute er sich an ihrer raschen Auffassung und verständigen Teilnahme, die ihm bewies, daß sie von diesem verhältnismäßig unbedeutenden Erzeugnis auch zu schwierigeren Gegenständen der menschlichen Tätigkeit fortzugehen fähig sei.

»Mit dem Schirm kannst du bei der Löwenwirtin Ehr' einlegen,« bemerkte sie.

»Nein,« sagte er, »für sie ist schon etwas anderes eingepackt. Der Schirm ist dein.«

»Der paßt nicht zu meinen Kleidern,« hielt sie ihm entgegen, »er ist viel zu kostbar für mich.«

»Deinem Gesicht steht er jedenfalls an,« erwiderte er und zog sie mit sich auf die Straße hinunter, wo ein seiner, eisiger Regen daherwehte.

»Sieh, wir können ihn gleich brauchen,« sagte er und spannte ihn auf. Das zierliche Wetterdach reichte gerade hin, das Paar, wie es Arm in Arm fürbaß ging, vollkommen zu decken, und das Gemische seiner gedämpften Farben warf einen sanften Widerschein auf die beiden Angesichter, die einander im Gehen liebevoll zugewendet waren. Er setzte ihr in seinem Gewerbseifer auseinander, wie man ihre kleidsame Tracht durch leichte Umgestaltung einzelner Bestandteile so veredeln könne, daß sie jeden Schmuck der Welt ertragen müsse.

»Du bist ja ein wahrer Tausendkünstler!« scherzte sie. »Geh', ich, will nicht hoffen, daß am End' gar noch ein Schneider aus dir herausspringt.«

»Warum nicht?« antwortete er. »Jedes Handwerk, das man recht treibt, ist eine Kunst, die sich in gewisser Art mit jeder andern Kunst messen darf, und alle hängen untereinander zusammen und gehen Hand in Hand, wie wir Zwei unter dem Schirm hier gehen.«

»Unter deinem Schirm ist freilich gut gehen,« sagte sie bedeutungsvoll, indem sie sich fester an ihn schmiegte. »Man geht wie unter einem Regenbogen. Werden die schönen Farben auch dauern?«

»An der Seide? Nein, da wird sie der Regen bald weggewaschen haben. Was neu ist, muß ein wenig auf den Schein berechnet sein. So will's die Welt. Weil aber der Schirm aus tüchtigem Zeug gemacht ist, so bleibt er auch einfarbig immer noch ein gutes Wetterdach, gerade wie die Ehe eins ist, wenn der Friedensbogen in den Herzen bleibt. Freilich kann eins das andere nicht immer davor bewahren, daß es den Fuß an einen Stein stoßt, oder manchmal müssen, auch beide miteinander ein wenig gar zu weich auftreten —«

»Jawohl!« rief Justine, während er bei seinen Worten auf den Boden deutete, dessen gefrorene Decke der Regen allmählich in einen unliebsamen Brei verwandelte, »und doch, je weicher es unter meinen Schritten wird, desto härter wird mir der Gang und desto schwerer das Herz.«

»Häng' dich recht an mich an, wenn's dir schwer wird, auf diesem und jedem andern Gang. Sieh, Justine, ich sage dir nicht, wie Brautleute oft zueinander sagen, daß ich dich beständig auf den Händen tragen werde. Dazu hab' ich keine Zeit, wenn ich meine Schuldigkeit in der Welt erfüllen soll. Ebensowenig will ich von dir, daß du deine Pflicht im Haus über mir versäumest. Aber das wollen wir redlich geloben, daß wir stets einander zur Seite gehen wollen, und wenn's regnet oder hagelt, so spannt eins den Schirm über das andere auf.«

Unter diesen Gesprächen kamen sie in die Stadt und zu dem alten Häuschen am scharfen Eck. Erhard warf unwillkürlich einen Blick auf die Hausstaffel, als sie dieselbe überschritten. Im Hausgang blieb Justine stehen und holte tief Atem. »So,« sagte sie dann, »hab' ich morgen vor sieben Jahren mein Herz in die Hände genommen, wie ich das erste Mal zu meinem Kind gekommen bin.« Er geleitete sie die enge, ausgetretene Treppe hinauf. Als sie vor die Türe kamen, stand diese trotz der kalten Jahreszeit halb offen, und die Luft, die ihnen entgegenströmte, sagte ihnen den Grund. Der Christbaum war nämlich erst vor kurzem ausgelöscht worden, und da die Mittel des Schusters nicht weiter, als bis zu Talglichtern reichten, so hatte man die Tür und ein Fenster geöffnet, um den Qualm hinausziehen zu lassen, über welchen Erhard, sosehr er vorhin die Gewerbstätigkeit und ihre Erzeugnisse als ehrwürdig anerkannt hatte, doch ein wenig das Gesicht verzog. Durch die Öffnung konnte man in die Stube blicken. Nie Eltern waren nicht zu sehen, aber in der Ecke, wo der Luftzug nicht hindrang, trieben sich die Kinder um ihre mehr als bescheidenen Christtagsgaben

herum, und ihr fröhliches Summen, das die Tritte der Kommenden übertäubte, bewies, daß sie gleichwohl mit der Bescherung zufrieden waren. Das Häuflein bot einen ähnlichen Anblick, wie vor sieben Jahren, nur war es in der Zahl geschmolzen, da die älteren sich bei ihren Lehrherrschaften befanden; dafür waren aber die jüngeren in Alter, Spiel und Beschäftigung an ihre Stelle gerückt. Das jüngste hatte bereits die Jahre des Rutschens und Kriechens überschritten und stand aufrecht an das Knie eines Knaben geschmiegt, der auf dem Stuhle sitzend eifrig für sich in einem Büchlein las. Da er dasselbe aufrecht mit beiden Händen hielt und dabei mehr als halb der Türe zugewendet war, so konnte ihm Erhard bequem in das Gesicht sehen, und dieses kleine Antlitz gefiel ihm ausnehmend wohl. Es sah wie ein runder fester Apfel aus, mit roten Backen voll Lebenslust und Lebenskraft; das leicht aufgeworfene Näschen ließ erraten, daß die angeborene Untugend, die man den Kindern vorwirft und doch so gern vergibt, diesem muntern Geist nicht fehlen werde. Erhard sah seine Braut fragend an, indem er mit dem Augen auf das Kind deutete. Sie nickte leise; wie sie aber den freundlichen Ausdruck sah, der in seinem Gesicht aufging, so strahlte das ihrige von Freude und Seligkeit, und sie wechselten miteinander einen Blick, der ihnen gegenseitig sagte, daß nun der letzte Stein von ihren Herzen gefallen sei.
Erhard klopfte an die Türe.
»Schwernot!« brummte die Stimme des Schusters drinnen, »wer Teufels kommt einem am heiligen Christtag so früh über den Hals?«
»Das Christkindle!« antwortete die helle Stimme des Knaben, dessen Eltern vor der Türe standen. Er sah aber dabei nicht von seinem Büchlein auf, sondern las emsig in einem Zuge fort.
»Kinder und Narren sagen die Wahrheit,« sprach Erhard, indem er mit Justinen in die Stube trat. »Guten Morgen beieinander!«
Der Schuster und seine Frau sahen das eintretende Paar mit großen Augen an, und das Erstaunen benahm ihnen die Sprache. Ihre älteste Tochter, ein jetzt neunzehnjähriges bildschönes Mädchen, war neben ihnen beschäftigt, die Stube in Ordnung zu bringen. Sie blickte dem Besuche gleichfalls verwundert entgegen, wobei ihre Augen eine wunderbare Ähnlichkeit mit den Augen ihrer Mutter zeigten.
»Ihr habt mir gestern abend keinen Kredit geben wollen, Meister,« begann Erhard. »Da hab' ich denn nun einen Bürgen mitgebracht —«
»Gott's Hundert, Gott's Tausend!« rief der kleine Leser, der erst jetzt,

von der fremden Stimme aufgestört, die Eingetretenen erblickte, »die Justine bringt das Christkindle!« Er fuhr von seinem Stuhle auf, um ihr zuzueilen, aber von der raschen Bewegung fiel das kleine Mädchen, das sich an ihm gehalten hatte, mit erbärmlichem Geschrei zu Boden. Der Schuster fuhr wie ein Blitz gegen den Missetäter herum und wollte losbrechen. Justine aber kam ihm zuvor, hob das Kind in ihre Arme auf, liebkoste es und sprach streichelnd den Heilsegen aus, mit welchem man die Kinder über solche kleine Unglücksfälle zu beruhigen pflegt. Nachdem sie es beschwichtigt hatte, setzte sie es nieder und trat wieder zu dem Schuster und seiner Flau, die den Fremden mit argwöhnischen Blicken betrachteten. »Kennt ihr ihn denn immer noch nicht?« fragte sie.

Sie verneinten.

»Es ist ja der Erhard!« rief sie.

»Der Erhard, der vor sieben Jahren auf die Wanderschaft gangen ist?« rief der Schuster, streckte ihm die Hand entgegen und begrüßte ihn mit einer Salve von Freudenflüchen, welcher er aber alsbald eine zweite noch kräftigere nachfolgen ließ, indem er zu Vorwürfen überging. »Ihr habt uns eine gottlose Angst eingejagt!« rief er. »Wir haben die ganze Nacht nicht schlafen können. Was habt Ihr denn darunter gesucht, den Schantiklas bei uns zu machen?«

»Verzeiht mit den schlechten Spaß, Meister,« sagte Erhard, »es ist doch sonst immer hier zu Land der Brauch gewesen, daß man auf Weihnachten einen Schwank angerichtet hat. Ein Spaß ist's übrigens nur in der Art gewesen, wie ich's angebracht hab', aber in der Hauptach' ist's mein blutiger Ernst. Es sind soviel kleine Fenster da,« unterbrach er sich mit einem landesüblichen Ausdruck, indem er auf die Kinder blickte, »deshalb kann ich mein Anerbieten nicht so deutlich vorbringen wie gestern, aber ich hoff', Ihr werdet mich jetzt dennoch eher verstehen. Ich hab' bei meiner Heimkunft aus der Fremde etwas von Euch gehört, Ihr könnet Euch schon denken, was, – meine Braut hat mir's erzählt –«

Da er bei diesen Worten auf Justinen deutete, so unterbrachen ihn beide Eheleute, die sich erst jetzt den Besuch' des Paares vollständig erklären konnten, zu gleicher Zeit mit Verwunderungsrufen, Freudenbezeugungen und Glückwünschen, und Erhard mußte in aller Geschwindigkeit erzählen, wie er gestern angekommen sei, um sein in der Fremde erworbenes Glück seiner alten Liebe in die Hände zu legen.

Der Schuster donnerte vor Freude, die Schusterin lauschte der Erzählung mit dem seinen, stillen Blick, der ihr eigen war, ihre Tochter hörte gleichfalls aufmerksam zu, suchte aber von Zeit zu Zeit das Auge der Mutter, als ob sie in diesem ihren Leitstern erblickte, und die Kinder standen mit offenem Mund umher, ohne recht zu verstehen, wovon es sich handelte.

Und nun tat Erhard sein möglichstes, um den beiden in Gegenwart der Kinder mit verdeckten Worten seine Bitte vorzutragen, daß sie ihm gestatten möchten, ihren Findling an Kindesstatt anzunehmen. Mann und Frau sahen einander an, dann ergriff der Schuster das Wort: »Ich merk' schon,« sagte er, »Ihr möchtet unser Ei ausbrüten, und der Justine ihrem Bräutigam trau' ich viel zu, denn die nimmt keinen schlechteren als mein Dorle, eher einen besseren; aber ich will euch was sagen: wenn ihr das Ei wollet ausbrüten helfen und wollet ihm von eurem Glück zuschieben, was euch beliebt, so kann und will ich das nicht wenden, ich hätt' ja gar kein Recht dazu. Was ihr da tun wollet, das will ich verwalten und werd' euch seinerzeit von der Verwaltung pünktlich Rechenschaft ablegen. Aber hergeben tu' ich's nicht, obgleich mich's in mancher Hinsicht schwer ankommt, es zu behalten. Ihr habt uns gestern abend große Angst eingejagt. Ich hab' schon gemeint, wir haben irgend einen mächtigen Herrn zum Feind, und Hab' zur Obrigkeit springen wollen, aber mein Weib hat mich davon abgehalten, und 's ist auch wahr, man kommt da nur von Pontio zu Pilato. Jetzt sind wir, gottlob, nach dem, was wir von euch gehört haben, außer Sorgen, aber eben darum wollen wir's auch beim alten lassen. Es mag hoch oder niedrig sein, wir haben's jetzt sieben Jahr' lang gehabt und sind verantwortlich dafür.«

»Und meiner Braut wolltet Ihr's auch nicht anvertrauen?« fragte Erhard.

»Die Bas' Justine,« antwortete der Schuster, »war ganz recht, aber sie ist in dem bewußten Punkt zu weich, und ich mab' mich überhaupt schon oft über die beiden Weiber zusammen teufelmäßig erzürnt. Sie wollen immer den Stab Sanft anwenden, wenn der Stab Wehe nötig wär', und der wär' oft sehr nötig. Was dann Euch betrifft, Erhard, oder wie Ihr Euch jetzt in Eurem Glück nennen möget, so will ich Euch im Geschäft kreditieren, so viel man nur von meinem Pfriemen verlangen kann»aber nehmt mir's nicht übel: wie ich noch Bräutigam gewesen bin, hab' ich von der Kinderzucht so viel verstanden wie Ihr. Das ist ein schweres Ding, und je mehr ich darin Erfahrung sammle, desto schwerer kommt mir's vor. Redet mir also nicht von Bürgschaft, denn in dem Punkt trau' ich weder Euch noch Eurem Bürgen, so lieb er mir sonst ist.«

Erhard versuchte noch einige Einwendungen, wurde aber immer in der gleichen Weise zurückgewiesen. Auch die Schusterin, die indessen die Kinder in den Kreis ihrer eigenen Welt abzuleiten gewußt hatte und sich erst jetzt wieder zu den Erwachsenen gesellte, sprach einfach: »Es ist einmal ein anvertrautes Gut, über das wir Gott Rechenschaft ablegen müssen. Wenn die rechten Eigentümer kommen und sich ausweisen, so geben wir's her.«

Der welterfahrene Erhard blickte die beiden Eheleute mit stummem Staunen an. Justine, die sich bis dahin beiseite gehalten hatte, sagte zu ihm: »Siehst du jetzt? glaubst du jetzt, was ich dir gesagt hab'?« – Sie trat vor: »Vetter Christoph, Bas' Dorle,« sagte sie, »seid so gut und heißet die Kinder hinausgehen, alle, ich hab' ein Wort mit euch zu reden.«

Die Schusterin blickte sie eine Weile forschend an, dann war sie ihr zu Willen. Während der Schuster verwundert ausrief: »Was will's denn da werden?« gab sie der Tochter Aufträge an die abwesenden Geschwister und verpflichtete sie mit einem Handgelübde, von dem, was sie gesehen und gehört, vorerst nirgends ein Wort auszusagen. Das Mädchen gehorchte eilends, war aber von dem Hergang so befangen, daß sie den Stuhl, den sie soeben gerückt hatte, mitten in der Stube stehen ließ. Hierauf schickte die Mutter auch die anderen Kinder fort. »Gehet ins Höfle hinunter,« sagte sie, »und machet mir keinen Lärmen, weil's heut' Festtag ist.« Alsbald rauschte das kleine Heer zur Türe hinaus, und der Bücherwurm, der, statt sich zu grämen, sein Buch auf seinen Stuhl geworfen hatte, war mit einem lustigen Sprung allen voran. Das Kleinste, vor welchem man jedes Geheimnis verhandeln konnte, durfte in der Stube bleiben; die Mutter gab ihm Spielsachen, aber das Kind verlangte stammelnd das Büchlein, worin es den Bruder hatte lesen sehen, und blätterte nun, denselben nachahmend, mit einem Ernst darin, als ob es jeden Buchstaben verstünde.

Nachdem diese Vorbereitungen getroffen waren, kehrte sie zu Justinen zurück, die sich nun mit sichtbarem Beben anschickte, ihre Eröffnung zu machen. Aber die Stimme versagte ihr, wie sie den Mund auftat; unfähig, ein Wort vorzubringen, sank sie auf den Stuhl, der neben ihr stand, bedeckte das Gesicht mit beiden Händen und fing bitterlich zu weinen an.

Der Schuster griff sich an den Kopf und sah ratlos auf seine Frau, die bald Justinen, bald ihn anschaute, ohne daß er ihren vielsagenden Blick verstand. Erhard, dem der Anblick durch die Seele schnitt, hatte sich zur Seite gewendet und sah still auf den Boden, So kam es, daß keines von den vieren den unberufenen fünften gewahr wurde, der sich zu dieser stummen Handlung gesellte, und niemand anderes war, als der kleine Schelm, dessen Angelegenheit eben jetzt entschieden werden sollte. Er hatte sich durch die Türe, welche die Kinder angelehnt gelassen hatten, hereingestohlen, schlich auf den Zehen hinter Justinen, die für seinen Anschlag nicht bequemer hätte sitzen können, und ehe man ihn bemerkte, hatte er ihr geschwind etwas unter das Halstuch in den Nacken genestelt. Justine sprang mit einem Schrei empor, wie wenn sie von einer Schlange gebissen wäre, griff in den Nacken und fuhr zornig gegen den kleinen Bösewicht herum, der schreiend und lachend schon wieder zur Türe hinausschoß. »Ungezogener Bub'!« rief sie, und schleuderte ihm unwillkürlich den Gegenstand nach, mit dem er sie erschreckt hatte, der aber, statt ihn zu treffen, am Türpfosten zerschellte. Es war ein Eiszapfen, welcher dem Witterungswechsel widerstanden hatte und sich dem mutwilligen Finder irgendwo dargeboten haben mochte. »Laß dich nimmer sehen, sonst gibt's Wichs'!« rief ihm der Schuster nach und schlug die Türe hinter ihm zu, worauf er aus Leibeskräften in das Lachen einstimmte, welchem seine Frau und Erhard sich hingeben mußten.

Justine lachte nicht mit, aber auch ihr hatte der plötzliche Schreck die Spannung der Seele gelöst. »Ich kann nicht mehr weinen,« sagte sie zu dem Ehepaar, »aber da steh' ich in meiner ganzen Blöße vor euch und bitt' euch um Verzeihung, daß ich euch diese sieben Jahre lang belogen und bestohlen habe.«

»Was soll denn das heißen?« rief der Schuster mit weit aufgerissenen Augen.

»Muß ich's denn noch sagen,« setzte Justine nach einer Weile hinzu, »daß das unartige Früchtlein, das euch so viel Mühen und Sorgen macht, mir gehört?«

Der Schuster stieß einen Fluch aus, wie noch keiner über seine Lippen gekommen war. »Jetzt hab' ich aber die Narretei g'nug!« schrie er, »man muß keine Geduld über alles Maß und Ziel versuchen.

Gestern abend kommt der da, macht einem eine schlaflose Nacht, und
jetzt kommt die, heult einem vor, daß man schier des Teufels wird, und
zuletzt ist's eine Dummheit, mit der man einen für'n Narren halten will.
Ich lass' mir kein' Bären aufbinden, und wenn ihr den Spaß nicht lasset,
so sag' ich in aller Höflichkeit: Da« – er deutete auf die Türe – »da hat
der Zimmermann 's Loch 'naus gemacht.«

Justine blickte in stummer Hilflosigkeit auf ihren Freund und Berater.
Ehe aber dieser etwas sagen konnte, kam ihm die Schusterin zuvor. Sie
nahm ihren Mann am Arm. »Sei still, Christoph,« sprach sie ihm zu,
»du weißt nicht, was du sagst. Hör' mich an und schweig', sie hat die
Wahrheit gesagt.«

»Was?« schrie der Schuster, »jetzt kommt der Narrengeist auch über
dich?«

»Sei nur ruhig!« sagte sie. »Wie heut' vor sieben Jahren alles in unser
Haus geströmt ist, um unseren Fund anzugucken, da hab' ich bei mir
selbst gesägt: ›ich will nur sehen, ob unter den vielen Neugierigen
niemand kommt, den etwas anderes herführt als die Neugier.‹ Ich hab'
aber niemand herausfinden können. Den anderen Tag, am Feiertag, ist
eine allein gekommen – ich seh' sie noch heut' vor mir, wie sie an der
Tür' stehen blieben ist, und wie ich ihr in die Augen gesehen hab', da
hat eine Stimme in meinem Herzen gesagt: ›die ist's, die treibt ihr Herz
zu ihrem Kind!‹ Ich bin aber erschrocken –«

»Gott sei Dank!« rief Justine, »so ist doch ein Mensch in der Welt
gewesen, der mich nicht für besser gehalten hat, als ich bin.«

»Saget nicht so, Bas' Justine,« erwiderte die Schusterin. »Ich hab' in
Euch bloß die Mutter erblickt und sonst nichts, und bin, wie gesagt,
gleich über meinen wunderlichen Einfall erschrocken. Wie Ihr aber der
Person einen Mühlstein an den Hals gewünscht habt, so hab' ich,
obwohl ich Euch noch nicht näher gekannt hab', denken müssen: ›Das
sieht der Justine nicht gleich, daß sie so etwas über eine andere sagt‹
und darum ist mir's vorgekommen, als hör' ich aus Euren Reden einen
Doppelsinn heraus. Sicher bin ich meiner Sache nicht gewesen, aber
ich hab' zu mir gesagt: ›Wenn sie's ist, so soll sie sehen, daß sie mir
nicht umsonst vertraut.‹ Es hat mich dann die Zeit her manches von der
Spur ab- und manches wieder hingeleitet, am meisten die Mutterliebe,
denn die verbirgt sich eben nicht, aber Ihr seid freilich meinen eigenen
Kindern auch so viel wie eine Mutter gewesen –« »Da möcht' man ja

'naus, wo kein Loch ist!« schrie der Schuster und wollte über seine Frau losfahren, aber Justine unterbrach ihn, indem sie näher trat.

»Meister,« sagte sie, denn sie wagte ihm für jetzt keinen anderen Namen zu geben, »Meister, soll ich mich ausweisen? Heut' vor sieben Jahren, in der Frühe zwischen drei und vier, hinter dem Mauerpfeiler da drüben, man sieht ihn von hier aus, da bin ich gestanden, und Ihr hättet mein Herz laut hören klopfen in der Nacht, wenn Ihr nicht auf Eurer Hausstaffel so zornig gewesen wäret. Soll ich Euch sagen, wie Eure Worte gelautet haben?«

»Ich glaub's nicht!« rief der Schuster. »Das ist gar kein Beweis, denn was damals geredet worden ist, das habt Ihr alles von uns selbst erfahren.«

»Nicht alles!« erwiderte Justine. »Weder Ihr noch Eure Frau habt mir alles erzählt. Soll ich's sagen, damit Ihr mir glaubet?«

»'Raus mit der Farb'!« rief der Schuster entschlossen. »Jetzt will ich sehen!«

Justine suchte ihn nachzuahmen, indem sie ihre Stimme verstellte: »Du Erdenwurm! du Teufelsbalg! soll ich dir den Kopf an die Wand hinschmettern?« – Sie fügte noch eine Reihe ähnlicher Schlagwörter hinzu, die durch ihre Eigentümlichkeit allzu deutlich bewiesen, daß sie nicht von ihr erfunden sein konnten.

Der Schuster trat etwas entsetzt zurück. »Beim Teufel!« sagte er kleinlaut, »das ist wahr, das hab' ich gesagt, und das hat Euch mein Dorle nicht erzählt.«

»Nein,« fuhr Justine fort, »aber ich kann Euch sagen, wie sie Euch darauf gedient hat. ›O Christoph, hat sie gesagt, schwätz' doch kein solch' Zeug! du weißt ja selber, daß es dein Ernst nicht ist.‹ – Ich hab' sie das zwar in diesen sieben Jahren oft zu Euch sagen hören,« setzte Justine hinzu, »und darum wär's keine Kunst, es hier anzubringen; aber wahr ist's doch.«

»Gesagt hat sie's, ich streit's nicht ab,« versetzte der Schuster, der sich von seiner Bestürzung immer noch nicht erholen konnte.

»Eure Frau,« erzählte Justine weiter, »hat dann noch gesagt: ›Wo neune satt werden, kann auch das zehnte mitessen.‹ Darauf habt Ihr noch einige Reden mit ihr gewechselt, und auf einmal habt Ihr sie angefahren: ›Kreuzdunnerwetter, was stehst denn dahin? Mach', daß du 'nauf kommst, du Rabenweib! das arme Tierle muß ja da unten verfrieren!‹ – Mit beiden Händen hab' ich mein Herz zusammengedrückt, damit Ihr sein Schlagen nicht höret. Aber Euer Ohr ist anderswo gewesen, denn man hat laute, schnelle Tritte in der Ferne gehört, wie wenn jemand sich die Gasse hinunter und nach Hause machte. ›Das ist das Spitzbubenvolk!‹ habt Ihr gesagt. ›soll ich ihnen nach?‹ – Darauf hat Eure Frau gesagt: ›Laß sie, Christoph, du fängst sie doch nicht mehr‹ – Die Tritte haben mich nichts angegangen, aber ich bin froh an ihnen gewesen, weil sie Eure Aufmerksamkeit von mir abgelenkt haben; denn in meiner Eil' und meiner Verzweiflung hab' ich alles so ungeschickt angegriffen, daß ich nur durch ein Wunder der Entdeckung entgangen bin. Und nun verzeihet mir wenigstens das, Meister, daß ich Eure Reden hier wiedererzählt habe; ich hab's nur gezwungen zu meiner Beglaubigung getan, und Ihr braucht Euch nichts daraus zu machen, denn diese sieben Jahre haben hinreichend bewiesen, daß Euer Herz anders redet, als Euer Mund. Aber in einem Punkt habt Ihr mir unrecht getan, und darin muß ich mich rechtfertigen. Ihr habt gemeint, ich habe mich nicht lang an den Häusern aufgehalten und habe das Eurige unbesehen ausgewählt. So ist's aber nicht. Ich bin von einem Haus zum anderen gekommen, und Euer Haus ist das letzte gewesen. Schier eine Stunde hab' ich gebraucht, bis ich mit meiner Wahl im reinen gewesen bin, und darum hab' ich auch zuletzt so eilen müssen. Jetzt tut mir, was Ihr wollt, denn es geschieht mir nur nach Verdienst; aber wenn Ihr mich auch totschlaget, so könnet Ihr mir die Freude nicht nehmen, daß ich vor das rechte Haus gekommen bin.«

In dem Gesichte des Schusters tat es einen Ruck um den andern. »Bas' Justine,« begann er mit ungewöhnlich gedämpfter Stimme, die erst nach und nach lauter wurde, »das Totschlagen ist nicht meine Sache, am wenigsten bei einer, die mir mein Kind vom Tod errettet hat. Vier Wochen lang,« sagte er, gegen Erhard gewendet, indem er auf das kleine Mädchen deutete, das ganz unbekümmert um das leidenschaftliche Gespräch der Erwachsenen in seiner Ecke spielte, »vier Wochen lang hat sie kein Bett gesehen, bei Tag hat sie im Löwen ausgeholfen, und bei Nacht ist sie zu uns kommen und hat das Kind abgewartet, weil meines Weibes Kräfte nicht mehr ausgereicht haben; was der Schlaf heißen will, hat sie in diesen vier Wochen verlernt, denn es ist kaum eine Minute gewesen, wo das Kind nicht mit dem Tod gekämpft hat, und daß es lebt und gesund ist, das ist ihr Werk, Aber das ist's nicht, wovon ich reden will, ich muß etwas ganz anderes sagen. Bas' Justine, meines Weibes Reden rufen mir auch ein Wort ins

Andenken, das ich damals zu Euch gesprochen hab', und ich hab' Euch heut', nur umgekehrt, wieder das gleiche zu verstehen gegeben. Es ist wahr, Ihr seid die letzte, von der ich das geglaubt hätt', und ich glaub's erst jetzt, wo ich ganz überwiesen bin. Ich hab' über die Welt nicht viel nachgedacht, ich hab' mein Weib geheiratet, wie ich Meister worden bin, und bin meinen Weg gangen, und weil ich arm gewesen bin, hab' ich gedacht, wer sich nicht wenigstens so hält, wie ich, der ist ein Schuft. Aber seit ich seh', daß das Euch hat widerfahren können, Justine, will ich keinen Menschen mehr richten, und jetzt ist mir's, als wär' mir ein Schleier von der ganzen Welt weggezogen, und ich seh' mit einem einzigen Blick durch alles durch, und alles ist so voll Not und Schuld —« Er konnte nicht vollenden, die Stimme verließ ihn, er schlug die Hände zusammen und brach in lautes Weinen aus.

Diese Bewegung des sonst rauhen Mannes hatte die Folge, daß kein Auge trocken blieb.

Erhard war der erste, der sich faßte. »Wenn Ihr die Not und Schuld der Welt einsehet,« sagte er, »so werdet Ihr's auch begreifen, Meister, daß ich erst jetzt als Vater auftreten kann —«

Justine ließ ihn nicht ausreden, sie stürzte auf ihn zu, warf die Arme um seine Schultern, als ob sie ihn decken müßte, und rief: »Glaubet ihm nicht, er lügt, er hat so wenig schuld daran, als ein neugeborenes Kind!«

»Ich glaub's!« rief die Schusterin, »und es freut mich, daß ich's glauben muß, denn das hat mich eben in meinen Gedanken immer wieder irr gemacht. Wir sind alle Menschen, hab' ich gedacht, und der Erhard wird auch kein Engel sein, aber daß er davonlauft und eine in solcher Not dahintenläßt und sich in sieben Jahren nicht um sie bekümmert, das ist nicht möglich! Wie ich dann vollends gehört hab', daß er Euch damals hat heiraten wollen und daß Ihr nicht gewollt habt, so hab' ich mir gleich sagen müssen: ist meine Vermutung richtig, so muß der Erhard unschuldig sein. Jetzt ist mir's erst ganz klar: damals habt Ihr ihm Euer Geheimnis nicht anvertrauen wollen oder können, jetzt aber wird er's vermutlich wissen.«

»Ja,« sagte Erhard, indem er seine Braut in den Arm nahm, »und ich erklär' Euch auf meine Ehre und mein Gewissen —«

»Ihr brauchet nichts zu erklären,« unterbrach ihn die Schusterin, »Euer Verlöbnis ist Erklärung genug, und auch ohne das wär' uns die Justine immer lieb und wert geblieben. Auch weiß ich ja von ihrem Geheimnis grad so viel, als für mich nötig gewesen ist, und zwar aus ihrem eigenen Mund; denn die Geschichte, die Ihr mir einmal unter vier Augen erzählt habt, Justine, von einer armen Verwandten, die durch einen meineidigen Menschen ins Elend gestürzt worden sei – nicht wahr, ich hab' sie wohl verstanden? Aber hiermit weiß ich auch genug.« »Ja,« fiel der Schuster ein, der schon längst auf die Gelegenheit gewartet hatte, das Wort zu ergreifen, »schweiget nur ganz still! Was uns nichts angeht, das brauchen wir auch nicht zu wissen.«

»Ihr habt Euch übrigens noch nicht einmal vollständig ausgewiesen, Justine,« sagte die Schusterin, auf einen anderen Gegenstand ablenkend, »Ihr müsset Euch ganz ausweisen, sonst wird Euch Euer Eigentum nicht abgeliefert. Saget mir erst das Wahrzeichen an.«

»Das Wahrzeichen?« fragte Justine befremdet. »Ja, das Erkennungszeichen!« rief der Schuster lachend. »Mein Weib hat ganz recht.«

»Ich weiß nicht, was ihr wollt,« antwortete Justine verlegen. »Ihr könnet euch wohl denken, daß ich mich vor allen Erkennungszeichen sehr in acht genommen und aus meinen paar Fetzen Weißzeug jeden verdächtigen Faden herausgezogen habe. Auch weiß ich wohl noch, wie froh ich vor sieben Jahren gewesen bin, da ihr mir sagtet, die Herren haben alles durch und durch gesucht, aber nichts gefunden.«

»Ihr wollet also behaupten, es sei gar nichts zum Finden dabei gewesen?« fragte die Schusterin, indem sie eine schelmisch gestrenge Miene annahm.

»Nichts, was zu einer Erkennung hätte führen können,« antwortete Justine ausweichend.

Die Schusterin ging in die Kammer und kam mit einem Päckchen zurück, das, wie sie es auf den Christtagstisch niederlegte, einen klirrenden Ton von sich gab. Sie winkte Justinen heran und sagte: »Wenn Ihr Euch über Euer Eigentum ausweisen wollet, so müsset Ihr mir sagen können, was da drin ist.«

»Ihr werdet's doch nicht aufgehoben haben!« rief Justine außer sich vor Bestürzung.

»Wieviel ist's?« rief der Schuster, der mit Erhard hinzugetreten war, die Frage seiner Frau etwas deutlicher wiederholend.

»Das ist zu arg!« rief Justine und flüsterte ihrem Bräutigam etwas ins Ohr, was sie laut zu sagen sich schämte.

»Ihr seid übertriebene Leute,« nahm Erhard das Wort. »Das ist zur Entschädigung für die Kosten bestimmt gewesen, und nicht zum Vergraben.«

»Es ist all mein Erspartes gewesen,« rief Justine weinend, »und daß ihr's verschmäht habt, das tut mir so weh —«

»Wir haben's nicht verschmäht,« sagte die Schusterin, »wir sind allezeit entschlossen gewesen, es in der Stunde der Not anzugreifen, aber gottlob, wir haben's nicht nötig gehabt, und Ihr tut mir großes Unrecht, wenn Ihr glaubt, ich hab' Euch weh tun wollen, da ich Euch doch vielmehr bloß hab' wollen zeigen, daß Ihr keine Ursach' habt, Euch eines Diebstahls anzuklagen.«

»Jetzt versteh' ich erst recht,« sagte Erhard zu seiner Braut, »was du hast aussprechen wollen, als du mir sagtest, diese Frau habe ein feines Herz.«

»Das hat sie, weiß Gott!« rief der Schuster und nahm die mit ergrauenden Haaren immer noch schöne Frau in den Arm. »Aber,« setzte er hinzu, indem er mit den Fingern schnalzte, »dafür hab' ich einen feinen Kopf, denn von mir ist der Pfiff ausgangen, daß wir den Herren das Geld unterschlagen haben.«

»Warum denn?« fragte Erhard. »Die Herren würden euch das Geld gelassen haben.«

»Ja, den Teufel!« sagte der Schuster. »Das Geld war' den Herren just zur Bezahlung der Strafe anständig gewesen.«

Erhard brach in ein herzliches Gelächter aus, »Nein, Meister,« sagte er, »da tretet Ihr der Obrigkeit doch zu nahe. Die Welt liegt zwar sehr im Argen, aber so schlimm ist sie nicht, daß man ein neugebornes Kind zur Bezahlung der Strafe für seine Eltern anhält.«

»Das hab' ich ihm damals auch gesagt,« versetzte die Schusterin.

»Ei was!« sagte der hartnäckige Schuster. »Die Herren haben die Finger in allem, und da hab' ich gedacht: was sie nicht zu blasen kriegen, das wird sie auch nicht brennen. Wenn wir das Geld im Sparhäfele behalten können, hab' ich gedacht, so gehört es dem, der's mitgebracht hat, und es ist ihm auch richtig blieben. – Da sehet!« rief er triumphierend, indem er das Päckchen öffnete und das Geld auf den Tisch ausstreute, »es sind noch die nämlichen Münzen, wie ich sie damals gezählt hab', und wenn Ihr sie heut' wieder zählet, so kann kein Kreuzer dran fehlen. Wieviel ist's?« fragte er Justinen abermals, indem er in seiner lustigen Laune alle zehn Finger gegen sie ausstreckte.

»Just so viel Gulden, als Ihr Finger habt,« antwortete Justine lachend, »aber Ihr werdet mir nicht zumuten, sie zu zählen.«

Während sie dies sagte, bückte sie sich rasch, denn von den Münzen, die der Schuster derb ausgeschüttet hatte, so daß sie zwischen den Christtagsbescherungen umherrollten, war eine über den Tischrand aus den Boden gesprungen. Sie hob sie auf und wollte sie wieder auf den Tisch legen, warf aber unter dieser Bewegung unwillkürlich einen Blick auf sie und bot sie nun ihrem Bräutigam mit einem Ausruf der Verwunderung und Freude dar.

»Erhard,« rief sie, »kennst du den Groschen noch?«

»Es ist ein Mariengröschlein,« sagte er, nachdem er die Münze betrachtet hatte.

»Kennst du das Kreuz nicht mehr, das du am Rand eingeschnitten hast!«

»Es schwebt mir eine dunkle Erinnerung vor,« erwiderte er.

»Ich hab' einmal im Löwen von einem Gast unter anderem Geld ein solches Gröschlein geschenkt bekommen, das mir fremd war und mir gefiel, und jetzt fällt mir's wieder bei, daß ich's dir geschenkt habe.«

»Heut' sind's zehn Jahre,« sagte sie, »aber ich weiß es noch so gut, wie wenn's gestern gewesen wär'. Ich war damals noch ein Kind und du nicht viel mehr. Ich sah dir zu, wie du mit dem Messer daran spieltest, und dann gabst du mir's und sagtest: ›Da hast auch ein Christkindle von mir.‹ Ich hab's aufgehoben wie ein Heiligtum, bis ich das Geld da zusammenmachen mußte. Es hat mich einen Kampf gekostet, aber wunderbarerweise hat zu den zehn Gulden bloß das Gröschlein gefehlt, und da hab' ich's eben dazulegen müssen, um sie voll zu machen.«

»Das ist doch eigen!« bemerkte Erhard. »Da wir's jetzt wiederhaben, so wollen wir's auch behalten und als ein gemeinschaftliches Ehepfand betrachten, weil wir noch nicht dazu gekommen sind, Ringe zu wechseln.«

Er steckte die Münze zu sich und legte eine andere dafür auf den Tisch.

»Hebet das Geld einstweilen auf, Meister,« sagte er, »es ist nun einmal ein Schatzgeld, und das soll es auch bleiben. Aber wahr ist's,« setzte er nach einer Weile hinzu, »ein Erkennungszeichen ist doch dabei gewesen. Wenn nun ich zum Beispiel bei der Untersuchung unter den Herren gewesen wäre, und das Gröschlein mit dem Kreuz am Rande wär' in meine Hände gefallen, so hätt' ich's, damals vollends, nach kurzer Besinnung gewiß erkannt, und für mich wenigstens wär' alles verraten gewesen.«

»Nicht wahr? ich bin doch nicht so dumm, wie ich ausseh'!« rief der Schuster mit lebhafter Befriedigung. »Sehet einmal nach, so werdet ihr finden, daß unter dem Geld noch allerlei Münzen sind, die einem nicht jeden Tag vorkommen. Wie mancher Diebstahl ist schon durch eine alte und seltene Münze verraten worden! Hier hat sich's freilich um keinen Diebstahl gehandelt, sondern um das Gegenteil, aber es wär' um nichts besser gewesen, wenn die Gabe den Geber verraten hätte oder vielmehr die Geberin. Und das bringt mich noch auf einen anderen Punkt. Wie wir mit der Justine dran sind und sie mit uns, das wissen wir alle, und ist zwischen uns jetzt g'nug drüber geheult und gelacht. Aber die Welt soll nicht dazu lachen und nicht dazu heulen, denn in der Welt sind's immer die schlechtesten, die zuerst ihre Neben- menschen steinigen. Drum sollten wir uns besinnen, wie man der Axt einen Stiel dreht, damit an der Übergabe des Kinds auch nicht ein Schatten von Verdacht haften bleibt. Denn meine Justine soll mir mit Ehren unter die Haube kommen, wie sie's verdient, und der Teufel kann mich holen, wenn ich für meine eigene Tochter mehr besorgt bin, so lieb sie mir ist!«

»Das heißt gesprochen wie ein Freund!« sagte Erhard, indem er ihm die Hand drückte. »Über diesen Punkt müssen wir allerdings noch miteinander zu Rat gehen, und das vielleicht noch, eh' wir zu der Übergabe schreiten. Die Auslieferung selbst,« bemerkte er lächelnd, »wird jetzt keinen Anstand mehr haben?«

»Nein,« rief der Schuster, »und so sehr ich mich bis daher geweigert hab', so muß ich jetzt, da die wahren Eltern vor mir stehen, doch sagen: ›Nehmet ihn hin, ich bin froh, daß ich ihn los werd'. Seine leibliche Mutter hat ihn vorhin einen ungezogenen Buben geheißen, und das ist die reine Wahrheit, obgleich mir's nicht besonders zur Ehr' gereicht. Gott und mein Weib und die Justine wissen's, wie er mir am Herzen liegt, aber ich hab's längst eingesehen und hab' mir viel Sorgen darüber gemacht, ich bin nicht der Mann, den Schlingel zu erziehen. Denket nur an mich, Erhard, Ihr werdet Eure blaue Wunder an ihm erleben.«

Justine sah ängstlich darein. Die Schusterin aber lachte und sagte: »Es ist nicht so arg. Aber wahr ist's, in dem Buben steckt ein eigener Geist. Auch das ist wahr, daß mein Christoph nicht mit ihm zurechtkommt und nicht lang' mehr Meister über ihn bleiben wird. Er schilt freilich immer über uns Weiber, daß wir alles mit dem Stab Sanft auszurichten meinen, aber wie führt er den Stab Wehe? Sein zweites Wort an den Buben ist: ›Sieh, Kerl, du kriegst Hieb' wie ein Aff'!‹ aber er hat ihm noch nicht viel getan, und da ist's natürlich, daß sich der Bub' aus seinen Drohungen täglich weniger macht. Bei seinen eigenen Kindern macht er nicht so viel Umstände: da fährt er oft ärger drein, als mir lieb ist, denn sie sind doch gewiß ein gutartiger Schlag.«

»In meinem Fleisch und Blut kenn' ich mich eben aus,« erwiderte der Schuster, »aber in dem Menschenkind steckt etwas anderes, worin ich mich nicht immer zurechtfinden kann. Drum ist mir's lieb, daß mir die Verantwortung abgenommen wird.«

»Es ist mir nicht bang,« versetzte Erhard, »ich hoffe mit ihm auszukommen, glaube auch bereits zu wissen, was ich an ihm dämpfen muß —«

»Er ist schnabelschnell, vorlaut und schrecklich mutwillig,« unterbrach ihn der Schuster, »und das ärgst' ist mir, daß er mir mein eigen Volk zu allen möglichen Lumpenstreichen verführt. Erst letzthin, in den Klöpflinsnächten, hat's wieder Spektakel und Verdruß gegeben. Da haben sie dem Herrn' Vetter – man heißt ihn so, weil er zu jedermann im Städtle Herr Vetter sagt – dem haben sie mit Erbsen an die Fenster geklöpfelt, und wie er in der Nacht den Kopf 'rausgestreckt hat, haben sie ihn geschneeballt. Sein Knecht hat etliche, darunter auch einen von den meinen, erwischt und brav durchgewamst, aber den Rädelsführer hat er nicht gekriegt, denn der ist flink wie der Teufel, Ich hab' dann den andern Tag müssen zum Herrn Vetter hingehen, um gut Wetter bitten und sein fades, süßes Geschwätz anhören, aus dem ich recht gut hab' verstehen können, wie es sich für unsersgleichen nicht schicke, daß ihre Kinder bei allen Bubereien und Unarten die vordersten seien/'

»Es ist wahr,« sagte die Schusterin, wahrend Justine mehrmals bestätigend einfiel, »man muß einen Hang zum Mutwillen und Leichtsinn an dem Kind bekämpfen, wenn etwas aus ihm werden soll. Aber er ist ein begabtes Kind, in vielen Dingen weit über sein Alter hinaus gescheit und, was noch mehr ist, ein gutes Kind, folgsam trotz aller Schelmerei, bei seiner großen Lernbegierde nicht eingebildet auf seinen Kopf, liebreich und dienstfertig gegen jedermann, besonders gegen uns und seine Geschwister, und was man bei einem Buben in dem Alter selten trifft, er hat eine Liebe zu dem kleinen Kind, die mich oft bis zu Tränen rührt. Ihr solltet's nur auch einmal sehen, wie lieb und sinnreich der Erhard mit dem Justinele spielen kann –«

»Was muß ich hören?« rief Erhard.»»Nach dem Namen hab' ich noch gar nicht gefragt, und jetzt hör' ich ihrer zwei, die mich angehen!«

»Mein Kleinstes ist nach der Bas Justine getauft,« antwortete die Schusterin, »und bei dem Erhard seid Ihr zu Gevatter gestanden, freilich unsichtbar. Hat sie's Euch denn nicht erzählt?«

Erhard blickte auf seine Braut, welche blutrot geworden war.

»Das heiß ich aber versteckt sein!« rief die Schusterin lachend und erzählte ihm, wie das Kind durch Justinen zu seinem Namen gekommen war.

Erhard umfaßte seine Braut. »Justine,« sagte er, »besser hättest du mir deine Liebe nicht bekennen können. Du hast dein Herz in meinen Namen gelegt und hast mich wahrhaft zum Vater gemacht. – Ich nehm' euch zu Zeugen,« sagte er zu dem befreundeten Ehepaar, »denn jetzt ist das Verlöbnis erst vollständig, und jetzt kommt erst der wahre Verlobungskuß.«

Die alte Uhr, die neben dem Ofen hing, durfte manchen Pendelschlag tun, bis dieser Kuß zu Ende war. Der Schuster winkte seiner Frau und gab ihr ganz schnell und verstohlen gleichfalls einen, den aber das andere Paar weder sah noch hörte, obgleich er in beiderlei Weise zu vernehmen gewesen wäre.

»Wenn mein Sohn den dritten Teil der Eigenschaften entwickelt, die du mir beigelegt hast,« sagte Erhard mit Beziehung auf die Erzählung der Schusterin, »so will ich mit ihm zufrieden sein. Einen Vorzug hat er jedenfalls vor mir voraus, wenn uns Gott am Leben erhält: er ist nicht Vater- und mutterlos.«

»Ja, das ist ein hartes Los!« versetzte die Schusterin. »Ich hab's auch erfahren –«

»Seid Ihr auch ein Waisenkind?« unterbrach sie Justine. »Das habt Ihr mir nie erzählt.«

»Ihr habt ja auch Geheimnisse vor mir gehabt,« entgegnete die Schusterin lächelnd. Sie blickte ihren Mann um seine Zustimmung an und antwortete hierauf: »Wir sind ja unter uns, und es kann meinem Christoph nur Ehre machen, wenn Ihr erfahret, wie er an mir gehandelt hat. Er hat mich auf seiner Wanderschaft in einem geringen Dienst aufgelesen, in den ich aus dem Findelhaus gekommen war. Jetzt wisset

Ihr erst, Justine, daß Ihr das Kind vor die rechte Türe getragen habt. Es ist zu seinesgleichen gekommen, und das ist sein Glück gewesen.«

»Liebe Frau,« siel Erhard ein, »bei seinesgleichen ist es überall, denn es mag sich einer aufblasen, wie er will, er ist und bleibt ein Mensch.«

»Allerdings,« erwiderte sie, »aber was man selbst erlebt hat, das erkennt man besser, als was man nur liest oder predigen hört.«

»Das ist wahr,« sagte Erhard, »ich weiß es von mir selbst, denn ich bin im gleichen Fall, wie Ihr, und muß es für eine Art Wunder ansetzen, daß hier drei Findlinge zusammengeführt werden. Ich habe meine Eltern nie gekannt, und da man mir im Waisenhaus niemals etwas von ihnen gesagt hat, so hab' ich nicht nach ihnen zu fragen gewagt. Übrigens,« setzte er hinzu, »hört man's doch immer noch ein wenig an Eurer Aussprache, daß Ihr von auswärts gebürtig seid, Sie klingt ein wenig vornehmer, als was man sonst bei uns zu Land zu hören bekommt.«

»Ich könnte es noch ein wenig deutlicher hören lassen,« erwiderte die Schusterin lächelnd, »aber eben der Schein der Vornehmheit hält mich ab. Es hat mich einige Mühe gekostet, mich anzugewöhnen, aber ich habe von Anfang an stark zu merken bekommen, daß man es armen Leuten nicht so leicht hingehen läßt, wenn dem Reichen ihre Sprache feiner klingt, als seine eigene.«

»Ihr habt's da ganz richtig erraten,« sagte der Schuster zu Erhard, »Sie hat einen vornehmen Zug in ihrem Wesen, und der hat mich teils gleich bei der ersten Bekanntschaft zu ihr hingezogen, teils hat er seither auch schon manchen kleinen Ehezwist verursacht. So hab' ich erst vorhin noch, unmittelbar vor Eurem Kommen, ein wenig mit ihr gezankt, weil sie mitten im Winter Fenster und Tür' aufgesperrt hat, um den Lichtergeruch hinauszulassen. ›Bist denn eine Gräfin?‹ hab' ich zu ihr gesagt.«

»Nun, Meister,« erwiderte Erhard lachend, »ich bin auch kein Graf, aber ich will's redlich gestehen, daß mir der Qualm ebenfalls zuwider ist, und nicht erst jetzt, sondern schon als Knecht im Löwen hat's mich jedesmal verdrossen, wenn jemand das Licht ausgeblasen hat. Von der Seite also,« sagte er zu der Schusterin, »hätten wir ganz gut zueinander gepaßt.«

»Um's Himmels willen, Meister Christoph,« rief Justine, indem sie die Hände zusammenschlug, »sehet nur einmal die beiden recht an! Fällt Euch denn nichts auf?«

»Freilich!« antwortete der Schuster, »Es geht mir schon eine Weile im Kopf herum, daß sie eine Ähnlichkeit miteinander haben.«

»Und je länger man sie ansieht und miteinander reden hört,« rief Justine, »desto mehr tritt die Ähnlichkeit hervor, Sie drückt sich hauptsächlich in den Augen und in der Art zu sprechen aus,« »Das wär' einmal schön,« sagte Erhard liebreich zu der Schusterin, »wenn wir gar noch miteinander verwandt wären.«

»Erhard!« rief Justine in freudigem Eifer, »schreib' und laß dir vom Waisenhaus die Nachweise kommen! Das wär' ja ein Hauptfund!«

Erhard bedachte sich einen Augenblick, dann schüttelte er den Kopf und erwiderte: »Das werd' ich fein bleiben lassen, denn die Papiere könnten unseren Wünschen nicht entsprechen, und dann wär's ein Hauptverdruß. Was bedürfen wir weiter Zeugnis? Meisterin, was brauchen wir nach Geburtsscheinen und Ähnlichkeiten in Blick, Ton oder Geschmack zu fragen? Sind wir nicht Geschwister durch Schicksal und Gesinnung? Schwester und Schwager, wenn's euch so zu Mut ist wie mir, so ist die Verwandtschaft geschlossen und besiegelt.«

Die Schusterin sah ihn mit leuchtenden Augen au, wagte aber seine dargebotene Hand noch nicht zu ergreifen, sondern warf einen stillfragenden Blick auf ihren Mann. Dieser kratzte sich hinter dem Ohr und sagte: »Das wär' freilich eine wohlfeile Art, zu einer vornehmen Verwandtschaft zu kommen. Kreuztausenddonnerwetter,« setzte er hinzu, indem er zum erstenmal in seinem Leben mit gedämpfter Stimme fluchte, »'s ist freilich gut gemeint und viel Ehr' für uns, aber für uns schickt sich's nicht, daß wir zugreifen.«

»Kreuzmillionendonnerwetter!« donnerte Erhard so laut auf ihn hinein, daß Justine und die Schusterin erschrocken zusammenfuhren und der Schuster selbst sich ein wenig duckte, »ist Euch mein Sohn auch zu vornehm gewesen, wie Ihr ihm, die Wohltat Eurer Verwandtschaft eingeräumt habt? Übrigens,« fügte er hinzu, indem er den Ton fallen ließ, »wenn Ihr mir damit sagen wollt, meine Verwandtschaft stehe Euch nicht an, dann will ich mich nicht aufdrängen, denn jeder ist Herr in seinem Haus.«

»Nein, nein,« sagte der Schuster verlegen, »so mein' ich's nicht, ich hab' nur gemeint —«

»Und ich,« unterbrach ihn Erhard, »hab' nur zeigen wollen, daß ich auch fluchen kann, wenn's not tut. Aber wenn Euch die Verwandtschaft nicht zuwider ist, so sehet erst einmal zu, wie sie uns erwünscht sein muß. Ihr habt selbst vorhin davon gesprochen, wie die Menschen seien und wie nötig es sei, der Axt einen Stiel zu drehen. Gibt es nun ein sichereres Mittel, aus aller Verlegenheit zu kommen? Eurer Frau Bruder kehrt aus der Fremde zurück, wo er sein Glück gemacht und zugleich die Beweise für die vorher unbekannte Verwandtschaft aufgefunden hat, er findet Schwester und Schwager – gottlob nicht im Elend, nein, vielmehr in ehrenhaften Umständen, aber mit elf fressenden Pfändern gesegnet; und da er zu gleicher Zeit eine alte Liebe wiederfindet und sich zum Heiraten anschickt, so bettelt er dem Schwager und der Schwester ein paar von ihren Kindern ab –«

»Nein, nein, nein!« rief der Schuster, »da hat die Freundschaft ein End'!«

»Also,« fuhr Erhard, ohne sich stören zu lassen, in seiner Auseinandersetzung fort, »weil der Schwager sich nicht entschließen kann, von seinen leiblichen Kindern eins herzugeben, was ist natürlicher, als daß er dem Ankömmling auf sein vieles Bitten wenigstens das Pflegekind abtritt, das er zu seinen zehn eigenen angenommen hatte?«

»Beim Blitz!« rief der Schuster unwillkürlich, »der Einfall ist verflucht gescheit –!«

»Das lass' ich mir gefallen!« unterbrach ihn Erhard befriedigt, »ich halt' ihn auch nicht für dumm, denn wenn der Reiche zum Armen in Verwandtschaft steht, so zweifelt sicherlich niemand an der Echtheit des Blutes, Ich sage ganz absichtlich so und hoffe, meine Worte seien keiner Mißdeutung ausgesetzt, denn es liegt ja auf der Hand, daß diesmal der Reiche der Verwandtschaft bedürftig ist, der Arme aber nicht, und wenn Schwager und Schwester insgeheim gegen mich hochmütig sein wollen, während sie mich vor den Leuten anerkennen, so kann ich sie nicht zwingen, anders zu sein.«

»Was meinst, Dorle?« sagte der Schuster zu seiner Frau.

»Ich hätte gar nicht so viel Worte gemacht,« erwiderte diese, »denn im Herzen hab' ich die Verwandtschaft schon längst anerkannt.«

Erhard eilte mit offenen Armen auf sie zu.

»Halt!« rief der Schuster, indem er schalkhaft auf Justinen deutete. »Wir küssen also übers Kreuz?«

»Dem Schwager darf's die Schwägerin nicht abschlagen, zumal wenn er's so hoch verdient hat,« antwortete Erhard, indem er die neugewonnene Schwester in die Arme schloß und herzlich küßte. Sie erwiderte den Kuß mit einem Erröten, der ihrem Antlitz einen jungfräulichen Ausdruck gab.

»Grüß' dich Gott, Schwesterherz!« sagte er.

»Sei mir willkommen, Bruderherz,« erwiderte sie, »aber nun versprich mir auch gleich, nicht mehr so zu fluchen.«

»Ich gelobe dir's,« sagte er. »Es ist überhaupt sonst nicht meine Art. Dein Mann hat mich damit angesteckt, dem hättest du das Handwerk vorher legen sollen —«

»Ich hab' meinen Meister gefunden!« rief dieser. »Bisher hab' ich gemeint, ich könn's allein so recht aus dem Fundament; weil ich aber keine Pfuscherarbeit leiden kann, so will ich's bleiben lassen, so viel mir's möglich ist.«

»Du mußt mir auch eins versprechen, Schwager,« sagte Justine zu ihm. »Mußt dich künftig fleißiger rasieren. Ich sag's nicht meinetwegen, denn ich habe die Kratzbürste wohl verdient, ich sag's bloß wegen deiner Frau, die sie nicht verdient hat.«

Wer Schuster versprach lachend Besserung. Da klopfte es an der Türe, und der kleine Knecht aus dem Löwen erschien mit einem Pack, den ihm Erhard nachzubringen aufgetragen hatte. Nachdem er sich wieder entfernt hatte, sagte Erhard: »Das erste Wort, das ich von meinem Sohn gehört habe, ist eine Wahrheit gewesen, und ich nehme das für ein gutes Zeichen, Er hat gesagt: ›das Christkindle kommt!‹ und da ist es auch, wenn meine Neffen und Nichten damit vorlieb nehmen wollen. Zuvor aber will ich ihm sein eigenes einlegen lassen. Seid so gut und rufet ihn – doch nein! das ist meine Sache.«

Er trat zu der Türe und öffnete sie. »Erhard!« rief er mit weithin tönender Stimme hinaus.

Es dauerte eine kleine Weile, so kam der Knabe die Treppe herauf und trat mit großen Augen in die Stube herein. »Wer hat mir gerufen?« fragte ei, da alles schwieg.

»Dein Vater,« sagte Erhard.

Der Knabe ging auf den Schuster zu, »Ich nicht,« sagte dieser. Der Knabe sah sich verwundert um. Der Schuster, den seine Verdutztheit belustigte, sagte, auf Erhard deutend: »Deiner Mutter Bruder hat dir gerufen. Er will dein Vater sein und will dir eine neue Mutter geben, die dir doch nicht neu ist, aber auch nicht alt. Jetzt rat einmal.«

Erhard trat auf den Knaben zu und faßte ihn bei der Hand. »Willst du mein Sohn sein?« fragte er ihn, indem er ihm mit liebevollem Ernst in die Augen sah.

Der Knabe zuckte mit der Hand, doch ließ er sie ihm und heftete seine großen Augen mit dem durchdringenden Blicke, der den Kindern eigen ist, auf ihn. Hierbei wurden alle mit Verwunderung gewahr, daß die Augen des Kindes, obgleich sie einen schärferen und beweglicheren Ausdruck hatten, doch eine auffallende Ähnlichkeit mit den Augen seiner Pflegemutter zeigten, so daß dieser gemeinsame geistige Zug, der nur das Werk des innigen Zusammenlebens sein konnte, das Gepräge einer natürlichen Verwandtschaft auszudrücken schien.

»Warum soll ich denn meinen Vater verlassen?« fragte der Knabe

»Ich bin nicht dein Vater,« sagte der Schuster zu ihm. »Wir sind nur deine Pflegeeltern gewesen.«

»Willst du denn nicht mehr meine Mutter sein?« rief der Knabe mit Tränen in den Augen, indem er sich von Erhard losriß und zu der Schusterin ging.

»Wir bleiben dir, was wir gewesen sind,« antwortete ihm diese tröstend, »und ich hoffe, daß wir uns auch nicht von dir zu trennen brauchen. Gib acht, wenn du deine neue Mutter kennen lernst, wirst du schon zufrieden sein. Errätst du sie denn nicht? Du hast sie ja oft im Spaß deine zweite Mutter geheißen.«

»Die Justine!« rief der kleine Erhard freudig und sprang seiner vielgeliebten Freundin zu, die ihn in ihre Arme schloß und mit Küssen und Tränen bedeckte.

»Willst du jetzt?« fragte Erhard.

»Ja ich will!« antwortete er mit so mannhafter Entschiedenheit in seiner kindlichen Stimme, daß alle mitten in der Rührung laut lachen mußten, was auf ihn selbst sehr ansteckend wirkte.

Nachdem Erhard gleichfalls den kleinen Springinsfeld als Sohn begrüßt hatte, fügte er noch immer lachend zu ihm: »Wir müssen einander jetzt näher kennen leinen. Nun sag' mir einmal, was du bist. Dein Pflegevater sagt, du seiest einer von den Allerschlimmsten, deine Pflegemutter aber spricht, du seiest ein gutes Kind. Deine jetzige Mutter hingegen hat dich vorhin einen ungezogenen Buben geheißen. Wer hat denn jetzt recht?«

Der Knabe schwieg eine Weile lächelnd, dann sagte er getrost: »Alle drei.«

Die beiden Paare brachen in ein schallendes Gelächter aus.

Als der Knabe sah, daß für ihn so gutes Wetter war, wuchs ihm der Mut, so daß er die Frage mit einer kecken Gegenfrage erwiderte. »Und was bist denn du?« fragte er.

Erhard runzelte die Stirn ein wenig, denn der Vorwitz gefiel ihm nicht besonders; da er aber sah, wie der Schuster unmäßig lachte und die Hände vor Vergnügen zusammenschlug, so bedachte er sich eines andern und antwortete dem Kinde ruhig: »Nun, du siehst's ja, ich bin ein Mensch mit fünf Sinnen.«

»So!« sagte der Knabe. »Aber ich hab' sieben.«

Die Lustigkeit der Erwachsenen nahm zu, und auch Erhard konnte das Lachen kaum unterdrücken. »Wie so denn?« fragte er.

»Mein Vater,« antwortete der Knabe, »sagt immer, ich hab' über meine fünf Sinne noch einen sechsten, und der stecke in meinem Schnabel. Meine Mutter aber spricht, ich hab' einen ganz besonderen Sinn für den Mutwillen und da hab' ich gedacht, das müsse mein siebenter sein.«

Nun mußte auch Erhard laut lachen. Er wechselte einen stummen Blick mit den anderen und sagte dann mit aufgehobenem Finger zu dem Kinde: »Nimm nur diesen siebenten Sinn recht in acht, damit er dir nicht zu einer bösen Nummer wird. Was brauchst du mich denn zu fragen, wer ich sei? Hab' ich dir's nicht gesagt?«

Er hielt inne und sah den Knaben fragend an. Die Milde dieses Blickes, in Verbindung mit dem Ernste, der aus seiner Stimme herausgeklungen hatte, bewirkte, daß der Knabe in dem rechten Tone, gleich weit entfernt von Übermut und Erniedrigung, zur Antwort gab: »Mein Vater.«

»Gib mir die Hand darauf, Erhard, daß du dich bemühen willst, ein guter Sohn zu sein. Ich gelobe dir dagegen, daß du an mir keinen schlechten Vater haben sollst.« – Indem er ihm zum Pfande dieses Versprechens die Hand drückte, neigte er sich tiefer gegen ihn herab und setzte lächelnd hinzu: »Daß du mich aber nie als einen bösen Vater wirst kennen lernen, das kann ich dir just nicht schwören. Das muß jemand anders verhindern als ich. Weißt du, wer?«

Der Knabe blickte, gleichfalls lächelnd, auf Justinen.

»Du bist auf gutem Weg,« sagte Erhard, »aber doch nicht ganz auf der rechten Spur. Rat' noch einmal: Wer ist's?«

»Ich selber!« sagte der Knabe, gleichsam verwundert, daß ihm sein kleines, sonst so vorlautes Ich diesmal so spät eingefallen war.

»Was hast du denn vorhin gelesen?« fragte Erhard weiter.

Der Knabe eilte gehorsam, holte das Büchlein und reichte es stumm seinem Vater dar. Es schien, als ob er nicht bloß seinen siebenten, sondern auch seinen sechsten Sinn vergessen habe. Das kleine Mädchen folgte ihm nach und hielt sich an ihm fest.

Erhard schlug das löschpapierene Erzeugnis einer veralteten Presse auf und las: »Eine schöne anmutige und lesenswürdige Historia von der unschuldig beträngten Genoveva, wie es ihr in Abwesenheit ihres herzliebsten Ehegemahls ergangen. Mit Holzschnitten geziert, und neue Auflage; auch die allerhöchste Zensur passiert.« Er lächelte. Sein Auge flog bedeutungsvoll über Justinen hin, blieb aber an der Schusterin haften. »So ist also doch wirklich eine Gräfin im Haus!« rief er. »Da haben wir's ja Schwarz auf Weiß!«

»Ich glaub' sogar, eine geborne Herzogin!« sagte der Schuster lachend.

»Aus Brabant!« ergänzte der kleine Erhard mit der wichtigen Miene des Gelehrten, der für den geschichtlichen Buchstaben einzustehen hat, und abermals mußten die Erwachsenen lachen.

»Du weißt ja alles!« bemerkte Erhard. »Und was denkst du denn über die Geschichte da?«

»Dem Golo tät' ich gleich den Kopf abhauen!« rief der Knabe.

»Gib du lieber auf dein Schwesterlein acht!« sagte Erhard, ihm den Arm haltend, mit welchem er die Gebärde des Köpfens, voraussichtlich zum Schaden des Kindes, machen wollte. »Weißt du denn nicht, daß der Golo seit mehr als tausend Jahren tot ist?«

»Nein,« sagte der Knabe, »ich hab's noch nicht ganz ausgelesen.«

»Das ist was anderes,« bemerkte Erhard. »Hast du auch schon den Robinson gelesen?«

»Nein,« erwiderte der Knabe.

»Wart', den sollst du jetzt haben!« sagte Erhard, »Die Kinderlehr' ist aus, das Christkind ist da. Lauf, was du kannst, und hol deine Geschwister, alle!«

Der Knabe flog wie ein Pfeil. »Nimm dich in acht, daß du nicht fällst!« rief ihm Erhard nach, da er etwas gar zu buchstäblich die Treppe hinab gehorchte.

»Was ist denn der Robinson?« fragte der Schuster.

»Es ist die Geschichte eines Schiffbrüchigen, der lang auf einer wüsten Insel leben mußte,« erwiderte Erhard. »Das Buch ist kürzlich von einem Gelehrten eigens für die Kinder bearbeitet worden. Es steht leider viel altkluges Zeug darin, das mir gar nicht behagt und die Kinder nicht einmal besonders gescheit machen wird; aber da drin« – er deutete auf das Büchlein, das er weggelegt hatte – »stehen Dinge, die ihnen jedenfalls noch weniger taugen, denn sie lernen da nicht bloß die Genoveva kennen, sondern auch den Golo, und das ist für ihr Alter viel zu früh.«

Die Kinder kamen, um ihre Christgeschenke in Empfang zu nehmen, welche Erhard und Justine, dem verabredeten Plane gemäß, auf dem Tische ausbreiteten und unter die einzelnen verteilten. Auch die älteren Kinder fanden sich ein, die nicht mehr im Hause lebten. Jedes nahm seine Gabe in der ihm von Natur gegebenen Art in Empfang: das eine mit stiller, das andere mit lauter Freude, alle aber mit einer Befriedigung, an welcher nicht gezweifelt werden konnte, da die Bescherung ihre angewöhnte Genügsamkeit weit überstieg. Der Schuster, welcher Schwager und Schwägerin gewähren lassen mußte, weil er es bei seinem Volk nicht anders hätte verantworten können, freute sich selbst über die fremden Herrlichkeiten, die demselben zuteil wurden; die Schusterin aber sah mit glänzenden Augen darein, denn der vornehme Zug, den ihr Christoph seinem Dorle zugestehen mußte, hatte bei dieser Bescherung ihrer Kinder, mit der sich in keinem Fall eine andere Weihnachtbescherung im Städtchen messen konnte, seine volle Genugtuung gefunden.

Die Glocken läuteten zusammen, und nun zog die ganze, so unerwartet vergrößerte Familie in die Kirche. Die Kinder trafen unterwegs mit andern Kindern zusammen, zeigten zum Teil ihre reichen Christgeschenke vor, und ehe noch die Gemeinde ganz zum Gottesdienste, versammelt war, hatte sich die öffentliche Sage über den reichen Oheim aus der Ferne festgestellt und waren seine Tausende bereits zu Millionen angewachsen. Diese hohe Meinung diente zugleich zu der Beilegung einer Frage, die schon bei mancher Gelegenheit Streit in der Kirche des Städtchens erregt hatte, indem bei der Besetzung der Kirchenstühle der Fremde auf der Emporkirche neben dem Schuster und dem Löwenwirt, der sich gleichfalls eingefunden hatte, durch die Nachgiebigkeit der Nachbarn ausreichend Platz fand, gleichwie in den Weiberstühlen Justine, die vom Gerüchte bereits als die Braut eines Nabobs bezeichnet wurde, zwischen der Schusterin und der Löwenwirtin einen Sitz erhielt, den sie niemals angesprochen haben würde, wenn ihr nicht die befreundete Umgebung, von welcher sie dazu genötigt wurde, willkommen gewesen wäre. Die Kinder saßen zu oberst bei der Orgel, wo es keinen Streit geben konnte, weil das frühere Kommen über den Vorzug des Sitzes entschied.

Nach dem Gottesdienste fanden sich die Verwandten und Befreundten wieder zusammen. Allein während dies geschah, hatte Erhard eine schwere Probe zu bestehen, denn in dem Tore der Kirche, durch das er mit den Seinigen hinausging, traf er den Mann, mit welchem er am wenigsten zusammenzutreffen wünschte. Derselbe war mit seiner Frau in der Kirche gewesen und grüßte nun im Hinausgehen nach allen Seiten mit honigsüßen Worten und Gebärden, Sein Gesicht aber entsprach diesem freundlichen Aussehen nicht: es war durch die hervorstechenden Knochen spitzig und eckig geworden und schien von der Gesichtsfarbe der Frau, welche die Leute grün und gelb nannten, einen Widerschein angenommen zu haben. Als er aber Erhards und seiner Braut ansichtig wurde, verzog sich das Gesicht zu einem Grinsen, worin Erhard, so flüchtig es vorüberging, einen frechen Hohn zu lesen glaubte. Er bot seiner Braut den Arm und sagte leise zu ihr: »Justine, mein Entschluß ist gefaßt, wir bleiben in der Gegend.« – Sie sah ihn scheu und traurig an, denn in seinem Tone lag eine Verbissenheit, die sie nur allzuwohl verstand.

»Der Herr Vetter teilt heute wieder einmal der ganzen Stadt Lebkuchen aus,« sagte der Schuster zu seiner Frau, »wird sich aber niemand den Magen dran verderben.«

Auf dem Platze vor der Kirche gesellten sich alle wiederum zusammen, Erhard hatte in einem Gasthause des Städtchens das Mittagessen bestellt, zu welchem er auch seine Freunde vom Löwen einlud, die sich aber wegen der Kränklichkeit der Frau entschuldigten und den Heimweg einschlugen. »Wie hat dem Schwager die Predigt gefallen?« fragte der Schuster, wahrend sie miteinander die Straße hinuntergingen.

»Er redet stark altfränkisch, der alte Herr,« antwortete Erhard lächelnd, »und einem neumodischen Ohr wird's wie Heu und Stroh vorgekommen sein. Auch hat er mir zu sehr geeifert, und es will mir nicht gefallen, daß er die Welt so ganz und gar verdammt; denn die Welt ist mit all ihrer Not und Schuld doch eine schöne Gotteswelt, und man erlebt manches darin, woran sich das Herz erbauen kann. Davon sind wir ja selber Zeugen. Doch will ich die Predigt nicht schelten, denn es ist manches gute Wort darin gewesen, und man hört ihm an, daß er's aufrichtig meint und daß er glaubt, was er predigt.«

»Das,« sagte die Schusterin, »hat mich besonders angezogen, was er von der Botschaft des Engels gesprochen hat.«

»Gerade da,« bemerkte Erhard, »ist er mir nicht ganz verständlich gewesen, und er hat auch einen ganz eigenen geheimnisvollen Ton angenommen. Es gehe nicht bloß ein Engel neben dem Menschen her, sondern viele, sagte er: einer von den unsichtbaren sei die Stimme des ungeschriebenen Gesetzes im Herzen, die jeder hören müsse, der nicht ganz taub sei; ein anderer aber begleite uns sichtbar und hörbar auf unserer Pilgerschaft, und das sei die Sprache, die dem Menschen gegeben sei und beständig auf dem Wege mit ihm rede, nicht bloß aus Gottes Wort, sondern auch aus Büchern und Zeitungen, ja selbst aus dem, was die Menschen auf dem Markte miteinander plaudern, aus guten und bösen Worten. Sie flüstere uns immer zu und wolle uns etwas ins Ohr sagen, wir aber verstehen sie nicht und gehen an dem treuen Reisegefährten vorbei, weil wir uns zu gescheit dünken, – Das letztere glaub' ich mir nicht vorwerfen zu müssen: im andern aber fühl' ich mich in der Tat getroffen, denn ich verstehe nicht, was er damit hat sagen wollen.«

»Es ist eben ein alter Herr,« versetzte der Schuster, »Er studiert Tag und Nacht über geheimen Büchern und flicht oft wunderliche Sachen in seine Predigt ein.«

»Ich begreife nur nicht, wie er die Welt so verwerfen kann,« bemerkte Justine. »Wenn sein Engel sogar aus dem Marktgeschrei zu vernehmen ist, dann kann die Welt doch nicht so ganz verdammlich sein.«

»Das ist freilich ein Widerspruch,« sagte die Schusterin lächelnd. »Aber was er über den Engel gesagt hat, der sichtbar und hörbar mit dem Menschen geht, das hat mir doch nicht ganz fremd geklungen. Wenn ich etwas sage oder denke, so wachsen mir oft die Worte unter der Hand und nehmen einen ganz andern und viel größern Sinn an, als ich habe hineinlegen wollen. Was wir reden oder denken, das ist oft nach unserer Absicht bloß Heu und Stroh, aber wie in der Krippe, in der das himmlische Kind lag, und wer weiß, ob uns nicht der Engel noch einmal vor eine Türe bringt, hinter der wir unsere Eltern leibhaftig wiederfinden.«

Alle sahen sie bei diesen Worten verwundert an. »Du redest ja, wie wenn du ein Geheimnis wüßtest!« sagte Justine.

»Ich weiß nichts,« erwiderte sie. »Es ist mir nur manchmal, als ob ich irgendwo läuten hörte. Aber sonst geht's mir nicht besser als dem

Apostel, wenn er sagt: Wir sehen durch einen Spiegel in einem dunkeln Wort.«

»Das sind Dinge, über die man nicht zu viel grübeln muß,« bemerkte der Schuster verweisend. »So lang' man in der Welt ist, muß man die Augen offen und den Verstand beieinander behalten, damit man leisten kann, was der Tag vom Menschen fordert.«

»Ja, und jetzt ist die Zeit des Leistens da!« rief Erhard scherzhaft, denn es war jetzt an ihm, den Wirt zu machen, da sie am Gasthause angekommen waren. Bald saßen sie miteinander zu Tische, und Erhard ergötzte sich an dem Erstaunen und Behagen, womit die Schusterskinder die ungewohnten Herrlichkeiten dieser Welt genossen.

Die Familie blieb jedoch nicht lang allein, da das Zimmer sich mit Gästen aus dem Städtchen füllte, welche zum Teil die Neugierde, zum Teil alte Bekanntschaft mit dem aus der Fremde zurückgekehrten Löwenknecht herführte. Da man im Wirtshause war, so mußte man sich die Störung gefallen lassen, und die Unterhaltung wurde bald sehr lebhaft und allgemein. Der Schuster glänzte durch manches derbe, kernige Wort, und seine Mitbürger konnten sich nicht genug wundern, daß dieses Licht so lange unter dem Scheffel geblieben sei. Neben seiner schönen Tochter wußte sich bald ein junger Mann von einnehmendem Aussehen seinen Platz zu erobern, und der Vater desselben, ein im Städtchen geachteter Bürger, benützte die erste Gelegenheit, um dem Oheim des Mädchens auseinanderzusetzen, daß sein Sohn seit langer Zeit ein Auge auf sie geworfen habe, wegen ihrer Zurückgezogenheit aber sich ihr nicht habe nähern können; ein in der Welt gereister Mann, setzte er hinzu, werde es gewiß billig finden, daß ein junges Paar sich erst etwas genauer kennen lerne, ehe es den wichtigsten Schritt für das Leben tue, und bat ihn, bei den Eltern hierzu die erforderliche Einleitung zu vermitteln. Erhard, der gegen Vater und Sohn nichts einzuwenden hatte, bequemte sich dieser Bitte, und der leise Verkehr des jungen Paares, das sich zu verständigen schien, wurde unter der stillen Zustimmung der Eltern fortgesetzt. Auch der übrigen Jugend erging es aufs beste, doch keinem so gut, wie dem kleinen Erhard, dem es gelungen war, sich des Schirmes seines Vaters zu bemächtigen. Er hatte seinen Robinson bis jetzt nicht näher kennen gelernt, als aus dem Titelbilde, das den Helden mit aufgespanntem Schirme darstellte; das genügte ihm aber, um diesen nachzuahmen und als kleiner Robinson durch das Zimmer zu stolzieren. Dazwischen beliebte es ihm auch, den Schirm wieder zu schließen und wie eine Flinte auf die kleine Justine anzulegen, die sich vor seinem Mutwillen zwischen die beiden Frauen flüchtete. Da er gleich den übrigen Kindern ein wenig Wein abbekommen hatte, so wußte man ihm nicht genug zu wehren. Dabei hielt ihn weder seine eigene wilde Lustigkeit, noch das Geräusch der allgemeinen Unterhaltung ab, mitunter scharf auf einzelne Worte, die gesprochen wurden, zu lauschen. So fiel es ihm auf, daß seine neue Mutter, die bisherige Magd aus dem Löwen, von den übrigen Gästen einmal über das andere mit vieler Rücksicht als Jungfer Justine angeredet wurde.

»Wie könnt ihr sie denn immer Jungfer heißen?« rief er bei einem solchen Anlaß, »Sie ist ja meine Mutter!«

Eine Totenstille entstand. Alles war erstarrt über die Rede des Knaben. Die Schusterin aber lachte wie ein ausgelassenes Kind und setzte den Gästen auseinander, daß ihre Schwägerin Justine von jeher infolge ihrer Stellung zu der Familie für die zweite Mutter der Kinder gegolten habe und auch so benannt worden sei, und daß der kleine Naseweis heute von seinen jetzigen Eltern bei der Übernahme die Ermächtigung erhalten habe, sie gleich ohne weiteres Vater und Mutter zu nennen.

Die Gesellschaft fand dies ganz begreiflich und erhob ein schallendes Gelächter über das entsetzliche Mißverständnis, welchem sie durch die Schuld des vorwitzigen Knaben beinahe zum Opfer geworden wäre. Der anwesende lateinische Lehrer aber setzte den Gästen auseinander, daß eine Jungfer, wie man sie auch dem Sinne nach nehmen möge, nach dem Wortlaut der deutschen Sprache nichts anderes bedeute, als eine junge Frau, und daß man somit, wenn man einem Mädchen einen vornehmen Titel geben wolle, bereits bei der Bestimmung desselben angekommen sei. Diese Belehrung erregte große Heiterkeit. Als jedoch ein Gast die Bemerkung eines andern, daß der lustige Knabe sich zweier Väter und zweier Mütter zu erfreuen habe, mit der Gegenbemerkung zu überbieten suchte, man werde wohl am Ende gar von drei Vätern und drei Müttern reden müssen, da klingelte Erhard an sein Glas und erklärte, den herbeieilenden Kellner zur Ruhe winkend, mit festem Tone, er sei der Vater, und wer daran rütteln wolle, der habe es mit ihm zu tun. Hierauf entstand eine kleine Stille, welche durch das Gerassel eines vorüberfahrenden Fuhrwerks unterbrochen wurde. Da das Wirtszimmer zu ebener Erde lag, so wandten sich viele der Gäste nach dem Fenster, und die Unterhaltung fand einen neuen Gegenstand.

Der Herr Vetter läßt heut seinen Drachen nicht steigen, bemerkte man, heut fliegt er selbst mit ihm. Und nun drehte sich das Gespräch unter fortwährenden, mehr oder weniger verhüllten Anspielungen um das Paar, das auf seiner Festtagsspazierfahrt vorbeigekommen war. Wer es nicht schon wußte, erfuhr es, daß der Herr Vetter über jedes eines Mannes würdige Maß hinaus unter dem Pantoffel der Frau Base stehe, daß er, trotz aller Wohlhabenheit, nicht genug zu essen bekomme und von der Frau, die unter seinem Namen mit großem Geschick und geringer Gewissenhaftigkeit ausgebreitete Geschäfte von mancherlei Art ganz allein leite, lediglich als Packknecht behandelt werde, so sehr, daß er seine im Hause lebende Mutter, die häufig Schläge von der Frau erhalte, manchmal auf Befehl der letzteren, wenn sie nicht selbst Hand anlegen wolle, eigenhändig züchtigen müsse. Dabei wurde jedoch anerkannt, daß er in seiner Jugend ganz andere Hoffnungen erweckt habe, von seiner Mutter aber bis zur völligen Unbrauchbarkeit für das Leben verzogen worden sei, daher er im Bewußtsein ihrer Ver-schuldung sie wohl manchmal nicht ungerne büßen lasse, wiewohl er in anderen Fällen noch ihr einziger, freilich schwacher Schutz der Frau gegenüber sei. Bei alledem wurde der Spott und die Verachtung auf eine etwas zurückhaltende Art ausgedrückt, denn aus den weiteren Reden ergab es sich, daß der Gegenstand derselben infolge seiner Verwandtschaft demnächst unabwendbar in den Rat der Stadt eintreten und dadurch seiner Frau einen gar nicht wünschenswerten Einfluß auf denselben sichern werde.

Erhard hatte diese Reden aufmerksam angehört, die ihm, abgesehen von seinem persönlichen Hasse, einen Einblick in bedenkliche und faule Zustände eröffneten. Als daher im Verlauf des Gesprächs einer der Gäste ihn fragte, wie er seine Zukunft einzurichten gedenke, so erklärte er mit lauter Stimme, er sei gesonnen, sich in der Gegend niederzulassen, und er hoffe, seine Mitbürger werden ihn kennen lernen. Der Ton, womit er dies aussprach, hatte eine gewisse Entschiedenheit und Härte, welche die Zuhörer, je nach ihren verschiedenen Verhältnissen, verschieden berührte, so daß sie einander verstohlen ansahen und sich in der Stille den Überschlag machten, ob es besser sein werde, den Mann zum Freunde oder zum Feinde zu haben.

Indessen wurde es im Kreise der Gäste bekannt, daß eine andere Gesellschaft aus dem Städtchen nach dem verlassenen Löwenwirtshause aufgebrochen sei, um daselbst ihre Neugierde zu befriedigen. Sowie Justine dies hörte, erhob sie sich sogleich, um ihrer kränklichen Freundin zu Hilfe zu kommen. Die Tochter des Schusters erbot sich gleichfalls zum Beistande, und ihr Liebhaber vollendete zur Belustigung seines Vaters das dienstbare Kleeblatt. Erhard blieb noch zurück, da er sich in Gespräche über öffentliche und gewerbliche Angelegenheiten eingelassen hatte, welche ihn und andere fesselten. Als er nach einer Stunde seiner Braut folgte und die Schustersfamilie gleichfalls aufbrach, um ihm noch eine kleine Strecke weit das Geleite zu geben, wagten sich in der Gesellschaft erst die Fragen und Mutmaßungen über den Ankömmling hervor, und es dauerte nicht lange, so hatte sich im Städtchen die Überzeugung festgestellt, Erhard und die Schusterin seien Kinder eines fremden Generals, viele behaupteten, eines Fürsten, der erst jetzt den Willen oder die Gelegenheit gefunden habe, sich ihrer anzunehmen. Von dem Knaben vermutete man, daß er dem gleichen Vater, wahrscheinlich wieder von einer anderen Mutter her, angehöre, und fand es deshalb sehr erklärlich, daß Erhard ihn an Kindesstatt angenommen habe. Jedenfalls hatte der neue Mitbürger einen sehr entschiedenen Eindruck gemacht. Die besseren richteten die Augen mit Vertrauen auf ihn, und den anderen erschien er wenigstens als ein Mann, mit dem man es, bei seinem Reichtum und seinen mutmaßlichen mächtigen Verbindungen, nicht verderben dürfe. Erhard ging inzwischen mit seinem Sohne, der nach Verabredung in der ersten Zeit den beiden Elternpaaren abwechselnd angehören sollte, die Straße nach dem Löwen zu. Der Himmel hatte sich aufgehellt und spendete den heitersten Sonnenschein, der wenigstens die obere Hälfte des Menschen erquickte, während die untere dafür freilich um so mühseliger durchwaten mußte. Der Knabe ließ es sich nicht nehmen, den überflüssig gewordenen Schirm zu tragen, dem er nun einmal seine besondere Vorliebe zugewendet hatte. So waren sie etwa bis in die Mitte des Weges gekommen, als sie einen Hufschlag nebst Wagengerassel hörten und ihnen das Gefährt, das den Widersacher trug, entgegen rollte. Er war ein leichtes Wägelein, von einem alten, ausgehungerten Klepper mit sehr gemäßigter Geschwindigkeit gezogen; doch sah man schon in der Ferne den Straßenkot von den Rädern spritzen. Das Paar schien seine Spazierfahrt zeitig vollendet zu haben. Der Mann saß äußerst verdrießlich und gedemütigt neben der

Frau, deren harte Züge ungewöhnlich stark hervortraten; doch nahm sein Gesicht beim Näherkommen einen triumphierenden Ausdruck an, als ob es ihn innerlich kitzle, einem Menschen zu begegnen, auf den er in seiner wenig beneidenswerten Lage nach seiner Meinung noch heruntersehen konnte. Erhard gewahrte diesen Blick: es kochte in ihm, und der Rachezorn übermannte ihn, so daß ihm, während das Fuhrwerk herankam, um die beiden Fußgänger rücksichtslos zu bespritzen, unwillkürlich durch die Zähne die Worte entschlüpften: »Wenn nur der Teufel in den Gaul führ' und dem Schuft den Hals bräche!« – Diese Worte hätten in keinen fruchtbareren Boden ausgestreut werden können. Dem zündenden Funken gleich, der in ein offenes Pulverfaß fällt, wirkten sie auf den siebenten Sinn des Knaben, welcher niemals ein gutes Wort über den Herrn Vetter gehört, dagegen in der kurzen Zeit schon mit großer Liebe an seinem Vater aufblicken gelernt hatte. Sein schneller Kopf erkannte, daß hier gar wohl zu helfen sein werde: im Nu hatte er den Schirm erhoben, den seine Kinderhände mit Leichtigkeit handhabten, und während der alte Klepper im Vorüberhumpeln begriffen war, schlug er blitzschnell das Dach mit solcher Gewalt gegen ihn auf, daß es übergestülpt wurde. Das dürre Tier, auf eine solche Erscheinung keineswegs gefaßt, bäumte sich hoch auf, fiel zwar gleich wieder auf die Vorderfüße nieder, setzte sich aber in seinem Schrecken in einen für sein Alter gar nicht verächtlichen Galopp und trug seine Herrschaft wie im Sturm davon. Beide schrieen vor Schreck und Angst aus vollem Halse; doch war die Frau besonnener als der Mann, denn sie ergriff sogleich mit fester Hand die Zügel, die er fallen ließ, um sich, unbekümmert um seine Gefährtin, über den Wagenrand hinaus zu retten, wobei er jedoch in seiner blinden Angst sehr ungeschickt verfuhr, denn er stürzte hart am Fuhrwerk auf den Kopf und eines der Hinterräder ging ihm über den Leib. Erhard sprang hinzu, um als Mensch dem Menschen zu helfen; allein der Gefallene, der auf dem Gesichte lag, rührte sich nicht mehr und schien der kaum verhallten Verwünschung buchstäbliche Folge geleistet zu haben. Erhard war im Innersten erschüttert, denn sein Bewußtsein sagte ihm, daß, wenn auch die Feigheit des Menschen die überwiegend größere Schuld an seinem Tode trage, doch er selbst durch seinen Mund die Hand des Kindes bewaffnet und angefeuert habe, um – er mochte den Gedanken nicht ausdenken. Sein zweiter Blick suchte den Knaben. Dieser hatte das unschuldige Mordgewehr weggeworfen und schickte sich in seiner Todesangst eben an, über den Straßengraben zu springen und ins Weite und Ungewisse zu fliehen, »Bleib'!« rief ihm Erhard zu. Der Knabe gehorchte und blieb zitternd am Graben stehen, »Es soll dir kein Leid geschehen!« rief Erhard mit milderer Stimme, »aber wir sprechen nachher ein ernstes Wort zusammen.« – Wie aber dieses Wort beschaffen sein sollte, war ihm selbst noch nicht ganz klar; desto deutlicher sagte ihm sein Herz, daß es für die Kinderzucht, die er heute mit so gutem Mute begonnen hatte, keine gefährlichere Klippe gebe, als die Leidenschaften und Schwächen der Eltern selbst.

Indem vernahmen sie die Stimme der Frau, welche sie um Beistand anrief. Sie war keinen Büchsenschuß weit entfernt, denn sie hatte das alte Tier, dessen Kräfte bald nachgelassen hatten, bereits wieder zum Stehen gebracht. »Helfet mir nur absteigen!« rief sie. »Schicket mir den Buben, daß er den Gaul hält. Das Tier ist ganz fromm. Ich will dem Buben nicht einen einzigen Vorwurf machen, denn das Herunter-springen ist ganz unnötig gewesen. Helfet mir nur!«

Erhard befahl dem Knaben das Pferd zu halten, und der Knabe lief aus Leibeskräften. Während Erhard ihm nachsah, bemerkte er nicht, daß sich der Tote ein wenig auf dem Ellbogen erhob, die Augen ausrieb und dann mit der Hand bedächtig über den Rücken strich, worauf er mit befriedigter, wenn auch schmerzlicher Miene aufstehen wollte, als er auf einmal sah, mit wem er sich hier ganz allein auf der Straße befand, und deshalb schnell sich wieder auf das Gesicht niederlegte. Erhard wendete sich zu ihm und blickte eine Weile stumm auf ihn herab. »Zwischen uns,« begann er dann, und ein furchtbarer Ernst sprach aus seiner Stimme, »zwischen uns hat eine höhere Hand gerichtet und mir das Richteramt erspart. Du wärest mir nicht ent-gangen, welchen Ausweg du auch hättest ergreifen mögen. Gegen dich waren schon alle Netze der wohlverdienten Rache ausgespannt. Mit Katzenlist hätt' ich dich von weitem umschlichen, um dich zu stürzen, und wenn mir das mißlungen wäre, so hätt' ich dich offen angeklagt und wäre lieber vor den Leuten mit Weib und Kind übers Meer gegangen, und wenn kein Recht im Land gegen dich zu finden gewesen wäre, so hätt' ich mich wie ein Tiger auf dich gestürzt und dich mit eigener Hand ermordet, ob auch mein Weib darüber zur Witwe geworden wäre. Für dich und mich war' in dieser Welt kein Raum nebeneinander gewesen. Und kaum die Rücksicht, die der Mensch der Ruhe der Toten schuldet, hält mich ab, dich, wie du daliegst, unter meinen Fuß zu treten; denn ein Lügner und Verräter, wie du, ist auch im Tod keine menschliche Schonung wert.«

Er glaubte bei diesen Worten ein Zucken an dem Toten wahrzunehmen; da aber derselbe regungslos liegen blieb, so sah er die Erscheinung für ein Gebilde seiner eigenen Aufregung an und wendete sich der Frau entgegen, die jetzt herbeigelaufen kam.

»Um Gotteswillen! ist er denn tot?« rief sie.

»Er gibt kein Lebenszeichen mehr von sich,« antwortete Erhard.

Sie warf sich mit lautem Geheul auf den Toten nieder und blieb eine Weile so liegen; nachdem sie aber dieser Pflicht der Totenklage um den verunglückten Gatten Genüge geleistet hatte, erhob sie sich mit gefaßter Miene und trockenen Augen, indem sie nur noch zu ihm sagte: »Ach Gott! wie bist du so schrecklich und plötzlich mitten in deinen Sünden weggenommen worden! Ich muß eben jetzt das Geschäft allein fortsetzen,« bemerkte sie nach einer kleinen Weile gegen Erhard: »ich hab' auch bisher schon den Kopf allein dazu hergeben müssen und hoff', unser Herrgott wird eine betrübte Witwe in ihrem Leid nicht verlassen.«

»Es scheint, Ihr habt die Kraft, es zu ertragen,« versetzte Erhard gleichmütig.

»Wenn ich ihn nur schon daheim hätt'!« klagte sie. »Ich schäm' mich so, mit dem Leichnam durch die Stadt zu fahren.«

»Ich will Euch Leute aus dem Löwen schicken, die Euch behilflich sind,« sagte Erhard. »Haltet nur das Pferd so lang,« setzte er hinzu, als sie mitgehen wollte. »Ich kann das Kind nicht mit der Leiche allein auf der Straße lassen.«

Sie ging und sandte das Kind, das scheu und schüchtern zu dem Vater kam.

»Heb' den Schirm auf!« sagte Erhard.

Her Knabe blieb niedergeschlagen vor ihm stehen, rührte aber weder Hand noch Fuß.

»Nun?« wiederholte Erhard.

»Vater, wenn du's haben willst, so muß ich's tun,« erwiderte der Knabe, »aber – und er hielt im Gehen inne – »es graut mir so davor!«

Dieser Zug des Knaben rührte den Erzieher tief. »Du hast recht,« sagte er, und hob das mißhandelte Geräte selbst von der Straße auf. Während er sich bemühte, dasselbe wieder in Ordnung zu bringen, sagte er im Weitergehen zu dem Knaben: »Ich habe gesagt, ich wolle ein ernstes

Wort mit dir reden. Auch das kann ich dir jetzt schenken, nachdem dir selbst das rechte Licht aufgegangen ist. Laß dir das, was hier geschehen ist, dein Leben lang zur Warnung dienen, Erhard, und lerne zeitig, daß man nicht jeden Gedanken gleich zur Tat werden lassen muß. Denn die Gedanken sind zollfrei, bei Jungen wie bei Alten, aber die Tat muß man oft schwer bezahlen.«

Sie waren unter diesen Worten einige Schritte fortgegangen, als ein Geräusch hinter ihnen ihre Aufmerksamkeit erregte. Sie kehrten sich um und hatten einen Anblick, der sie beinahe versteinerte. Der Tote war, sobald er sich allein sah, behend auf die Beine gesprungen und rannte nun, zwar etwas hinkend, aber mit Aufbietung aller seiner Kräfte dem Fuhrwerk zu, bei welchem sich seine Frau befand. Kaum daselbst angekommen, schwang er sich hinauf, ergriff die Zügel, welche sie angebunden hatte, faßte die Peitsche und hieb unbarmherzig auf den armen Klepper los, der dem Gebot augenblicklich gehorchte. Das Fuhrwerk schoß vorwärts, so daß die Frau kaum noch auf die Seite springen konnte, und jagte dem Städtchen zu. Die Frau, die gar nicht wußte, wie ihr geschah, rief ihm nach und lief eine Strecke hintendrein; dann blieb sie stehen und rief händeringend die beiden Fußgänger, welche dem Schauspiele zusahen, um Hilfe an. Erhard hieß den Knaben seinen Weg zu der Mutter fortsetzen und ging allein auf die bedrängte Frau zu, wobei er, dem ganzen Hergang leicht auf den Grund schauend, nicht umhin konnte, mit Lächeln an die fürchterlichen Worte zu denken, die er zu der vermeintlichen Leiche gesprochen hatte.

Die Frau war außer sich vor Entsetzen und Jammer. »Er ist aus den Kopf gefallen!« rief sie, »er ist verrückt!«

»Er ist nicht auf den Kopf gefallen,« erwiderte Erhard, als er bei ihr ankam. »Ich glaub' ihn vielmehr recht gut zu verstehen, und will Euch deshalb anvertrauen, daß ich um ein Geheimnis weiß, das ihn ganz in meine Hände gibt. Wie ich ihn vorhin für tot hielt, konnte ich nicht umhin, ein wenig laut zu denken, und daraus hat er allem Vermuten nach erfahren, daß es für ihn nicht eben das beste sein wird, in meine Hände zu fallen.«

»Was ist denn das für ein Geheimnis?« fragte sie mit großen Augen

»Wenn Ihr's durchaus wissen wollet, so kann ich's Euch wohl sagen: er hat gestohlen und ich kann's ihm beweisen.«

»Um des Heilands willen!« rief sie heftig erschrocken, »schonet eine arme Frau und lasset das Ding nicht auskommen. Jetzt begreif' ich erst,

warum er durchaus im Löwen hat einkehren wollen und so giftig
worden ist, weil ich's ihm nicht zugelassen hab'. Er hat Euch dort
vermutet und hat mit Euch kapitulieren wollen.«

Er hielt es nicht für nötig, ihr diesen Glauben zu benehmen, obgleich
er von der Handlungsweise des Menschen ganz anders dachte und
überzeugt war, daß derselbe der sicheren Zuversicht gelebt habe, ein
Mann wie Erhard werde nicht zu seinem eigenen Schaden das wahre
Verhältnis an den Tag kommen lassen, von diesem Wahne aber infolge
der Leichenrede zurückgekommen sei, die er anhören und, weil der
Prediger ganz allem mit ihm war, für den Ausdruck der vollen
Wahrheit halten mußte.

»Es ist schrecklich,« rief die Frau, »was ich hören muß! Und Ihr habt
Beweise? Ach, Ihr werdet doch Euren Nebenmenschen nicht ins
Verderben stürzen?«

»Aus Rücksicht auf Euch kann ich wohl schweigen, denn er braucht
keine Rücksicht mehr.«

Sie sah ihn mit weit offenen Augen an, und verstand nicht, was er sagte.
»Habt Ihr ihn denn nicht dahinjagen sehen?« setzte er hinzu, »Der
kommt nicht wieder und ist jetzt schon ziemlich weit. Laßt Euch kein
graues Haar wachsen: Ihr habt ja selbst vorhin deutlich genug merken
lassen, daß nicht viel an ihm verloren ist.« Sie streckte beide Arme
krampfhaft in die Höhe, denn jetzt erst ging ihr ein schreckliches Licht
auf, aber nicht über den Verlust ihres Mannes. »Der ist nicht mit leeren
Händen fort!« schrie sie. »Der Dieb! der Spitzbub'! Haltet den Dieb!«
Und so rannte sie schreiend die Straße hin, ohne auf Erhards Nachruf
zu achten, daß sie doch ihre Schande nicht selbst ausbreiten und die
Gesinnung, die sie anderen Leuten zumute, wenigstens selbst und an
ihrem eigenen Manne betätigen solle. Dann aber beeilte er sich, den
Knaben wieder einzuholen, da ihm daran gelegen war, daß Justine die
seltsame Begebenheit aus seinem eigenen Munde erfuhr.

Sowohl der Feind als die Frau des Mannes, dessen plötzliche und
unbegreifliche Flucht in den nächsten Tagen und Wochen alle Gemüter
im Städtchen beschäftigte, hatten ihn vollkommen richtig beurteilt.
Nach der Entdeckung, welch ein unerbittlicher Feind in seiner nächsten
Nähe lebe, hatte ihn seine Feigheit wie eine Windsbraut davongeführt,
aber er war nicht der Mann, dem es genehm gewesen wäre, sich wie
ein Findling nackt und bloß durch diese arge, falsche Welt
hindurchzuschlagen. Er hatte auf der Durchfahrt an seinem Hause

gehalten, war hinaufgestüimt, hatte seine alte Mutter, die ihm erschrocken entgegentrat, beiseite geschleudert, daß sie über den Haufen fiel, hatte eine Weile im Hause herumgestöbert und war dann wie die wilde Jagd auf der anderen Seite zum Städtchen hinausgefahren. So sehr dieses tolle Treiben auffiel, so hatte doch niemand sich berechtigt, gefühlt, ihn in seinem eigenen Fuhrwerk aufzuhalten. Als seine Frau nach Hause kam, fand sie Kisten und Kasten erbrochen und ihre Schwiegermutter fast dem Tode nahe. Der Flüchtling hatte an Geld und Geldeswert eingepackt, was er nur in der Geschwindigkeit hatte mitlaufen lassen können, ohne dabei über seine Frau und sein eigenes oder vielmehr seiner Mutter Vermögen eine genaue Inventur anzustellen. Das Zetergeschrei der Frau zog die ganze Stadt herbei, die vor Erstaunen über den Einbruch des Herrn Vetters in seinem eigenen Hause schier auf dem Kopf stehen wollte und sich denselben vergebens über die Frage zerbrach, ob der Flüchtling, wenn er beizufahen sei, ins Zuchthaus oder ins Narrenhaus gehöre. Von einem anderen Diebstahl erfuhr niemand eine Silbe, denn die Frau hatte sich in allen Ausschweifungen ihres Jammers doch stets wohl gehütet, irgend einen Zweifel an der Rechtmäßigkeit des ihr noch gebliebenen Besitzes unter die Leute kommen zu lassen. Die Hoffnung, des Flüchtlings wieder habhaft zu werden, blieb unerfüllt, und die nach mehreren Seiten ausgeschickten Boten kamen leer zurück. In einem benachbarten Dorfe hatte er von einem Wirt, ebenso eilige als vorteilhafte Geschäfte vorschützend, ein tüchtiges Pferd gegen seine alte Mähre eingetauscht und mit barer, guter Münze bezahlt. Von da an verschwand jede weitere Spur. Die beiden Weiber aber, die im ersten Schrecken hatten sterben wollen, sich jedoch nachher wieder eines anderen besannen und nun, durch ihr Schicksal vereinsamt und aufeinander angewiesen, in leidlicher Eintracht miteinander lebten, brachten bald ein neues Geschrei unter die Leute, nämlich der Entflohene müsse irgendwie das Leben verloren haben, da man ihn Nacht für Nacht im Hause schlurfen höre. Man konnte diese Behauptung wenigstens nicht für eine zu seinen Gunsten ersonnene Fabel halten, denn die beiden Weiber ängstigten sich beinahe zu Tode und zehrten sichtlich ab, ja sie machten einen Testamentsvertrag, durch welchen ihr Vermögen nach dem Tode der Überlebenden teils an Stiftungen, teils an die armen Verwandten jenes Erblassers fallen sollte, von welchem der größte Teil desselben herrührte.

Erhard, welcher diese Angelegenheit durch befreundete Einflüsse im stillen zu leiten wußte, gab sich alle Mühe, dahin zu wirken, daß sie von dem letzteren Vermächtnis schon bei Lebzeiten etwas abtraten, aber soweit waren sie nicht zu bringen. Endlich befreite sie ein Geisterbanner um schweres Geld von dem Gespenst und grub dasselbe am Steinkreuz im Föhrenwäldchen ein, wodurch die ohnehin wenig besuchte Stelle noch unbetretener wurde, Die Weiber lebten allmählich wieder auf, und das Städtchen begann von anderen Dingen zu reden, als nach Monaten ein Landsmann, der in den Niederlanden gewesen war, die Nachricht mitbrachte und beschwur, er habe höchst unerwartet, und zu seiner nicht geringen Verwunderung den Allerweltsherrvetter, lange vor der Zeit, wo der Geisterbanner seinem Schlurfen ein Ende machte, in einem holländischen Hafen mit vielen Abenteurern und ehrlichen Leuten aus allen Nationen wohlbehalten zu Schiffe gehen sehen. Der kleine Erhard, der fleißig in seinem neuen Buche las, ließ es sich bei dieser Kunde nicht nehmen, der Herr Vetter sei als Robinson in einem fernen Weltteil auf einer wüsten Insel angestellt und gehe allda pflichtmäßig mit seinem Schirm spazieren; ein Glaube, der um so weniger widerlegt werden konnte, da nie wieder etwas von dem Flüchtling verlautete. Die beiden verschwägerten Familien genossen all das Glück, das gegenseitige Liebe, Achtung und Duldung bei mäßigem Wohlstand auf Erden gewähren. Wohl brachte der Krieg neue Drangsale, und auch der Friede knickte manche Blüten, aber sie ertrugen die Wechselfälle des Lebens mit jenem Sinne, dessen der Mensch in guten wie in bösen Tagen bedarf. Der junge Erhard wuchs unter seinen beiderseitigen Geschwistern fröhlich heran. Die Erziehung hatte manchen Hang in ihm zu bekämpfen, der ihm wie etwas Fremdes anklebte; auch entwickelten sich nicht alle Knospen seiner hoffnungsvollen Kindheit zu vollem Wachstum, denn von den Menschenpflanzen läßt sich wie von den Bäumen sagen, es sei dafür gesorgt, daß sie nicht in den Himmel wachsen. Doch entfaltete er sich zu einem Baume, der nach dem Maße seiner Kraft und des Bodens, worin er wurzelte, den Seinigen und seinen Mitbürgern Frucht und Schatten gab. Es war ihm vergönnt, große Reisen zu machen. Bis er von diesen zurückkam, hatten die beiden Mütter die junge Justine für ihn erzogen.

Er holte sie aus dem Neubau, der an die Stelle des alten Häuschens mit dem halben Giebel getreten war, in seine eigene Wohnstätte heim und von ihm und ihr stammt ein Geschlecht, das noch heute zu den angesehensten der Gegend gerechnet wird.

Bd. 1 *Abenteuer und Fahrten des Huckleberry Finn*, Mark Twain, Bd. 2 *Andersens Märchen*, Hans Christian Andersen, Bd. 3 *Anton Reiser*, Karl Philipp Moritz, Bd. 4 *Aus dem Leben eines Taugenichts*, Joseph Freiherr v. Eichendorff, Bd. 5 *Bahnwärter Thiel*, Gerhard Hauptmann, Bd. 6 *Bambi Eine Lebensgeschichte aus dem Walde*, Felix Salten, Bd. 7 *Bauern, Bonzen und Bomben*, Hans Fallada, Bd. 8 *Bel Ami*, Guy de Maupassant, Bd. 9 *Bergkristall*, Adalbert Stifter, Bd. 10 *Candide oder der Optimismus*, Voltaire, Bd. 11 *Caspar Hauser oder Die Trägheit des Herzens*, Jakob Wassermann, Bd. 12 *Dantons Tod*, Georg Büchner, Bd. 13 *Das Bildnis des Dorian Grey*, Oscar Wilde, Bd. 14 *Das Dschungelbuch*, Rudyard Kipling, Bd. 15 *Das Fräulein von Scuderi*, ETA Hoffmann, Bd. 16 *Das Gemeindekind*, Marie v. Ebner-Eschenbach, Bd. 17 *Das Heptameron*, Margarete v. Navarra, Bd. 18 *Märchenbriefbuch der heiligen Nächte*, Max Dauphtendey, Bd. 19 *Das Marmorbild*, Joseph v. Eichendorff, Bd. 20 *Das Schloss*, Franz Kafka, Bd. 21 *Das Urteil*, Franz Kafka, Bd. 22 *David Copperfield*, Charles Dickens, Bd. 23 *Der abenteuerliche Simplizissimus*, Grimmelshausen, Bd. 24 *Der arme Spielmann*, Franz Grillparzer, Bd. 25 *Der eingebildete Kranke*, Moliere, Bd. 26 *Der ewige Spießer*, Ödön v. Horváth, Bd. 27 *Der Fürst*, Nocolò Machiavelli, Bd. 28 *Der Glöckner von Notre Dame*, Victor Hugo, Bd. 29 *Der goldene Esel*, Apuleius, Bd. 30 *Der goldene Topf*, ETA Hoffmann, Bd. 31 *Der Graf von Monte Christo*, Alexandre Dumas, Bd. 32 *Der grüne Heinrich*, Gottfried Keller, Bd. 33 *Der kleine Häwelmann und andere Märchen*, Theodor Storm, Bd. 34 *Der kleine Lord*, Frances Hodgson Burnett, Bd. 35 *Der letzte Mohikaner*, James Fenimore Cooper, Bd. 36 *Der Prozess*, Franz Kafka, Bd. 37 *Der Sandmann*, ETA Hoffmann, Bd. 38 *Der Schimmelreiter*, Theodor Storm, Bd. 39 *Der Schuss von der Kanzel*, Conrad Ferdinand Meyer, Bd. 40 *Der Seewolf*, Jack London, Bd. 41 *Der seltsame Fall des Dr. Jekyll und Mr. Hyde*, Robert Louis Stevenson, Bd. 42 *Der Stechlin*, Theodor Fontane, Bd. 43 *Der Sturmheidhof (Sturmhöhe)*, Emily Brontë, Bd. 44 *Der Tor und der Tod*, Hugo v. Hofmannsthal, Bd. 45 *Der Weg ins Freie*, Arthur Schnitzler, Bd. 46 *Der zerbrochene Krug*, Heinrich v. Kleist, Bd. 47 *Deutsches Märchenbuch*, Ludwig Bechstein, Bd. 48 *Deutschland. Ein Wintermärchen*, Heinrich Heine, Bd. 49 *Die Abenteuer der sieben Schwaben*, Ludwig Aurbacher, Bd. 50 *Die Burg von Otranto*, Horace Walpole, Bd. 51 *Die drei Musketiere*, Alexandre Dumas, Bd. 52 *Die Elixiere des Teufels*, ETA Hoffmann, Bd. 53 *Die Geschichte meines Lebens*, Georg Ebers, Bd. 54 *Die Insel Felsenburg*, Johann Gottfried Schnabel, Bd. 55 *Die Judenbuche*, Annette v. Droste-Hülshoff, Bd 56. *Die Kameliendame*, Alexandre Dumas, Bd. 57 *Die Kartause von Parma*, Stendhal, Bd. 58 *Die Kreutzersonate*, Lew Tolstoi, Bd. 59 *Die Leiden des jungen Werther*, Johann Wolfgang v. Goethe, Bd. 60 *Die Leute von Seldvyla I*, Gottfried Keller, Bd. 61 *Die Leute von Seldvyla II*, Gottfried Keller, Bd. 62 *Die Marquise*, George Sand, Bd. 63 *Die Marquise von O.*, Heinrich v. Kleist, Bd. 64 *Die Memoiren der Fanny Hill*, John Cleland, Bd. 65 *Die Ratten*, Gerhard Hauptmann, Bd. 66 *Die Räuber*, Friedrich v. Schiller, Bd. 67 *Die Regentrude*, Theodor Storm, Bd. 68 *Die Reisen des Baron zu Münchhausen*, Bd. 69 *Die Schatzinsel*, Robert Louis Stevenson, Bd. 70 *Die Verlobten*, Allessandro Manzoni, Bd. 71 *Die Verwandlung*, Franz Kafka, Bd. 72 *Die Verwirrungen des Zöglings Törleß*, Robert Musil, Bd. 73 *Die Waffen nieder*, Berta von Suttner, Bd. 74 *Die Wahlverwandtschaften*, Johann Wolfgang v. Goethe, Bd. 75 *Don Carlos*, Friedrich v. Schiller, Bd. 76 *Eduards Traum*, Wilhelm Busch, Bd. 77 *Effi Briest*, Theodor Fontane, Bd. 78 *Egmont*, Johann Wolfgang v. Goethe, Bd. 79 *Ein Held unserer Zeit*, Michail Lermontoff, Bd. 80 *Einsichten und Ausblicke*, Gerhard Hauptmann, Bd. 81 *Emilia Galotti*, Gottold Ephraim Lessing, Bd. 82 *Erinnerungen aus galanter Zeit*, Giacomo Casanova, Bd. 83 *Erzählungen*, Wilhelm Busch, Bd. 84 *Es waren zwei Königskinder*, Theodor Storm, Bd. 85 *Essays*, Michel de Montaigne, Bd. 86 *Franz Sternbalds Wanderungen*, Ludwig Tieck, Bd. 87 *Fräulein Else*, Arthur Schnitzler, Bd. 88 *Frühlings Erwachen*, Frank Wedekind, Bd. 89 *Gedanken*, Blaise Pascal,

Bd. 90 *Gefährliche Liebschaften*, Pierre-Ambroise-François Choderlos de Laclos, Bd. 91 *Gegen den Strich*, Joris-Karl Huysmany, Bd. 92 *Geschichte des Fräuleins von Sternheim*, Sophie v. La Roche, Bd. 93 *Geschichte vom braven Kasperl und dem Annerl*, Clemens Brentano, Bd. 94 *Geschichten aus dem Wienerwald*, Ödön v. Horváth, Bd. 95 *Glanz und Elend der Kurtisanen*, Honore de Balzac, Bd. 96 *Glück und Unglück der berühmten Moll Flanders*, Daniel Defoe, Bd. 97 *Götz von Berlichingen*, Johann Wolfgang v. Goethe, Bd. *98 Gullivers Reisen*, Jonathan Swift, Bd. *99 Heidis Lehr und Wanderjahre*, Johann Spyri, Bd. 100 *Heinrich von Ofterdingen*, Novalis, Bd. 101 *Hiob Roman eines einfachen Mannes*, Joseph Roth, Bd. *102 Immensee*, Theodor Storm, Bd. 103 *Iphigenie auf Tauris*, Johann Wolfgang v. Goethe, Bd. 104 *Italienische Märchen*, Clemens Brentano, Bd. 105 *Ivannhoe*, Walter Scott, Bd. 106 *Jahrmarkt der Eitelkeiten*, William Makepaece Thackeray, Bd. 107 *Jane Eyre*, Charlotte Brontë, Bd. 108 *Jugend ohne Gott*, Ödön v. Horvath, Bd. 109 *Jürg Jenatsch*, Conrad Ferdinand Meyer, Bd. 110 *Kabale und Liebe*, Friedrich v. Schiller, Bd. 111 *Kasimir und Karoline*, Ödön v. Horvath, Bd. 112 *Kinder- und Hausmärchen*, Gebrüder Grimm, Bd. 113 *Kleiner Mann, was nun*, Hans Fallada, Bd. 114 *König Alkohol*, Jack London, Bd. 115 *Krambambuli*, Marie Ebner-Eschenbach, Bd. 116 *Lausbubengeschichten*, Ludwig Thoma, Bd. 117 *Lavinia - Pauline - Kora*, George Sand, Bd. 118 *Leben und Lüge*, Detlev von Liliencron, Bd. 119 *Lebensansichten des Katers Murr*, ETA Hoffmann, Bd. 120 *Lenz. Der hessische Landbote*, Georg Büchner, Bd. 121 *Lieutenant Gustl*, Arthur Schnitzler, Bd. 122 *Lord Jim*, Joseph Conrad, Bd. 123 *Luise*, Johann Heinrich Voß, Bd. 124 *Madame Bovary*, Gustave Flaubert, Bd. 125 *Märchen*, Wilhelm Hauff, Bd. 126 *Maria Stuart*, Friedrich v. Schiller, Bd. 127 *Max Havelaar*, Multatuli, Bd. 128 *Meister Floh*, ETA Hoffmann, Bd. 129 *Michael Kohlhaas*, Heinrich v. Kleist, Bd. 130 *Minna von Barnhelm*, Gotthold Ephraim Lessing, Bd. 131 *Moby Dick*, Hermann Melville, Bd. 132 *Nathan, der Weise*, Gotthold Ephraim Lessing, Bd. 133-1 und 133-2 *Nils Holgersson wunderbare Reise*, Selma Lagerlöf, Bd. 134 *Niels Lyne*, Jens Peter Jacobsen, Bd. 135 *Nußknacker und Mausekönig*, ETA Hoffmann, Bd. 136 *Oliver Twist*, Charles Dickens, Bd. 137 *Onkel Toms Hütte*, Herriett Beecher Stowe, Bd. 138 *Peter Schlemihls wundersame Geschichte*, Adalbert v. Chamisso, Bd. 139 *Peterchens Mondfahrt*, Gerdt v. Bassewitz, Bd. 140 *Pinocchio*, Carlo Collodi, Bd. 141 *Reinecke Fuchs*, Johann Wolfgang v. Goethe, Bd. 142 *Rheinmärchen*, Clemens Brentano, Bd. 143 *Rinaldo Rinaldini*, Christian August Vulpius, Bd. 144 *Robinson Crusoe*; Daniel Defoe, Bd. 145 *Romeo und Julia*, William Shakespeare Bd. 146 *Schach von Wuthenow*, Theodor Fontane, Bd. 147 *Schachnovelle*, Stefan Zweig, Bd. 148 *Schatzkästlein des rheinischen Hausfreundes*, Johann Peter Hebel, Bd. 149 *Schelmuffskys Reisebeschreibung*, Christian Reuter, Bd. 150 *Schloss Gripsholm*, Kurt Tucholsky, Bd. 151 *Siebenkäs*, Jean Paul, Bd. 152 *Sternstunden der Menschheit*, Stefan Zweig, Bd. 153 Tao te king, Laotse, Bd. 154 *Till Eulenspiegel*, Hermann Bote, Bd. 155 *Tolldreiste Geschichten*, Honorè de Balzac, Bd. 156 *Tom Jones, Geschichte eines Findelkindes*, Henry Fielding, Bd. 157 *Tom Sawyers Abenteuer und Streiche*, Mark Twain, Bd. 158 *Troquato Tasso*, Johann Wolfgang v. Goethe, Bd. 159 *Traumnovelle*, Arthur Schnitzler, Bd. 160 *Trost der Philosophie*, Boethius, Bd. 161 *Über den Umgang mit Menschen*, Adolph Freiherr v. Knigge, Bd. 162 *Uli der Knecht*, Jeremias Gotthelf, Bd. 163 *Uli der Pächter*, Jeremias Gotthelf, Bd. 164 *Ungeduld des Herzens*, Stefan Zweig, Bd. 165 *Ut oler Welt*, Wilhelm Busch, Bd. 166 *Vater Goriot*, Honorè de Balzac, Bd. *167 Väter und Söhne*, Ivan Sergejeviç Turgenev, Bd. 168 *Verlorene Illusionen*, Honorè de Balzac, Bd. 169 *Von der Freiheit eines Christenmenschen*, Martin Luther – Bd. 170 *Von der Ursache, dem Prinzip und dem Einen*, Bruno Giordano, Bd. 171 *Vor Sonnenuntergang*, Gerhard Hauptmann, Bd. 172 *Walden oder Leben in den Wäldern*, Henry D. Thoreau, Bd. 173 *Wilhelm Meisters Lehrjahre*, Johann Wolfgang v. Goethe, Bd. 174 *Wilhelm Meisters Wanderjahre*, Johann Wolfgang v. Goethe, Bd. 175 *Wilhelm Tell*, Friedrich v. Schiller